OBRAS DO AUTOR

A Morte de D.J. em Paris – contos
O Dia em que Ernest Hemingway Morreu Crucificado – romance
Sangue de Coca-Cola – romance
Quando Fui Morto em Cuba – contos
Ontem à Noite Era Sexta-Feira – romance
Hilda Furacão – romance
Inês é Morta – romance
Os Mortos não Dançam Valsa – novela inédita
O Cheiro de Deus – romance, em preparo

Sangue de Coca-Cola

ROBERTO DRUMMOND

SANGUE DE COCA-COLA

ROMANCE

7ª edição

SANGUE DE COCA-COLA

Copyright © 1980 by Roberto Drummond

1ª edição – 1980 – Editora Ática
5ª edição – 1985 – Editora Nova Fronteira
6ª edição – 1986 – Círculo do Livro
7ª edição – julho de 1998 – Geração Editorial

Editor
Luiz Fernando Emediato

Capa
Renata Buono

Diagramação
Rodrigo Martins

Revisão
Cecília Beatriz
Cláudia Cantarin

Dados internacionais de Catalogação na Publicação (CIP)
(Câmara Brasileira do Livro)

Drummond, Roberto
Sangue de Coca-Cola / Roberto Drummond. -- 7ª ed.
-- São Paulo : Geração Editorial, 1988

IBSN- 85-86028-68-1

98–2759   CDD-869.935

Índices para catálogo sistemático:

1. Romances : Século 20 : Literatura brasileira
869.935
2. Século 20 : Romances : Literatura brasileira
869.935

Todos os direitos reservados
GERAÇÃO DE COMUNICAÇÃO INTEGRADA COMERCIAL LTDA.
Rua Cardoso de Almeida, 2188 – 01251-000 – São Paulo – SP – Brasil
Tel. (011) 3872-0984 – Fax: (011) 3862-9031
e-mail - geracao.editorial@zaz.com.br

1998
Impresso no Brasil
Printed in Brazil

Esta visão carnavalizada e lisérgica
do Brasil, na qual os personagens
aparecem fantasiados de pessoas reais,
é dedicada a Zé Adão e Sissi,
onde eles estiverem; a meus companheiros
de nave Affonso Romano de Sant'Anna, Ary
Quintella, Sônia Coutinho e Luiz Vilela;
aos meus amigos Gervásio Horta,
José Alexandre Salles e Gil César Moreira
de Abreu; ao santo guerreiro Glauber Rocha
e ao novelista Giuseppe Ghiaroni,
mestre das radionovelas
dos bons tempos da Rádio Nacional.

(Relato de alucinações num
dia 1º de Abril que cheirava a carnaval,
quando o Brasil, segundo suspeitas
mais tardes confirmadas, tomou Coca-Cola
com LSD e entrou numa bad)

*Agora eu sei, Tati, que nunca
vou poder assistir com você um
comício do PCI em Roma: eu estou
morrendo, Tati. Eles me mataram, eu estou
sangrando e morrendo. E eu provo um pouco do
meu sangue: tem gosto de Coca-Cola, Tati,
e eu descubro que isso é a causa de tudo
de ruim que aconteceu comigo e com
o Brasil. Porque o Brasil também
tem sangue de Coca-Cola...*

(De um dos personagens,
conhecido como Camaleão Amarelo,
pouco antes de morrer)

1

Põe a peruca loura, retoca a sobrancelha e chega na janela do 17º andar: e se ele pular agora? Hoje é 1º de abril e ele imagina seu corpo no ar, pensa num filme com Brigitte Bardot visto há quantos anos, meu Deus?, o Brasil cheirava a cenoura amarela e a pastel e ao suor da pele loura e cheia de sardas de Erika Sommer, e ele estava desempregado, Erika Sommer é quem o sustentava, mesmo o cigarro era ela quem comprava. Mas, naquela época, quando Brigitte Bardot morria num filme exibido em reprise no Cine Paladium, ele não usava disfarce como hoje, nem seu nome era o nome de um morto cuja identidade ele assumiu numa distante manhã de carnaval da ditadura do general Garrastazu Médici.

Debruça na janela do 17º andar, sempre teve um prazer sexual em olhar do alto dos edifícios, a altura o excita. Nos tempos de estudante, logo que entrou para a Faculdade de Direito, gostava de subir na escada suspensa no ar, no alto do Hotel Financial, sentia um frio na boca do estômago, olhando lá do alto, do 22º andar. Mais tarde, descobriu que era mais excitante ver as sardas nas costas de Erika Sommer, aquela Erika Sommer de cabelos cor de cerveja e olhos de champanhe, uns olhos tristes, olhando para dentro, aquela Erika Sommer que, no dia 1º de janeiro de 1970, seqüestrou um avião para Cuba em cima de Montevidéu. Ainda debruçado na janela, respira o ar que cheira a lança-perfume, escuta a voz de Erika Sommer falando como falava em 1969:

13

— Você vai ficar no Brasil e vai se exilar dentro de você mesmo: você vai ser o seu próprio país estrangeiro...

Esses anos todos, ele foi o seu próprio país estrangeiro, um morto-vivo, era famoso, tinha o maior Ibope do rádio brasileiro, mas não podia falar com a própria voz, rir como gostava, ir à praia, mostrar o verdadeiro rosto que tinha uma cicatriz no supercílio esquerdo. Era obrigado a usar disfarces, sempre aquela fantasia, que o identificava como o Homem do Sapato Amarelo, como se todo dia fosse carnaval no Brasil.

— Sou o meu próprio país estrangeiro, Erika...

Quando os exilados começaram a voltar ao Brasil depois da anistia, ele ia ao aeroporto internacional do Rio de Janeiro e ficava de longe, o binóculo na mão, esperando que Erika Sommer chegasse. E, numa manhã de sábado, ele ajustou o binóculo e viu Erika Sommer descendo a escada do avião, o mesmo andar, levemente dançando, os cabelos cor de cerveja, as sardas, um jeito de rir clareando o mundo, e os olhos cor de champanhe, tristes olhos cor de champanhe, que olhavam para dentro, chamando, hipnotizando, meu Deus. Ele ficou de longe, sem coragem de chegar perto, seguia Erika Sommer pelo binóculo, sentindo medo de que, em alguma parte do mundo por onde andou, desde o seqüestro do Caravelle da Cruzeiro do Sul em cima de Montevidéu, Erika Sommer tenha amado outro homem tanto como o amou.

E uma noite em Belo Horizonte, para onde ele voou no rastro dela, a Belo Horizonte, onde, num sábado de 1969, Erika Sommer o convidou para participar do seqüestro de um avião para Cuba, uma noite em Belo Horizonte ele a olhou de longe com esse mesmo binóculo "made in Japan". Era uma homenagem aos exilados que acabavam de voltar, depois de 10, 15 anos longe do Brasil, organizada pelo Comitê Brasileiro da Anistia, seção de Minas Gerais, no auditório da Faculdade de Direito da UFMG, onde o ranger das cadeiras e as tosses lembravam velhas assembléias, velhos concursos de oratória que ele ganhava. Erika Sommer estava lá, vestia uma jardineira listrada de vermelho e branco, e estava no palco, fazendo parte da mesa, sentada na última fila de cadeiras. E ela conversava com o ex-líder estudantil Wladimir Palmeira, mesmo na hora dos discursos, ela e ele conversavam, e ela ria, e fazia calor e Wladimir Palmeira abanava Erika Sommer com um exemplar do jornal *Em Tempo,* e, olhando no binóculo, ele sentia ciúme, ainda que Erika Sommer não risse com um jeito de rir que ria ao lado dele, o que lhe deu a certeza de que Erika Sommer jamais amou, nem amava ninguém, como o amou.

Naquela noite em Belo Horizonte, Erika Sommer riu muito. Ela só deixou de rir na hora em que a ex-guerrilheira do Araguaia, Elza Monerat, começou a ler em voz alta, de pé lá no palco, a lista dos mortos e desaparecidos em 15 anos de ditadura militar no Brasil. Quando Elza Monerat leu o nome dele, dele que estava ali, um morto-vivo, fantasiado de Homem do Sapato Amarelo, e o auditório respondeu "Presente!", ele viu, pelo binóculo, uma lágrima no olho cor de champanhe de Erika Sommer. Depois disso, Erika Sommer nunca mais foi a mesma, por onde o fantasiado de binóculo a seguiu, nos bares e ruas, nessa noite de Belo Horizonte: ficava distante e assoava o nariz com um lenço, como se estivesse gripada e ele se alegrava porque se sentia vivo no fungar do nariz dela.

Agora tenta evitar a lembrança de Erika Sommer, ainda debruçado na janela do 17º andar: hoje, 1º de abril, está marcado para ser o começo da Revolução da Alegria no Brasil. Há 40 dias os postes, muros e esquinas do Brasil mostram aqueles cartazes e out-doors que dizem:

"Alegria: Deus é Brasileiro!
Faça a Revolução da Alegria no 1º de Abril".

As rádios, as estações de televisão, também há 40 dias, tocam o jingle "Alegria: Deus é Brasileiro", e, desde o amanhecer de hoje, a brisa do Brasil sopra perfumada de lança-perfume, fica esta embriaguez. Ele sabe que os milhões gastos com a campanha do Deus Brasileiro saem do bolso dos Rockefellers, coisa da Trilateral, mas o Sapo Diretor da rádio o proibiu de dizer isso pelo microfone, e, assim, hoje será dia de festa no Brasil, e o Brazilian Follies receberá, na Cidade de Deus, no alto do edifício Palácio de Cristal, o mais alto da América Latina, 30 mil convidados e vips de 96 países, será um carnaval brasileiro temporão, tão fora de época como jabuticabas de abril.

Deixa a janela do 17° andar, vai ao banheiro do apartamento, olha-se no espelho: com a peruca loura, a barba e o bigode louros, ele não é ele. Só os olhos verdes o denunciam, mas quando ele põe os óculos escuros, ninguém o reconhece, nem Erika Sommer seria capaz de reconhecê-lo. Agora, vai para o quarto, veste a roupa, aquela fantasia do Homem do Sapato Amarelo, com ela aparece nas revistas, a Manchete que está nas bancas o mostra na capa, é uma fantasia inspirada na fantasia do Chacrinha. O Ibope diz que ele é a maior sensação do rádio brasileiro, a televisão o quer, mas ele sente medo, medo de ser descoberto e de ser mandado embora da rádio, ficar desempregado, como naquela vez ficou, Erika Sommer. Hoje ele é famoso, as mulheres o procuram, mas ele sente medo quando o Sapo Diretor o chama em sua sala, imagina que vai ser despedido pelo Sapo Diretor, sempre de gravata borboleta, a verruga no nariz, aquela verruga que um dia, se Deus quiser, vai virar câncer. O Sapo Diretor fala como quem faz um discurso num velho anúncio do Rum Creosotado:

— Eu lamento muito (tosse), quero que saiba (tosse) que eu lamento mesmo muito, mas (tosse)...

Calça o sapato amarelo, veste o paletó de lamê azul, pára diante do espelho grande no lado de dentro da porta do guarda-roupa, não, este não é ele, cadê a voz que dava patadas antes de 1° de abril de 64?, aquela voz que discutia, que fazia comícios, que gritava, cadê? Quando ele entra no ar, como daqui a pouco entrará, e hoje ele começará a dar seus flashes a partir das 8 da manhã e ficará no ar, de flash em flash, como a grande atração extra, o dia e a noite inteira, quando ele entra no ar, uma voz hippie, muito parecida com a voz do disc-jockey Big Boy, é ouvida. O Brasil conhece aquela voz hippie, a voz do Homem do Sapato Amarelo, uma voz que, quando não está no ar, é excessivamente amável com secretárias, boys, ascensoristas, produtores artísticos, contatos de agências de publicidade, homens do Ibope, puxa-sacos, uma voz que começou a ficar assim medrosa durante a ditadura do general Garrastazu Médici, o pior dos ditadores militares brasileiros.

Volta à janela do 17º andar: e se ele pular agora? Não, um dia, quem sabe hoje, ele vai entrevistar alguém morrendo, então vai parar o Brasil, aaaaaaaantenas e coraçõeeeeessss ligaaaaaados, babies, que o Hoooooooomem do Sapaaaaaaaato Amareeeeeeeelo vai entrevistarrrrrr a morrrrrrrte. Olha da janela: na manhã de 1º de abril, a mesma sensação de que alguma coisa vai acontecer, aviões trovejam no céu, quem sabe é hoje que ele vai parar o Brasil?, fazer com o Brasil o mesmo que Orson Welles fez em 1935 com Nova Iorque, quando radiofonizou a Guerra dos Mundos, de H. G. Wells, quem sabe é hoje? Debruça na janela, não, ainda não será hoje que ele vai pular. E, olhando dali, da janela do 17º andar, ele sente no ar, talvez na alegria desta manhã de 1º de abril, talvez nos aviões que rugem como leões, talvez no cheiro de lança-perfume, ele sente um estranho aviso. Aquele mesmo aviso que sentiu antes de Getúlio Vargas dar um tiro no peito, um tiro que ecoa no Brasil até hoje, o mesmo aviso da renúncia de Jânio Quadros, quando o Brasil parecia feliz como hoje (e, como hoje, aviões a jato trovejavam no céu), o mesmo aviso do dia 1º de abril de 1964, outra vez o Brasil parecia feliz, no sol da manhã, mas um golpe militar derrubava João Goulart. Sente medo: o Brasil está feliz, é um mau agouro, olha o céu luminoso e fala alto:

— Meu Deus, o que acontecerá com o Brasil hoje?

Então, alguma coisa vem voando longe, primeiro é um cisco, depois um cisco esverdeado, depois cresce, é uma folha esverdeada, e se transforma numa borboleta verde. Sim, era ela, a Borboleta Verde da Felicidade que a vidente M. Jan, também conhecida como Sissi, cassada pelo AI-5 e enterrada viva pelos homens do delegado Fleury, anunciou que, no dia em que aparecesse voando, ia mudar o destino do Brasil, para o bem ou para o mal. A Borboleta Verde da Felicidade entra na sala do apartamento do 17º andar: ele ajoelha-se e reza, é materialista e ateu, mas reza:

— Levai convosco, Borboleta Verde da Felicidade, todo o meu medo, toda a minha solidão e a minha tristeza...

2

— Alô helicóptero nº 3, alô. Central de Comando chamando helicóptero nº 3. *Que São Domingos Sávio me proteja, santo Deus! Como pode, caramba!, uma merda de borboleta verde foder o coração de um homem? Como é que pode, caramba?* Alô helicóptero nº 3, Central de Comando chamando urgente. *Como é que pode, caramba? Bem que quando eu vi esta manhã desgraçada de tão bonita, uma coisa me falou: Reza pra São Domingos Sávio, caramba! E eu comecei a rezar pra São Domingos Sávio: pra ele afastar a lembrança de Bebel de mim, amém.* Alô helicóptero nº 3. Aqui Central de Comando chamando urgente. *Onde essa zebra se meteu, caramba? Será que ainda nem levantou vôo? Vai ver que ele tá lá na cantina, caramba! Comendo pastel de queijo, vai que ele tá lá, mas era pras 7 em ponto o filho da mãe levantar vôo, caramba!* Alô helicóptero nº 3, Central de Comando chamando urgente helicóptero nº 3. *Como é que pode, caramba? Uma merda de uma borboleta verde invade uma área de segurança nacional e fode o coração de um homem, caramba! Eu tava rezando pra São Domingos Sávio, caramba, quando a merda da borboleta verde entrou voando na cabine da Central de Comando, santo*

Deus! E eu olhei pra ela e pensei em Bebel. Bebel na cozinha, fazendo o café da manhã, santo Deus! E aí me deu esse troço, caramba, de querer saber quantas horas são na Bolívia... Alô helicóptero nº 3, Central de Comando chama urgente...

— Alô, Central de Comando, helicóptero nº 3 a postos, na escuta...

— Caramba! Onde você se meteu, caramba?

— Um pequeno pormenor, sargento...

— Que pequeno pormenor coisíssima nenhuma, helicóptero nº 3! Caramba! Você está cônscio da missão que vai executar, caramba? Está, caramba?

— Estou cônscio, sargento...

— Olha, caramba! Você pode ganhar a Grã-Cruz do Cruzeiro do Sul, está me entendendo, caramba? Sabe o que isso significa, caramba? Agora me diz uma coisa, caramba.

— Pois não, sargento.

— Como tá a manhã, vista de helicóptero, caramba?

— Tá um céu brigadeiro, uma lindeza, sargento. E tá cheirando a lança-perfume, sargento...

— Cheirando a quê, caramba?

— A lança-perfume...

— Aqui também, caramba! Tá um cheiro louco de lança-perfume, o serviço secreto já está apurando a causa...

— Estou lembrando de uma marinheira que eu pulei o carnaval com ela uma vez lá em Belorizonte, sargento...

— Eu, hein, caramba? Já vi que você não tem nada nessa cachola mesmo. Então isso é conversa pra hora de trabalho, caramba! Ponha uma coisa na tua cachola, caramba: você pode ganhar a grã-cruz do Cruzeiro do Sul, caramba! Então não me venha com esse papo sobre uma marinheira num carnaval em Belorizonte, caramba! Você não parece cônscio das suas obrigações, caramba! Juro que não parece...

— Desculpa, sargento...

— A Central de Comando quer saber, helicóptero n⁰ 3, se há alguma anormalidade nas ruas. Está me ouvindo bem, helicóptero n⁰ 3?

— Som perfeito, Central de Comando...

— Alguma anormalidade nas ruas?

— Tudo na mais santa paz, Central de Comando. Só os carros é que tão buzinando como se o Corinthians tivesse sido campeão...

— Fique de olho nas ruas, caramba! E qualquer outra anormalidade, avise, caramba!

3

São 7 e 15 da manhã no Brasil, as árvores das ruas amanheceram enfeitadas de serpentinas, o cheiro de lança-perfume abafa os outros cheiros da manhã, aquela mistura de limão do sabão com que lavam a entrada dos edifícios, a porta dos bares e das lanchonetes, o cheiro da gasolina e do diesel que queimam nos carros e ônibus, o perfume de uma ou outra mulher, o odor de suor e uma espécie de mau hálito que toda cidade brasileira tem e que a brisa carrega e já levou o General Presidente do Brasil (que, hoje, apesar dos desmentidos, está delirando, com febre) a prometer um discurso:

— Dia virá, brasileiros, em que a brisa do Brasil soprará impregnada das mais puras fragrâncias dos perfumes franceses, para anunciar ao mundo que, aqui, fica o paraíso sobre a face da terra...

Hoje, 1⁰ de abril, os que estão nos ônibus, nos metrôs, nos trens, nos carros, nas ruas, sentem uma alegria que esfria a boca do estômago, como se hoje aguardassem a primeira festa ou o primeiro encontro com a amante e não sabem se cantam um samba ou se rezam:

— Senhor, não deixeis o Brasil cair em tentação, Senhor, e livrai o Brasil de todo mal, amém...

Lânguida, talvez um pouco sexy, a Borboleta Verde da Felicidade segue seu vôo e vê um homem com um fuzil de mira telescópica na mão entreabrir a cortina da janela de um apartamento no 8º andar e olhar a manhã de 1º de abril. Hoje à noite, quando a lua surgir, ele vai matar alguém de olhos verdes, porque ele só mata ou tortura quem tem olhos verdes. Poucos sabem, mas foi ele quem disparou o tiro fatal que matou Carlos Marighela no dia 4 de novembro de 1969.

— Ele é um bosta como qualquer filho da mãe de terrorista ou subversivo — dizia, a respeito dele, o falecido delegado Sérgio Paranhos Fleury. — Agora, porra, se o terrorista ou subversivo tiver olho verde, sai de baixo, é serviço pra ele...

Assim de perto, como agora o vê a Borboleta Verde da Felicidade, o homem com o fuzil na mão lembra o ator Tyrone Power. Um Tyrone Power já um pouco gordo, mais de 56 anos, que hoje não fez a barba, ontem também não, um dente da frente quebrado, o cabelo untado, partido de lado, os fios brancos disfarçados com tintura.

— Não, caralho, eu não era assim nos meus bons tempos, caralho. Nos meus bons tempos, caralho, eu era o homem mais bonito do Brasil...

Tyrone Power olha a borboleta verde, por que aquela borboleta verde o inquieta, deixa-o tão apreensivo? Ele respira o ar com lança-perfume, fica lembrando de quando ele era o homem mais bonito do Brasil e trabalhava como isca, para conquistar mulheres para o Doutor Juliano do Banco, lá em Belo Horizonte. Bons tempos, Tyrone Power tinha 32 ternos, 87 gravatas, um Buick preto cheirando a carro novo, aquele cheiro bom de carro novo que os carros fabricados no Brasil não têm, usava sapato Scatamachia de bico fino e tinha dinheiro no bolso: o Doutor Juliano do Banco lhe pagava um salário de jogador de futebol, na época, ele ganhava mais do que o grande Ubaldo Miranda, que fazia gols espíritas e era o ídolo do Atlético, sempre carregado nas costas pela torcida como um deus negro.

— Naqueles tempos, caralho, eu tinha três ternos de linho S-120 e o Ubaldo Miranda só tinha um...

Lembra-se do Doutor Juliano do Banco: os olhos esbugalhados como olhos de sapo, as orelhas de abano, o Doutor Juliano do Banco era podre de rico, diziam que era o homem mais rico do Brasil, perto dele o conde Matarazzo era pobre. Magro, pequeno, o Doutor Juliano do Banco usava sapato com um salto alto, como não era moda naqueles tempos, para ganhar três ou quatro centímetros de altura, e todo dia o Doutor Juliano do Banco precisava de uma ou duas mulheres, se não tivesse uma mulher na cama, tinha aquela crise, ficava macambúzio, começava a falar no pai que foi um pobre diabo, que não tinha onde cair morto, depois começava a cantar como um demente:

"Quando eu morrer
não quero choro nem vela
quero uma fita amarela
gravada com o nome dela..."

Tyrone Power sente saudade do Doutor Juliano do Banco, é verdade que o Doutor Juliano do Banco lhe deu um chute na bunda, depois de 15 anos de bons serviços; se não fosse o compadre Sérgio Fleury levá-lo para São Paulo, arranjando para ele aquele emprego de guardião especial da cantora Vanderléa, para afastar as mãos bobas que sempre queriam apalpar e dar beliscões na "Ternurinha da Jovem Guarda", ele, Tyrone Power, estaria fodido e mal pago.

— Caralho, eu hoje ainda podia fazer sucesso com as menininhas de 16 anos, elas não podem ver um quarentão que ficam doidas...

A borboleta verde voa em volta da cabeça de Tyrone Power: ele não sabe explicar o medo que sente, aquela estranha vontade de ajoelhar e pedir perdão por ter enterrado viva a guerrilheira urbana que usava o codinome de M. Jan.

4
(Sangue de Coca-Cola)

Surgem os primeiros fantasiados nas ruas, o ayatolah Khomeiny passeia abraçado com Farah Diba, Fidel Castro fuma um charuto Havana de mão dada com Jackie Kennedy, os blocos caricatos aparecem nas esquinas, o trânsito fica engarrafado, as buzinas tocam como se comemorassem alguma coisa e cai papel picado das janelas dos edifícios, o cheiro de lança-perfume aumenta, cantam nas ruas:

"É hoje
que eu vou me acabar
amanhã eu não sei
se eu chego até lá..."

A borboleta verde assiste à prisão de um Arlequim que gritava "Morra o Deus do Brasil!" e foi arrastado por seis fantasiados da Ku Klux Klan, voa sobre os edifícios em construção onde os operários respiram o lança-perfume do ar e acreditam que hoje serão os donos daqueles edifícios, e, como uma bailarina, ela chega voando na janela de um apartamento onde um homem está espancando um menino na manhã de 1º de abril.

— Não, pai, não! — grita o menino de 7 anos que está apanhando do pai. — Não, não, pai!

É um menino louro e ele está preso entre as pernas do pai, e o pai ergue a mão e bate com força na nádega do menino e o menino grita e outra vez o pai ergue a mão e bate e outra vez o menino grita.

— Pai, não! Pelo amor de Deus, pai!

Quando vê a borboleta verde, o pai larga o menino e o menino fica agachado num canto da sala, olha para o pai com compridos olhos de um cão e chora como um cãozinho.

— Você diz pra eu falar a verdade, pai, aí eu falo e você me dá bronca, depois você me dá porrada...

Mas o pai não escuta o menino: o pai olha a borboleta verde. Então a mãe do menino entra na sala. Chorando, o menino se parece com a mãe, e isso doía no pai. A mãe viu o menino encolhido no canto da sala, como um cachorrinho, correu para ele e o abraçou, dizendo:

— Filhinho! Filhinho!

Quando triste, a mãe do menino ficava mais bonita. Lembrava Claudia Cardinale, quando triste. E, chorando, o menino ficava mesmo muito parecido com a mãe.

— Borboleta verde, me ajuda! — diz o pai, como se rezasse. — Eu não tenho nenhuma fé, me dá uma fé, borboleta verde!

A borboleta verde voa para longe, o pai se agacha junto do filho e da mulher que lembra Claudia Cardinale. Ele tinha a palma da mão direita ardendo das palmadas que deu e o menino disse, ainda chorando:

— Depois, você não vem me pedir minha prancha emprestada, que eu não empresto...

O pai continuou calado e o menino continuou:

— Depois, também, não vem pedir desculpa que eu não dou, desta vez eu não desculpo...

Quando o menino pára de chorar, o pai veste o blazer azul, e, muito elegante, sai de casa para reclamar por que cortaram doze dias no seu salário, exatamente no mês em que mais trabalhou. Ele é redator da agência de publicidade W. C. Advertising, foi um dos responsáveis pela campanha "Alegria: Deus é Brasileiro", cujos cartazes e outdoors estão em todos os postes e esquinas das grandes cidades brasileiras, anunciando para hoje, 1º de abril, o início da Revolução da Alegria no Brasil. Ele parece um Camaleão Amarelo e, enquanto caminha na rua, respirando o ar com lança-perfume, querendo cantar e pensando no filho, ele se lembra do seu amigo G. Horta falando: Olha, quando você se sentir muito derrubado, você escanhoa bem a barba, passa no rosto uma loção bem forte, veste a melhor roupa que você tiver, e faz uma cara boa, pra dar a impressão de que você está na melhor, porque se notarem que você está por baixo, vão te foder ainda mais...

Ele faz sinal para um táxi, sente a palma da mão queimando.

— Meu filho, seu pai te bateu hoje, meu filho, porque seu pai tem sangue de Coca-Cola correndo na veia, um dia, meu filho, você vai saber disso e entender seu pai...

5

És o General Presidente do Brasil e tua mão desliza debaixo do travesseiro e segura o revólver 38 que foi do teu pai: cessa o rumor de carnaval no teu coração e, queimando de febre, essa febre que te fez delirar cada minuto da noite com o Brazilian Follies, tu apontas o revólver 38 para a borboleta verde que voa no teu quarto. Tua mão esquerda treme: és canhoto, e canta dentro de ti um resto de carnaval, do teu delírio:

"É hoje que eu vou
me acabar
amanhã eu não sei
se eu chego até lá..."

Teu dedo vai puxar o gatilho do 38, mas te lembras da filha da dona da pensão em Porto Alegre, onde moravas quando eras cadete. Não, nessa época, nem a vidente que consultaste podia prever que, um dia, serias o todo-poderoso General Presidente do Brasil: eras só um cadete e, de noite, quando os gatos miavam fazendo amor no muro, tu, pisando com pés de gato, olhavas a filha da dona da pensão trocar de roupa, pelo buraco da fechadura. Era um strip-tease só para ti e, com teu coração batendo na garganta, tu vias, uma a uma, as peças sendo tiradas, até que ficava nu o corpo moreno da filha da dona da pensão e tu olhavas e pensavas nas éguas da campina.

E, agora, tantos anos depois, quando apontas teu revólver 38 para essa borboleta verde que os teus serviços secretos dizem que pode pôr em perigo a segurança, não apenas do teu governo, mas a segurança de todo o hemisfério, agora, a lembrança da filha da dona da pensão de Porto Alegre, com seu corpo moreno e seu sotaque mineiro, marcado de "uais", aparece na tua frente, e tu abaixas teu revólver 38.

— Em tua homenagem, moça que eu via pelo buraco da fechadura, esta borboleta verde continuará viva...

Com o revólver 38 na mão, tu falas alto: tu falas alto, outra vez sentindo que és o capitão Carlos Lamarca, comandante guerrilheiro, e não o General Presidente do Brasil. Não sabes se é o delírio da febre que não te deixou dormir, não sabes se é o lança-perfume que está no ar e esconde o cheiro da miséria brasileira, essa miséria brasileira que te persegue e que te faz cheirar um vidrinho de Vivara que carregas no bolso, sempre que a brisa sopra — simplesmente, não sabes o que é, mas o certo é que nesta manhã de 1º de abril tu acordaste e disseste ao Cavalo Albany, teu maior amigo e confidente:

— Eu sou o capitão Carlos Lamarca...

Ah, inocente! Tu, que sempre espionaste os teus próprios sonhos, ditador de ti mesmo que és, tu que espionaste os sonhos alheios, como chefe do SNI, tu não sabes, ingênuo, que estás sendo espionado. Costumas dizer que conheces os homens pelo avesso, mas nada sabes da trama que é feita contra ti, nem sabes do papel que nela desempenha o Cavalo Albany, esse Cavalo Albany que te levou a um rosário de frases infelizes, éssas frases infelizes que te transformaram numa anedota que anda de boca em boca no Brasil e fazem até as crianças rirem de ti, esse Cavalo Albany que te levou a dizer, num momento de fraqueza:

— Quanto mais conheço os homens, mais admiro os cavalos...

Com o revólver 38 na mão, em pé, e, agora, sim, sentindo que és mesmo o General Presidente do Brasil e não um capitão morto, que chamas de terrorista, tu olhas para essa arrogante borboleta verde que viola o espaço aéreo brasileiro e escutas tua voz gritando com ela:

— Considere-se presa em nome da Segurança Nacional e da Segurança do Hemisfério!

Indiferente aos teus berros, a borboleta verde continua a voar no teu quarto, esse teu quarto que já não sabes onde fica, que sabes apenas que fica num ponto qualquer do território nacional, e tu escutas teus gritos:

— Entregue-se à prisão! Sabes com quem estás falando, borboleta corrupta e subversiva? Eu sou o general Humberto Arthur Emílio de Garrastazu e Geisel de Figueiredo e exijo respeito!

Como o Bem-Te-Vi que sempre pousa na árvore em frente à tua janela e te deixa com a impressão, ouvindo-o cantar Bem-Te-Vi! Bem-Te-Vi!, que cometeste algum crime hediondo e foste pego em flagrante delito, como o Bem-Te-Vi, a borboleta verde não te obedece. Então, tu, General Presidente do Brasil, assim como David Bennett se transforma no Incrível Hulk, no programa da televisão que mais amas, tu vais te transformando no Incrível Médici, O Milagreiro, tua imagem idealizada: como os olhos de David Bennett, teus olhos vão mudando de cor, vão se tornando azuis como os olhos do general Garrastazu Médici, e, como um caranguejo, o Brasil anda para trás, recua no tempo, escutas a narração de gols de Pelé e musiquinhas patrióticas e o latir das sirenes, que abafam os gritos dos torturados. Agora és o Incrível Médici, o Milagreiro, tens o AI-5 à tua disposição, só não consegues evitar que essa borboleta verde desapareça do teu quarto.

— Sou o Incrível Médici, o pai do Milagre Brasileiro! — tu gritas com a borboleta verde — Ajoelhe-se a meus pés, em nome de Deus e da Pátria!

Mas já não provocas medo: em outros tempos, não precisavas gritar: bastava o teu olhar mudar do azul para o cinza que todos tremiam, porque o cinza era a cor da tua fúria, assim como o verde-claro anunciava a tua alegria, sinal de que todos em volta deviam também se alegrar, e o olhar violeta prenunciava a tua tristeza, e era prudente entristecer perto de ti nessas horas, e o teu olhar verde-escuro anunciava chuva, tanto que baixaste um decreto secreto ordenando que as previsões de chuva no Brasil só podiam ser anunciadas depois que o Serviço Nacional de Meteorologia consultasse teus olhos. Num teu dia de mau humor, lembras-te?, invocaste o AI-5 e cassaste o tenente aviador da meteorologia, porque ele ousou dizer que respeitava o olhar verde-escuro, o das chuvas, do Digníssimo Presidente da República, que eras tu, mas que confiava mais nos balões que ele punha boiando no céu.

— Inimiga da Pátria! — tu gritas para a borboleta verde — terrorista a soldo do estrangeiro! Já sei o que te vou fazer...

Então tu pegas esse telefone vermelho no teu quarto e, com a voz de galã de radionovela, essa tua voz com que lias os teus discursos que eram líricas declarações de amor à Pátria, a Pátria que entregaste às multinacionais ao som de sambas patrióticos, com a voz de galã de radionovela, tu falas ao telefone:

— Alô, é da Operação Bandeirantes?

— Sim — uma voz responde sonolenta, depois do telefone chamar seis vezes.

— Quero falar com o Fleury — tu dizes.

— Com quem? — estranha a voz.

— Com o delegado Sérgio Paranhos Fleury, tenho um serviço especial para ele...

— Vai passar trote na mãe! — grita a voz ao telefone.

— Mais respeito! — tu gritas ao telefone — Sabe com quem estás falando?

— Bem, eu — gagueja a voz ao telefone.

— Estás falando com o Presidente da República — tu berras — , e eu preciso urgente falar com o Fleury...

— Perdão, Presidente — diz, submissa, a voz ao telefone — Vossa Reverendíssima, perdão, Vossa Excelência me desculpe, mas o delegado Fleury, que Deus o tenha e guarde, morreu há vários anos, Presidente...

6

Por que, nesta manhã de 1º de abril tão cheia de presságios, um helicóptero de peito azul leva a ayalorixá baiana Olga de Alaketo ao encontro do Deus do Brasil, que hoje à noite vai lançar a Revolução da Alegria, durante o Brazilian Follies? Só Olga de Alaketo sabe. Anteontem, sob suspeita de seqüestro, de tanto mistério que fizeram, um avião a trouxe de Salvador e o que disseram a Olga de Alaketo foi que, dos poderes dela junto de Obàlúaiyé Omulu, dependia a sorte do Brasil.

No helicóptero que voa sem pressa para a "Cidade de Deus", que fica no 158º andar do edifício Palácio de Cristal, onde será o Brazilian Follies, Olga de Alaketo respira o ar carregado de lança-perfume, mas não fica alegre. Em outros tempos, antes de ser a ayalorixá famosa, preferida por governadores, senadores, generais que sonham com as cinco estrelas e com o Palácio da Alvorada e, mesmo, a preferida do General Presidente do Brasil e dos políticos em desgraça, ou recém-saídos da desgraça, em outros tempos, Olga de Alaketo amava o lança-perfume. Ela era empregada doméstica em Salvador, esguichava o lança-perfume Rodouro da patroa na barra do vestido, era uma alegria verde, Olga de Alaketo ria, acreditava que um dia ia ser feliz. Mais tarde, quando era Presidente da República, Jânio Quadros, aquele louco varrido, proibiu o lança-perfume no Brasil, como podia fazer isso? Pela primeira vez, Olga de Alaketo sentiu que um Presidente do Brasil podia afetá-la, teve vontade de se juntar aos estudantes que ela via fazendo comício na Praça Castro Alves.

Mais tarde, ela experimentou o lança-perfume argentino, isso quando começou a ganhar fama como mãe-de-santo, mas não era a mesma coisa, aquilo não passava de um cheiro bom argentino, diziam que atacava o coração, provocava câncer, e ela nunca esqueceu o lança-perfume brasileiro. Em 1979, já famosa como ayalorixá, Olga de Alaketo recebeu a visita, em Salvador, de Jânio Quadros, que recobrava os direitos políticos suspensos pelos militares e resolveu consultá-la, certo de que, se a tivesse procurado antes, jamais teria escrito a carta-renúncia.

— Doutor Jânio — disse Olga de Alaketo, logo que ele se sentou na sala —, sabe, doutor Jânio, que eu não o perdôo de uma coisa?

Jânio Quadros quase riu, na hora Olga de Alaketo achou-o velho, acabado, e ele perguntou:

— Não me perdoa de me ter renunciado?

— Não, doutor Jânio, eu não o perdôo do senhor ter proibido o lança-perfume no Brasil...

Agora, olhando a manhã azul de 1º de abril, que lembra as manhãs de Salvador, Olga de Alaketo respira o ar com lança-perfume e se lembra da Mãe Celeste, alguma coisa a corta por dentro, caco de vidro na alma. A Mãe Celeste era uma cachorra: seria apenas uma vira-lata magra, se o pai, um dálmata alegre e boêmio, com pedigree e perfumado, não tivesse fugido da casa elegante em Salvador, atraído pelos encantos de uma vira-lata branca, o pêlo sujo de carvão, uma vira-lata magra, cheirando a mendigo, mas esguia e cheia de sexo. Do pai dálmata, a Mãe Celeste herdou as grandes pintas negras no pêlo branco, a alegria e o gosto pela convivência, certa altivez, um problema de pedras nos rins, e uma surdez que iria custar sua vida. Da mãe vira-lata, a Mãe Celeste herdou, além dos olhos cor de mel, uma repentina tristeza, que a fazia uivar nas noites de lua amarela, e a fidelidade dos cães de mendigo.

— Omulu — pede Olga de Alaketo —, protege a alma de Mãe Celeste!

A Mãe Celeste chegou ao barraco do Alagado quando a mãe verdadeira de Olga tinha morrido num surto de bexiga em Salvador. A menina Olga estava com 3 anos, um irmão com 4 anos e a irmã mais velha com 5 anos. A Mãe Celeste chegou com as tetas cheias, sangrava na orelha, briga?, tiro?, dentada?, ficou sempre esse mistério. Fez festa para todos e o pai de Olga, o alfaiate Beleu, campeão dos concursos de fantasia do carnaval baiano, que pensava em comprar uma cabra para amamentar a menina Olga, tratou do ferimento da Mãe Celeste (e foi ele quem a chamou assim, de Mãe Celeste), lavou suas tetas com álcool e, quando a menina Olga chorou de fome, ele a pôs para mamar na Mãe Celeste. A Mãe Celeste adotou-a como filha, lambia seu cabelo muito preto enquanto a menina Olga mamava. E aquela cachorra foi a verdadeira mãe de Olga, enquanto viveu.

— Omulu, nunca amei a ninguém como amei Mãe Celeste, protege a alma dela, que Mãe Celeste tinha alma, Omulu!

O helicóptero voa e é então que Olga de Alaketo vê a Borboleta Verde da Felicidade, voando sem se perturbar com a ventania provocada pela hélice do helicóptero, e Olga de Alaketo pergunta:

— Omulu, o que vai acontecer com o Brasil hoje?

7

Aumenta o cheiro de lança-perfume no Brasil e a febre do General Presidente sobe, aparecem mais fantasiados nas ruas, agora Marlon Brando dança o último tango com Maria Schneider, o Frankstein desfila com Brigitte Bardot e o Conde Drácula deixa a marca de seus dentes de vampiro no pescoço de Sofia Loren, e cantam e rezam nas ruas do Brasil e, em São Paulo, onde o lança-perfume já não deixa sentir o bafo do Tietê, um helicóptero, deixando à mostra a boca de uma metralhadora, voa sobre a alegria das ruas como uma ave de mau agouro.

— Caralho, o que a porra dessa borboleta verde tá querendo comigo?

Sentado num sofá no apartamento no 8º andar, Tyrone Power olha a borboleta verde que, outra vez, entra em seu esconderijo. Ele não sabe dos boatos que circulam no Brasil; na noite de ontem, domingo, quando entrou naquele apartamento para cumprir sua missão, Tyrone Power trouxe o fuzil de mira telescópica, a inseparável Lugger que foi de Marighela e o walkie-talkie. Disseram a Tyrone Power que não trouxesse rádio, e evitasse qualquer barulho, para não chamar a atenção dos vizinhos — ontem, Tyrone Power assistiu ao "Fantástico", sem o som da televisão.

Agora, Tyrone Power não sabe da onda de boatos, não sabe que falam que a Revolução da Alegria vai provocar a criação da República Socialista do Brasil ou a criação do I Reich do Brasil.

— Pra fora, borboleta, pra fora, caralho!

Com a ponta do fuzil de mira telescópica, Tyrone Power espanta a borboleta verde do apartamento, aquele apartamento que ele não sabe de quem é, mas que cheirava a apartamento fechado há muito tempo, só com os móveis, sem ninguém morando nele.

— Pra fora, caralho, e se voltar de novo, eu...

A borboleta verde sai voando pela janela e Tyrone Power pensa que ela pode ser o espírito de M. Jan, codinome Sissi, que ele enterrou viva. Depois, Tyrone Power afunda no sofá, e, querendo cantar, por causa do lança-perfume que agora sufoca o cheiro de coisa fechada do apartamento, volta a pensar no Doutor Juliano do Banco.

— Caralho, que saudade fodida, caralho!

O Doutor Juliano do Banco tinha idéia fixa em jogadoras de vôlei, porta-bandeiras das paradas de 7 de setembro, balizas dos Jogos da Primavera. E ele, Tyrone Power, que era o homem mais bonito do Brasil, ele no seu Buick preto cheirando a novo, conquistava aquelas moças, que sonhavam, coitadas, com as glórias de Hollywood, e ele as entregava ao Doutor Juliano do Banco, que as engravidava, uma a uma, já tinha 131 filhos naturais e dizia a Tyrone Power que sua meta era chegar nos mil, então (Tyrone Power escuta a voz dele agora) seria considerado o garanhão nº 1 do Brasil e da América Latina e quiçá do mundo (o Doutor Juliano do Banco gostava muito de falar a palavra quiçá).

— Caralho, eu podia tá lá, com o Doutor Juliano do Banco, e nunca devia ter entrado pro Dops...

Tyrone Power entrou para o Dops muito novo, ainda em Belo Horizonte, quando o governador de Minas era Juscelino Kubitschek. Na época, o semanário *Binômio,* fechado no dia 1º de abril de 1964 e que o Doutor Juliano do Banco chamava de jornaleco filho da puta, publicava charges mostrando uma fila de moças entrando de mãos abanando no banco do Doutor Juliano do Banco e saindo de lá com um filho no colo. Numa segunda-feira, o Doutor Juliano do Banco chamou Tyrone Power no seu gabinete, ele achou que era para tomar aquela injeção de vitamina C na veia, mania do Doutor Juliano do Banco, mas não, o Doutor Juliano do Banco disse que Tyrone Power ia ser investigador do Dops, com carteirinha e tudo, não precisava trabalhar, era só uma fachada, e se aquele jornaleco filho da puta falasse alguma coisa sobre a verdadeira função de Tyrone Power, ia se ver é com o Dops, aí o buraco era mais embaixo, aquela cambada ia ver.

— Mas quem acabou enrabado fui eu...

Tyrone Power entreabre a cortina da janela naquele 8º andar: olha a manhã muito azul, cheia de sol, vê aviões a jato urrando no céu do Brasil, suspira e diz:

— Eta saudade fodida!

8

— Alô, Central de Comando, aqui helicóptero nº 3 chamando Central de Comando...

— *Como pode, caramba, uma simples borboleta verde foder o coração de um homem? Como pode, santo Deus? E, agora, esse cheiro de lança-perfume vem, caramba, e me deixa com essa merda de vontade de cantar, caramba!*

— Alô, Central de Comando, helicóptero nº 3 chama Central de Comando com urgência, alô...

— *Vou rezar: pra São Domingos Sávio afastar de mim a lembrança de Bebel e de todo mal, amém...*

— Alô, Central de Comando, helicóptero nº 3 chama com urgência, Central de Comando...

— Central de Comando na escuta...

— Aqui helicóptero nº 3, Central de Comando...

— Que novidade, hein, Pedro Bó? Fala, caramba! Mas o que é isso com a sua voz, caramba! Você está comendo alguma coisa, caramba? Eu, hein?

— Estou comendo um sanduíche de peito de frango, Central de Comando...

— Eu, hein, Pedro Bó? Você chamou a Central de Comando pra falar que tá comendo um sanduíche de peito de frango, caramba? Tocou pra isso, caramba?

— É que eu comecei a comer o sanduíche de peito de frango e danei a lembrar do meu pai, Central de Comando...

— *Caramba, eu lembro de Bebel e fico bom com essa zebra, caramba!* Mas caramba, você come um sanduíche de peito de frango e lembra do pai, caramba?

— É, Central de Comando...

— Você está chorando, caramba?

— É que eu lembrei do meu pai, Central de Comando. Meu pai era tarado por peito de frango, Central de Comando...

— E por causa disso, caramba, você precisa chorar? Eu, hein?

— É que meu pai já morreu, Central de Comando. E ele era tarado por um peito de frango, Central de Comando, era tarado. E toda vez que eu como peito de frango, Central de Comando, eu lembro do meu pai, eu juro que lembro dele...

— *Caramba, eu lembro da Bebel e fico gostando dessa zebra, caramba!* Pois abre o coração comigo, caramba! Desabafa, caramba! Mas pára de chorar, caramba!

— Alô, Central de Comando, alô...

— Abre o coração, caramba!

— Toda vez que eu como peito de frango, eu fico lembrando do meu pai, Central de Comando! Fico lembrando da cara boa do meu pai comendo peito de frango, eu juro que fico lembrando. E aí, Central de Comando, me dá um troço...

— Que troço, caramba? Pode abrir o coração comigo, menininho...

— Me dá um troço...

— Pára de chorar, caramba! Que troço que te dá, caramba?

— Eu fico achando que não devia, Central de Comando...

— Não devia o quê, caramba?

— Não devia comer peito de frango, Central de Comando...

— Mas por quê, caramba?

— Porque meu pai era tarado por peito de frango, Central de Comando, e meu pai tá morto. Então eu acho, Central de Comando, que isso nunca mais eu devia fazer, eu juro que isso eu não devia fazer nunca mais...

9

"Salve Virgem gloriosa
Doce Santa milagrosa
Na sede, sois a pausa que refresca
No calor das tentações
Refrescante é a vossa doçura
Para quem tem de vós o amor
Tudo vai melhor
Vós que a tudo concedei mais vida
Oh Santa Coca-Cola
Padroeira dos impossíveis..."

Na minha ficha no Dops ou no DOI-CODI ou no CENIMAR ou num livro no Cartório de Registro Civil em Terras de Além-

Mar, deve estar escrito que eu tenho olho verde e que meu nome é Vera Cruz Brasil, mas meu codinome ou nome de guerra ou nome de paz ou nome artístico ou nome de ilusão, é Julie Joy, se bem que eu gostaria de me chamar era América, porque eu acho que se eu me chamasse América e olhasse o mundo lá da Ilha de Manhattan, eu não ia ter essa tristeza como tem hora eu tenho e nem eu ia chorar o Rio Amazonas ou o Oceano Atlântico assistindo telenovela, porque se eu me chamasse América nada ia ser como é e eu nem estava aqui parada nesta fila, eu com esta barriga de 8 meses e 23 dias, respirando um cheiro de carnaval e sentindo vontade de cantar e pular e me fantasiar de América ou de Brazilian Bombshell, mas eu me chamo é Vera Cruz Brasil mesmo, só que eu estava cansada da cruz da minha vida que eu carrego, então eu alourei meu cabelo e passei a me chamar Julie Joy, que é como chamava uma cantora brasileira loura e de olhos azuis e que cantava em inglês o "Trevo de Quatro Folhas", porque eu achei que o nome de Julie Joy ia mudar minha vida, e, agora, nesta hora em que a Santa Coca-Cola, que é a minha santa do coração e de devoção, a minha padroeira, porque eu me desiludi com Nossa Senhora Aparecida, agora, nesta hora em que a Santa Coca-Cola vai me ajudar e eu vou pra América, ser enfermeira de Mister Jones, eu alouro meu cabelo dia sim, dia não, com o Super-Azul da L'Oreal de Paris e não faço mais o que eu mais amo, que é ir à praia, pra não me queimar de sol, e eu ainda passo água oxigenada na pele, que é pra quando eu chegar na América e Mister Jones me olhar, ele não ficar me olhando torto achando que no fundo do meu coração eu sou uma negra.

"No calor das tentações
Refrescante é a vossa doçura..."

Eu estou aqui parada numa fila longa e lenta como uma jibóia que engoliu um boi e ela se enrosca como uma cobra ou uma trança de mulher com outras filas longas e lentas como jibóias que engoliram um boi, isso aqui no hall do edifício Palácio de Cristal, o maior edifício da América Latina, onde logo à noite vai haver a festa do século, o Brazilian Follies, e eu estou aqui arrastando esta minha barriga de 8 meses e 23 dias, esperando um filho de um homem que me deixou na mais cruel solidão, como num samba, pobre de mim, na hora dos meus ais, se não fosse a Santa Coca-Cola, eu nem sei o que seria, mas a Santa Coca-Cola me deu força e eu vou ter meu filho e vou pra América ser enfermeira de Mister Jones, porque eu estou cansada de trabalhar num hospital e ficar sentindo o cheiro da pobreza brasileira que eu sinto quando estão lavando roupa na lavanderia do hospital, este cheiro que me persegue e tira meu sono e eu fico rolando na cama e contando carneirinho pulando a cerca e achando que o vento soprando folha seca é a Mula Sem Cabeça, ou o Conde Drácula, ou o Lobisomem, ou o Dops, ou a Oban, ou o DOI-CODI, porque nunca se sabe, e de medo eu até esqueço que eu ganho mal no hospital e que preciso vender sangue no Banco de Sangue de um cara filho do falecido e saudoso Natal lá da escola de samba Estação Primeira de Mangueira, a escola do meu coração, porque eu sou verde-e-rosa, mas eu rezo pra Santa Coca-Cola e me encorajo e me alegro e fico achando que a minha vida é uma quarta feira, porque eu sou da claque do programa "Chico City", da TV Globo, e toda quarta feira eu ganho Cr$ 260,00 extras como membro da claque do programa e fico no auditório cheio de gente, sentada numa cadeira, e Chico Anísio começa a gravar e as cadeiras rangem e lá na frente, num aparelhinho japonês ou americano, letras luminosas acendem e ordenam "Dê uma gargalhada", e aí eu e todos nós damos uma gargalhada e os Cr$ 260,00 eu ajunto pra pagar o vidro de Cabochas que eu compro mês sim, mês não, dum contrabandista que jura que esse Cabochas vem mesmo de Paris e não do Paraguai.

"Para quem tem de vós o amor
Tudo vai melhor..."

Preciso rezar: eu estou aqui nesta fila que cochila como uma jibóia cochilando e eu também cochilo porque ontem, domingo, eu entrei às 5 da tarde numa fila do Inamps em busca de uma guia para internamento e eu passei a noite lá, junto de 300 pessoas que ficavam dormindo e escutando rádio e jogando porrinha ou mesmo fazendo crochê, como duas velhas faziam, e raiou o dia e me mandaram pra cá e eu estou nesta fila respirando este cheiro de lança-perfume e pensando em velhos carnavais e agora eu vejo uma borboleta verde que vem voando na minha direção e eu fico olhando pra ela e pensando que broche lindo que essa borboleta não dá e estendo a mão e dou um bote nela, querendo pegar, mas ela parece feita de ar ou de ilusão e sai voando e eu fico olhando pra ela e me dá um medo e aí eu rezo:

"No calor das tentações
Refresca minh'alma..."

10

— Se um cavalo selvagem galopar no teu coração e tu sentires que o Brasil tá cheirando a carnaval e depois te der vontade de comer omelete de queijo, te prepara, Terê: te prepara porque é o Libertador que vem vindo pra libertar o Brasil e libertar o teu coração...

Sem saber que, por culpa dos olhos verdes, ela está na lista das pessoas que Tyrone Power pode matar hoje à noite, quando a lua surgir, Terê está sentada no fundo da loja de discos "O Divino Inferno do Som", e recorda o que a vidente M. Jan, aquela misteriosa M. Jan, que assumia as personalidades de Sissi e de Madame Janete, lhe disse pouco antes de ser enterrada viva. Quando M. Jan fez a previsão, ela disse a Terê que ficasse tranqüila, mantendo acesa a fogueira do coração, porque era certo que o Libertador viria, assim como era certo que ela, M. Jan, ia ter uma morte trágica, que já estava escrita para acontecer. E M. Jan disse a Terê:

— Eu vou ser enterrada viva, usando o codinome de Sissi, por um homem do delegado Fleury, que vai se apaixonar por mim, vai me seqüestrar do DOI-CODI e, mais tarde, vai me enterrar viva, num dia de carnaval...

E, três meses mais tarde, numa segunda feira de carnaval, cumpria-se a previsão, M. Jan foi enterrada viva por um tal de Tyrone Power, assim Terê não tem dúvida de que a previsão de M. Jan, ligada ao Libertador, vai se cumprir, e vai se cumprir hoje, 1º de abril, porque o cavalo selvagem já está galopando na campina verde do coração de Terê e o Brasil cheira a carnaval e, agora mesmo, Terê sente água na boca, querendo comer omelete de queijo e olha para o alto e diz em voz baixa:

— Graças eu dou a ti, Santa Helena Rubinstein, por teres me mantido jovem e bela, para esperar a chegada do Libertador...

Ninguém sabe a idade de Terê, os anos passam mas Terê continua a mesma, sempre com um ar, quando muito, de 30 anos. Sem sair da cadeira onde está sentada, Terê pega um caderno de *O Estado de S. Paulo* de ontem, domingo, e, com os olhos verdes, uns olhos que olham assim, não por fome de amor, como os homens imaginam, mas por fome mesmo, começa a ler a reportagem sobre o Brazilian Follies, a festa do século:

"Nada menos que 6 mil quilos de carnes, peixes, saladas, doces, queijos e frutas serão servidos aos 30 mil presentes ao Brazilian Follies, que marca o início da Revolução da Alegria no Brasil..."

As mãos de Terê tremem levemente segurando o jornal, mãos de dedos finos e longos, morenos, os homens, tolos homens que nada sabem do coração feminino, acham que aqueles dedos de Terê tremem assim de fome. Não que Terê não ganhe bem como vendedora de discos de "O Divino Inferno do Som", pelo menos ganhava mais do que 80 milhões de brasileiros, mesmo depois do surto das greves provocado pelo vírus encubado desde 1964 e que aumentou os salários no Brasil. Mas é que Terê, várias vezes ganhadora do "Disco de Ouro" como vendedora nº 1 de discos no Brasil, sustenta toda a família — aquela estranha família, pensa ela agora, e volta a ler *O Estado de S. Paulo*.

"Serão servidos 60 diferentes pratos frios, 15 pratos quentes, 50 variedades de doces brasileiros, tortas, saladas e frutas tropicais, além de diversos patês e 12 espécies de queijo. Tudo isso, de procedência nacional, assim como as 10 mil garrafas de vinho que serão oferecidas juntamente com 4 mil garrafas de uísque escocês..."

Terê pára de ler e pensa no pai: o pai sempre de pijama, sem sair de casa, as mãos trêmulas como se sofresse Dança de São Guido, ficaram assim desde que foi preso e cassado naquela primeira leva de cassações de abril de 1964, assinadas pelo carrasco que foi Castelo Branco. Nunca ninguém soube o que aconteceu com ele na prisão, nem a mulher, a gorda dona Valdete, soube. O pai de Terê hoje fica em casa de pijama e chinelo, só se entusiasma com os álbuns de figurinha que coleciona. Terê volta a ler o jornal:

"Com duas equipes de cozinheiras, 120 no total, vem-se trabalhando 24 horas por dia, na última semana, para processar os 60 mil quilos de alimentos que, depois de limpos e cozidos, deverão representar 47 mil quilos postos à mesa. Foram adquiridos para o Brazilian Follies 800 quilos de lagosta, 500 de camarão, 600 de peixe, 300 de frango, 250 de pato, 150 de surubim fumê, 250 de salmão, 250 de vitelo, 200 de lombinho, 100 de carne de caranguejo limpo, 450 de carne bovina, e 450 quilos de queijo..."

Terê volta a pensar no pai, como reconhecer nele o líder sindical bancário de antes de 1º de abril de 1964? Era ele quem propunha as greves, subia no palco, naquelas saudosas assembléias dos bancários, soprava o microfone, fazendo fuuu-fuuu, ria aquele riso que a filha herdou, e quando falava "Companheiros, vamos para a greve", aqueles saudosos bancários de antes de 1º de abril de 1964 o seguiam de olhos fechados. Agora ficava em casa, o pijama listrado, fumando, seu mudo companheiro era o papagaio Fidel Castro, mudo porque ele enfiou uma rolha na boca de Fidel Castro, para evitar que ele gritasse "Abaixo a Ditadura Militar Fascista!". Mesmo depois do fim do AI-5, da anistia, Fidel Castro ficou arrolhado, e se diziam ao pai de Terê que o AI-5 acabou, que ele estava anistiado e devia estender a anistia ao papagaio Fidel Castro, ele duvidava, nem nas greves que os bancários faziam agora ele acreditava, e sua voz sumida dizia:

— Fascismo mal curado é pior que tuberculose mal curada: volta no primeiro resfriado...

Então, ele abaixava mais a voz, como se o Brasil ainda estivesse nos piores tempos da ditadura do general Garrastazu Médici, e sussurrava, parecia num confessionário:

— Estão preparando a Noite de São Bartolomeu no Brasil...

Até o cigarro e o fósforo e as figurinhas, era Terê quem comprava para o pai, do líder sindical de antes não restou nem o bigode, um bigode que ele deixou florescer nos tempos do stalinismo, influenciado, mais do que pelo bigode de Stalin, pelo bigode de Diógenes Arruda, o camarada Arruda, que, mais tarde, rompeu com o PC de Prestes, criou o PC do B, junto de João Amazonas, Maurício Grabois e Pedro Pomar, o camarada Arruda que morreu no Brasil, depois da anistia, quando foi receber João Amazonas no aeroporto em São Paulo, e que ensinou o pai de Terê, naqueles tempos antigos, antes do XX Congresso do PCUS, a fazer ginástica toda manhã. Terê lê O *Estado de S. Paulo*:

"Os queijos finos, o vitelo, o surubim fumê e os faisões que, desossados e ornamentados serão servidos em bandejas de prata, foram adquiridos em São Paulo..."

Fica de pé, *O Estado de S. Paulo* na mão, e olha a borboleta verde que entra no "Divino Inferno do Som": então, cai de joelhos, começa a rezar.

11
(Sangue de Coca-Cola)

Na fila que não anda, no imenso hall do edifício Palácio de Cristal, a palma da mão ainda queima por ter batido no filho e o Camaleão Amarelo recorda as manhãs do campo de concentração que era o Colégio do Bosque, onde ele estudou.

— Lá, as manhãs eram azuis e ficava parecendo sempre que alguma coisa ia acontecer, como hoje, no Brasil...

Ele sente que a cerca de arame farpado do Colégio do Bosque nunca o abandonou: a vida toda esteve cercado de arame farpado, ele próprio era o seu campo de concentração. O Colégio do Bosque, para onde os pais mandavam os filhos como castigo, ficava a 6 quilômetros da cidade de Conceição do Bosque: ficava num bosque cercado de arame farpado e o vento soprava com cheiro de eucalipto e urina. E ficava aquela sensação de que alguma coisa ia acontecer, como hoje, no Brasil.

Na entrada do Colégio do Bosque, junto do portão fechado a cadeado, estava escrito numa tabuleta: "Seja bem-vindo: esta é uma casa de Deus". Mas lá era o inferno, um campo de concentração cercado de arame farpado, e esse campo de concentração o acompanha até hoje, e os sonhos dele foram se tornando magros e esquálidos como judeus em Sobibor ou Auschwitz, ele mesmo levava seus sonhos ao forno crematório, era ele seu próprio carrasco.

— Eu sempre fui o meu próprio Hitler, meu Mengele, meu Borman, porque eu sempre tive sangue de Coca-Cola correndo nas minhas veias...

A fila anda dois passos e pára e ele descobre que, como na época no Colégio do Bosque, até hoje os cães latem dentro dele: no Colégio do Bosque, quando algum aluno fugia, soltavam os cães e os cães latiam como se tivessem caçando e, quando cercavam o fugitivo, os cães latiam flauteado, como na caça aos veados.

— Até hoje aqueles cães latem dentro de mim, caçando meus sonhos...

Junto do latido dos cães, ele escuta a voz do padre Coqueirão, diretor do Colégio do Bosque, ameaçando com o fogo do inferno, o sotaque alemão, e o sotaque alemão dele tornava o inferno mais terrível. A vida toda o Camaleão Amarelo cedeu ao padre Coqueirão: a todos os padres Coqueirão que encontrou pela vida.

— O padre Coqueirão era fanático com futebol e eu nunca vou esquecer aquele jogo Flamengo versus Botafogo...

Era um domingo de tarde e o alto-falante do Colégio do Bosque transmitia o jogo, o padre Coqueirão também escutava no pátio a transmissão feita por Ary Barroso, com Antônio Maria comentando, o padre Coqueirão era Flamengo doente, chutava o ar quando o Flamengo atacava. E quando Índio fez o gol do Flamengo, o padre Coqueirão começou a pular e a gritar de braços abertos e ficou olhando para ele, Camaleão Amarelo.

— Lembro do Ary Barroso tocando aquela gaitinha pra festejar o gol do Índio e lembro do padre Coqueirão me olhando e lembro de mim começando a pular e a festejar o gol do Flamengo e eu era Botafogo doente...

A fila anda quatro passos e pára.

— Eu festejei o gol do Flamengo, mesmo sendo Botafogo, porque eu já tinha sangue de Coca-Cola...

Muitos anos mais tarde, ele estava em Belo Horizonte e o general Garrastazu Médici era recebido por crianças que agitavam bandeiras do Brasil: ele estava na Avenida Afonso Pena, quando o general Médici passou num carro aberto, ao lado do governador de Minas, arrodeado de agentes secretos, um helicóptero voando em cima do cortejo, crianças com seus uniformes de grupo agitando bandeiras verde-amarelas, cantando "Eu te amo meu Brasil" e, ao mesmo tempo, mascando chicles de bola.

— Lembro de uma criança que fez uma bola colorida com o chicle e ganhou um beliscão da professora...

Houve um momento em que o carro do general Médici parou perto dele e os olhos dele cruzaram com os olhos do general Médici, uns olhos azuis, puxando para cinza esverdeados. E ele não desviou os olhos, nem o general Médici desviou. Os meninos dos grupos gritavam "Viva o Presidente! Viva o Presidente!", mascando chicles de bola, e ele, calado e sério, olhava nos olhos do general Médici. Então os agentes secretos o cercaram. E o general Médici não tirava os olhos azuis dele e ele passou a gritar: "Viva o Presidente! Viva o Presidente!", e a caravana seguiu.

— Eu gritei "Viva o Presidente!" quando o meu coração queria gritar: "Assassino! Assassino!". Gritei por causa do meu sangue de Coca-Cola, assim como eu pulei comemorando o gol do Flamengo, mesmo sendo Botafogo doente, no Colégio do Bosque...

A fila continua parada e ele pensa no Colégio do Bosque.

12
(Jornal de ontem)

Cenas de inusitado suspense, dignas do mago Hitchcock, foram dadas presenciar pela reportagem ao anoitecer de domingo passado, tendo como personagem central o padre Coqueirão (que dirige com mão de ferro, no melhor figurino nazista, o campo de concentração vulgarmente conhecido como Colégio do Bosque) e apresentando, como coadjuvantes, cerca de dez alunos do internato maior, integrantes do grupo que se auto-rotulou como "Os Gaviões" e escolhidos a dedo pelo mencionado padre Coqueirão.

Acabavam de soar as seis badaladas no relógio do Colégio do Bosque, convidando a todos para o recolhimento da Ave-Maria, e as sombras da noite se abatiam, lugubremente, sobre a paisagem bosqueana. Para pintar com tintas fortes a bucólica cena, a Juriti deixou escapar seu triste pio, e o vento mudou subitamente de rumo, começou a soprar de norte para sul, chegando ao Colégio do Bosque impregnado de um cheiro de remédio ou coisa pior, dando a impressão de que tinha passado antes pela Colônia de Leprosos.

Foi num clima assim que, aos berros de "Você, Sujeito!, Você, Sujeito!", o padre Coqueirão escolheu a dedo 10 alunos do grupo conhecido como "Os Gaviões", para uma de suas costumeiras incertas, visando descobrir os alunos que, durante o passeio na aprazível cidade de Conceição do Bosque, se entregaram a práticas alcoólicas. Vermelho como um pimentão, o que, consoante dizem os experts, é um claro indício de que, ele próprio, havia ingerido bebida alcoólica, o que faz sempre ao som da "Quinta Sinfonia" de Beethoven, o padre Coqueirão ordenou aos "Gaviões" que se colocassem em fila, após o que ia se aproximando de cada um e, quase ajoelhando-se, dada a sua enorme altura, digna de um coqueiro (daí o apodo que ganhou), dizia no seu portumão (isto é, português com alemão):

— Abrirrrr boca, agorra soprarr boca...

Diga-se de passagem que o terror que se abateu sobre os demais alunos internos do campo de concentração do Bosque, num total de mais de 800 almas, uma vez que todos se consideraram suspeitos, não foi o suficiente para impedir que fossem realizadas apostas, tendo sido improvisado, às pressas, um bloco esportivo, para saber quantos delituosos seriam pegos pelo padre Coqueirão, tendo sido ganhador o aluno conhecido como Esther Willliams ou Camaleão Amarelo, que colocou no bolo que todos os 10 seriam considerados culpados. E foi a essa conclusão que chegou o padre Coqueirão, cujo bafo, conforme pôde sentir a reportagem, era assaz mais forte do que qualquer um dos 10 "Gaviões" punidos.

O momento de maior suspense ocorreu quando o padre Coqueirão, sempre aos berros, fez um sermão de improviso, lembrando os 40 anos de rósea existência do Colégio do Bosque, após o que aplicou aos "Gaviões" a pena de escrever mil vezes, cada um, a frase:

"O álcool é uma tentação do demônio e nivela o homem aos porcos."

Coisas que incomodam

A risada do padre Coqueirão, Rão, Rão, que lembra uma sanfona desafinada e, ao mesmo tempo, o grito de um porco sendo morto, na hora da primeira facada.

O costume do padre Coqueirão, Rão, Rão, de dar coques nos alunos que encontra ao alcance de sua pata, escusas, de sua mão.

A paixão incurável do padre Coqueirão, Rão, Rão, por Hitler e sua mania de imitar os gestos do falecido Führer.

O mau costume do padre Coqueirão, Rão, Rão, de ouvir até altas da noite o hino da Alemanha nazista e os discursos de Hitler, perturbando o sono dos alunos do dormitório menor.

Os gritos de Heil Hitler do padre Coqueirão, Rão, Rão, quando ele fica bêbado como um porco na calada da noite.

Pastilhas de cianureto

Está dando o que falar, à boca pequena, em todo o Colégio do Bosque, a preferência do padre Coqueirão, Rão, Rão, pelos alunos do internato menor, portadores de cabelos louros. Dizem as máslínguas que os mencionados alunos louros, cerca de seis, no total, são tratados a doces, bombons e chucrute pelo padre Coqueirão, Rão, Rão. / Vem causando espécie, também, em toda a comunidade do Colégio do Bosque, o fato dos eleitos do padre Coqueirão, Rão, Rão, terem um aspecto de bem-alimentados, o que raramente acontece por estas paragens bosqueanas.

Você sabia?

Que os citados alunos louros preferidos pelo padre Coqueirão estão sendo chamados de Coquinhos de Estimação?

Filmes em cartaz

"Terror de Drácula", com padre Coqueirão.
"O Grande Ditador", com padre Coqueirão.

Esportivas

Reina grande expectativa no seio de toda a comunidade bosquense, constituída por mais de 800 almas no seu corpo discente, em torno da sensacional disputa do campeonato de masturbação, vulgarmente conhecida como punheta, entre os alunos internos do Colégio do Bosque. O primeiro prêmio, como já é do conhecimento de todos, é uma fotografia da musa do existencialismo pátrio, Luz del Fuego, devidamente nua e acompanhada, como não podia deixar de acontecer, por sua inefável cobra enrolada no pescoço. Até o momento em que fechávamos a presente edição, a classificação era a seguinte, faltando ainda duas rodadas para o sensacional desfecho:

Categoria Infanto:
1º lugar: Esther Williams
Categoria Petizes:
1º lugar: Paulo Colgate.

Fuga cinematográfica

Já estávamos fechando a presente edição, quando chegou ao conhecimento da reportagem a notícia da fuga de vários alunos do Colégio do Bosque, liderados pelo aluno assaz conhecido como Esther Williams ou Camaleão Amarelo. Os fugitivos chegaram a transpor os limites do Colégio do Bosque, logrando alcançar as matas que ficam nas cercanias da Colônia de Leprosos e onde, por sinal, os urubus rondam em vôos rasantes, sentindo a presença de presas iminentes para seus apetites devoradores.

Ao que conseguiu apurar nossa reportagem, a fuga teve lances cinematográficos e ocorreu por volta das 10 horas da noite, quando os alunos, após rezarem o piedoso terço na Capela do Colégio do Bosque, se recolheram ao dormitório. Foi então que, tal qual num filme interpretado por Tony Curtis, se não nos falha a memória, os fugitivos deixaram em suas respectivas camas cobertores debaixo das colchas, dando a ilusão de que eram eles que se achavam nos braços de Morfeu.

Segundo conseguiu apurar a reportagem, os fugitivos foram denunciados, não se sabendo ainda o nome do delator. Até o momento em que redigíamos estas linhas, ouvia-se o latir dos cães caçando os fugitivos. Reina grande expectativa, uma vez que, quando os cães latirem flauteado, é sinal de que encontraram os infratores.

13

— Alô, alô, Central de Comando chamando com urgência helicóptero nº 3. *Caramba, como essa zebra quadrada foi fazer uma besteira dessas, caramba? Tinha que ser mesmo uma zebra quadrada pra ficar paquerando mulher nua de helicóptero, santo Deus!* Alô helicóptero nº 3...

— Helicóptero nº 3 na escuta, Central de Comando...

— Caramba! O que você tem dentro dessa cachola, caramba? Santo Deus! Eu juro que o que o pessoal ia jogar na Geni, o pessoal acabou jogando na tua cachola, caramba!

— Mas eu sou inocente, Central de Comando...

— Inocente? Uma ova, caramba! Você tem é bosta na cachola, caramba! Sabe como a tua cachola devia chamar, caramba? Devia se chamar Geni, caramba!

— Mas eu juro que sou inocente, Central de Comando...

— Pra cima de mim, Pedro Bó? Eu, hein? Então você não fez nada, Menino Jesus de Praga? Vai me dizer que não fez nada, caramba?

— Eu juro, Central de Comando...

— Olha, caramba: sabe a informação que o serviço secreto mandou agorinha sobre você? Sabe, caramba?

— Deve ter havido um engano, Central de Comando...

— Engano? Pra cima de mim, não, Pedro Bó. O serviço secreto informou à Central de Comando que você, helicóptero n$^\circ$ 3, estava paquerando mulher nua, em vez de cumprir a sua missão. Isso, caramba, num dia em que você pode se transformar no mais sério candidato a ganhar a grã-cruz do Cruzeiro do Sul...

— Eu estava numa fossa fodida, sargento, eu juro que tava numa fossa fodida...

— Pra cima de mim não, Serapião! O que que tem a tua fossa fodida com você paquerar mulher nua com o helicóptero n$^\circ$ 3, que está a serviço da Pátria?

— É que mulher nua me tira da fossa, sargento. Eu juro que posso tá na fossa mais fodida do mundo, querendo estourar os miolos com uma bala, que é só eu olhar uma mulher nua que eu fico querendo cantar, sargento! E, depois, sargento, era uma loura...

— Loura?

— Loura, sargento. Eu tava passando no helicóptero quando vi ela nua no apartamento...

— Tava toda nua, caramba?

— Nuinha, sargento. E ela era loura e dourada de mar, sargento...

— Não brinca, caramba!

— E quer saber de uma coisa, sargento?

— Fala, caramba!

— Ela tinha uma marca de biquíni na pele, sargento...

— Santo Deus!

— Tinha a marca de biquíni e quando ela me viu no helicóptero ela pegou uma toalha de banho e se enrolou na toalha de banho.

— E aí, caramba?

— Aí eu fiz que ia embora, sargento, e voltei. E quando eu voltei, sargento, eu juro que ela tava nua de novo, deitada na cama.

E tinha uma borboleta verde pousada na cabeça dela, sargento. E a borboleta verde saiu voando e, aí, sabe o troço que me deu, sargento?

— Fala, caramba!

— Me deu vontade de rezar, sargento! Eu juro por Santa Filomena que me deu uma vontade fodida de rezar!

14

Às 8 e 25 da manhã, respira o ar com lança-perfume, cruza com Cantinflas desfilando no bloco do "Eu sozinho", passa por Carlitos com uma bandeira vermelha na mão, vê Frank Sinatra beijar Ava Gardner debaixo de uma árvore, suspeita que o helicóptero que voa sobre a alegria das ruas, como uma ave de mau agouro, vigia seus passos e que a boca da metralhadora está apontada para ele, escuta um velho samba e recorda a manhã de carnaval durante a ditadura do general Garrastazu Médici, quando ele, um NSN, se tornou um morto-vivo.

— Hei, Pierrot, pode entrar...

Foi assim, a voz sonolenta arranhando na garganta, que o funcionário da Medicina Legal em Belo Horizonte falou com ele. Ele estava fantasiado de Pierrot, chegou dizendo que procurava o irmão que tinha morrido num acidente de carro, rodou todos os hospitais sem achar o irmão, agora está ali. Com uma toalha branca e encardida em volta do pescoço, como um cachecol, a cara pálida de cadáver, o funcionário da Medicina Legal insistiu com ele:

— Como é, Pierrot, não vai entrar pra ver?

Agora que estava ali, ficou nervoso. Há muito tempo esperava aquela hora, vivia há 9 meses na clandestinidade, sem cobertura de nenhuma organização, de nenhum companheiro, o MR-8 se desfizera em Belo Horizonte quando Erika Sommer e os outros foram para Montevidéu e desviaram o Caravelle da Cruzeiro do

Sul para Cuba. Então ele teve aquela idéia, organizou todo o plano. Só saía de casa à noite, tinha oxigenado o cabelo e a barba, andava por bairros insuspeitos, preparou tudo: quando chegasse o carnaval, ele punha uma fantasia de Pierrot e ia executar seu plano.

— Então, Pierrot! Coragem!

O funcionário da Medicina Legal falou e o encorajou com um tapinha no ombro e ele entrou na sala dos mortos, entrou só, sentia o cheiro de formol e foi examinando os cadáveres estendidos nas padiolas brancas e manchadas de sangue. O transistor do funcionário da Medicina Legal, na outra sala, começou a tocar um samba antigo de carnaval, com Jorge Veiga:

"Eu quis fazer
 você chorar, você sofrer
um dia o nosso amor morreu
quem chorou, fui eu..."

Ele parou na frente de um morto que estava irreconhecível, pensou:

— É esse...

Olhou para a porta, Jorge Veiga cantava:

"Não tive mais seu beijo
nem o carinho seu..."

Ele tirou os documentos do bolso, aquele morto era magro e branco como ele, colocou os documentos no bolso da calça do morto, o funcionário da Medicina Legal deixou o transistor com Jorge Veiga cantando na outra sala, entrou na sala dos mortos, com sua cara de cadáver, e disse:

— É o seu irmão?

Ele respondeu:

— Não...

Respondeu e ficou olhando para aquele morto, falando mudo com ele: Morto que eu não sei quem é, que eu não sei se estava alegre ou triste na hora da morte, que eu não sei se estava amando ou não, morto que morreu num Volks vermelho: você vai ser eu e eu te agradeço, morto do Volks vermelho, porque você vai me ajudar a viver, e, de vez em quando, eu vou pensar em você, morto do Volks vermelho...

Saiu de lá, num telefone público ligou para o Dops, mudou a voz e disse que um perigoso NSN, ou seja, Nocivo à Segurança Nacional, cujo retrato era visto em todos os aeroportos e estações ferroviárias e terminais rodoviários do Brasil, estava morto na Medicina Legal. Na quarta-feira de Cinzas, o *Diário da Tarde* de Belo Horizonte publicou uma chamada na 1ª página, entre as notícias de carnaval — agora, nesta manhã de 1º de abril, respirando o cheiro de lança-perfume, lembra-se do título da notícia:

"Perigoso subversivo
morre num Volks roubado"

Conseguiu documentos falsos com o nome de Dirceu Zanelo, e já disfarçado, quase fantasiado, entrou num ônibus para o Rio de Janeiro. Tentou vida nova no rádio, fazia testes, entrava em todos os concursos, ganhou vários prêmios na Buzina do Chacrinha, era um rato de auditório. Mas foi ganhando "A Grande Chance", no programa de Flávio Cavalcanti na televisão, que tudo começou a mudar, ainda que depois ele acabasse demitido em cinco rádios diferentes. E já estava em nova lista de demissão, quando faltou o repórter que fazia na rádio o programa de flashes e reportagens "O Homem do Sapato Branco". O Sapo Diretor da rádio mandou chamá-lo em sua sala, onde o general Garrastazu Médici parecia vigiá-lo numa fotografia na parede, ele pensou que ia ser demitido, e o Sapo Diretor disse, solene, muito solene:

— Comunico-lhe que o escolhi para ser o Regra 3 do Homem do Sapato Branco. E lhe darei, da próxima vez que ele falhar, um microfone sem fio e você o substituirá. Seu nome artístico será "O Homem do Sapato Amarelo". Boa sorte...

No dia da sua estréia, uma moça trepou na janela do 18º andar de um edifício em Copacabana, ameaçava pular, tomava impulso para se jogar. Lá embaixo, a multidão fazia oooohhh, e surgiam apostas, uns dizendo que ela ia saltar, outros não, casavam dinheiro, e ele surgiu no topo do edifício, ele com sua fantasia de Homem do Sapato Amarelo, feita às pressas e menos estilizada do que é hoje. E entrou no ar com seu microfone sem fio, falando com uma voz muito parecida com a voz do disc-jockey Big Boy:

— Aquiiiiii é o Hoooommmmem do Sapaaaaato Amareeeeeeeeeeelôôôô com seu microfone sem fiio: neste e-xa-to mo-men-to uma jovem de pele cor de azeitona está de pé na janela do 18º andar do edifício 200 na Rua Nossa Senhora de Copacabana, ameaçando se jogar... Ela toma impulso, vai se jogar, atenção, Brasil, muita atenção, Brasil, ela vai se jogar, caminha para a morte, mas recuuuua, babies, encosssta-se na janela e recua...

Ele sentia a emoção sexual de estar naquelas alturas e, durante uma hora, a moça de pele cor de azeitona ficou na janela do 18º andar, ameaçando pular, e ele, usando a experiência de repórter de jornal em Belo Horizonte, conseguiu estourar no Ibope, e, no outro dia, sua fotografia apareceu, ao lado da moça cor de azeitona, na primeira página de *O Globo, Jornal do Brasil,* e *O Dia.* Quando o Homem do Sapato Branco chegou do Uruguai, onde tinha ido se encontrar com uma cantora brasileira por quem estava apaixonado e que se exibia em Montevidéu, foi despedido, e ele, como o Homem do Sapato Amarelo, assumiu o programa.

Já naquela tarde, sentiu vontade de entrevistar a morte, a morte estava dentro da moça cor de azeitona, mas os soldados do Corpo de Bombeiros chegaram a tempo e agarraram-na numa rede igual às redes usadas na África para agarrar leões. Hoje, tantos anos depois, neste 1º de abril, ele sabe que muitas coisas podem acontecer com o Brasil: agora, ele tem certeza disso, e quem sabe hoje ele pode entrevistar a morte?

Daqui a pouco, ele vai entrar no ar, com seu primeiro flash: ele pensa em Erika Sommer, enquanto aguarda.

15

— Ainda hei de desbancar o Padre Cícero Romão e o Menino Jesus de Praga...

Agora, nesse teu delírio, esse teu delírio que te transforma no Incrível Médici, o Milagreiro, escutas tua própria voz de galã de radionovela e, então, tu descobres que não estás vivendo neste 1º de abril, vives, isso sim, no passado: estás no esplendor do Milagre Brasileiro, que consideras uma obra da tua infinita graça e da tua misericórdia pelo povo do Brasil.

— Os romeiros virão em caminhões me ver, como se eu fosse o novo Padre Cícero Romão, e farão novenas ao Poderoso Médici do Brasil, como fazem ao Poderoso Menino Jesus de Praga...

Dizem os jornais do Brasil, esses jornais sufocados pela tua censura, que a um simples toque da tua santa e miraculosa mão, os cegos enxergam, os mudos falam, os paralíticos abandonam as cadeiras de roda e andam. E, numa matéria paga de 14 páginas, disfarçada de reportagem e com uma chamada na capa com o título de "Le miracle brésilien", a revista francesa *Paris Match* fala de teu mais sensacional milagre, depois de teres transformado um anão subdesenvolvido num gigante desenvolvido: fala que fizeste chover na região de Quixeramobim, no Ceará, onde não chovia desde o suicídio de Getúlio Vargas no dia 24 de agosto de 1954. Na verdade, tu bem sabes, não foi um temporal: foi só um chuvisco, uma saliva de chuva, como se, lá do alto, São Pedro tivesse cuspido no Brasil e, cá embaixo, caísse aquele orvalho: mal subiste no palanque armado na praça de Quixeramobim, uma nuvem branca, do tamanho de uma garça, apareceu no céu, sobre a tua cabeça. Então, o governador do Ceará, vendo a nuvem voando como uma garça (e há quem afirme, tu não ignoras, que era mesmo uma garça), o governador do Ceará tomou o microfone da mão do locutor e gritou: "Milagre!", erguendo os olhos para o céu. Irritado por não ter dado o grito de "Milagre!" antes, o governador de Pernambuco caiu de joelhos, as mãos para o alto, enquanto o governador da Bahia, que era o mais forte de todos, ajudado pelo governador do Piauí, pelo governador da Paraíba e pelo governador de Alagoas, te carregou nas costas, e, cantando a música "Nós Acreditamos no Milagre Brasileiro", mandada fazer por tua encomenda, ele te levou numa procissão pelas ruas de Quixeramobim, enquanto magros pingos de chuva, passados numa peneira fina, orvalhavam a cabeça da multidão faminta que beijava a poeira do teu sapato negro e também gritava:

— Milagre! Milagre!

Mas, quando uma jornalista francesa de verdes olhos da Sardenha, traduziu para ti a reportagem na *Paris Match,* que tu pagaste com o suor do povo brasileiro, tu mesmo passaste a acreditar que, realmente, fizeste chover. E, num certo trecho, *a Paris Match* anunciava:

— A próxima meta do Pai do Milagre Brasileiro é fazer chover perfume francês no Brasil...

Aí agora, nesse delírio de grandeza, como o Incrível Médici, o Milagreiro, tu chamas o general Antônio Bandeira, que é o responsável pela censura aos órgãos de comunicação e ordenas:

— Quero que proíbas elogios e reportagens na imprensa falada, escrita e televisada, referentes ao Padre Cícero Romão e ao Menino Jesus de Praga...

E, logo, o general Antônio Bandeira fez saber a todas as redações que, de ordem superior, até posterior deliberação, fica proibida a difusão de notícia, comentário, referência, promoção ou qualquer outro tipo de matéria através de rádio, televisão, jornal, revista e outras publicações sobre o Padre Cícero Romão, o Menino Jesus de Praga, o arcebispo de Olinda e Recife, Dom Hélder Câmara, e sobre a peça *Calabar*, de Chico Buarque de Holanda e Ruy Guerra...

Agora, no rádio na cabeceira da tua cama, esse rádio que, quando a lua surgir na noite deste 1º de abril no Brasil, anunciará a tua desgraça, tu começas a ouvir o latido das sirenes e a narração de gols de Pelé, abafando o grito dos torturados e o rumor dos combates na guerrilha do Araguaia:

— Lá vai Pelé, pelo coração do Brasil, lá vai ele, Pelé, com a bola, passa pelo guerrilheiro urbano morto no Rio de Janeiro com saudade de Minas, passa pelo soneto de Camões "Alma Mia gentil que te partiste / tão cedo desta vida descontente / repousa lá no céu eternamente / e viva eu cá na terra..." publicado no jornal *O Estado de S. Paulo* no lugar da notícia censurada sobre o guerrilheiro urbano morto no Rio de Janeiro com saudade de Minas, lá vai Pelé, lá vai ele, camisa 10 às costas, pelo coração do Brasil, passa pela menina de 1 ano e 8 meses torturada na Oban em São Paulo para a mãe denunciar o pai da menina, lá vai Pelé, o Rei, lá vai ele, dribla a guerrilheira com rosto de menina morta no Araguaia, passa pelo deputado Rubem Paiva, que foi atirado no mar e é por isso que está assim: os olhos os peixes do mar comeram, os cabelos estão cheios de alga, lá vai Pelé, soberbo, com a bola, passa pelo cadáver molhado e cheirando a maresia, tocam as sirenes, gritam os gritos abafados misturados com gritos de goooooooollllllllllllllll de Pelé, camisa 10 às costas, saltando no ar e desviando a atenção da notícia no *Jornal da Tarde* de São Paulo sobre a madre Maurina no México que, em entrevista à UPI, 3 xícaras de feijão-soja cozido e bem picado, 1 cenoura grande ralada, 1 cebola média picada, 1 talo e folhas de salsão (aipo) picado, 1/3 de xícara de pimentão verde picado, 2 colheres de sopa de salsa picada disse ainda a madre Maurina que misture, numa tigela grande, todos os ingredientes. Coloque numa fôrma de bolo inglês de 22,5 x 12,5 cm e asse em forno preaquecido, em temperatura moderada (170º C), por 35 minutos. Para a madre Maurina, tudo o que aconteceu com ela no Brasil, deixe esfriar na fôrma e desenforme cuidadosamente. Corte em fatias grossas. Sirva com molho de tomate. Dá 6 porções. Lá vai Pelé, camisa 10 às costas, vai ele, indivíduo competente, pelo coração do Brasil, para a alegria do Presidente gente como a gente, lá vai Pelé, passa pelo medo, faz tabelinha com a tortura, dribla a morte, lá vai ele, Pelé, camisa 10 às costas, passa pela novela proibida, pelo ex-Presidente confinado, pelo ex-Presidente exilado, lá vai Pelé, atira: é gol, gol, gol, goooooooooooooool do Brasilllllll...

Aos poucos, como o Incrível Hulk voltando a ser David Bennett, tu abandonas tua imagem idealizada: és outra vez tu mesmo, na cabeceira da tua cama está o Cavalo Albany, mas assim como nos teus olhos resta uma cor azulada, restam no rádio pedaços dos gols de Pelé. Ficas em dúvida: será que o tempo passou? Enxergas na tua mão a borracha com que queres apagar 15 anos de pesadelo no Brasil e, então, só então, te convences que és tu mesmo. E no rádio que hoje ainda anunciará tua desgraça, o Homem do Sapato Amarelo dá o primeiro flash de hoje, 1º de abril:

— Aaaaaaannnteeeenas e coraçõessssss ligados, babies de Norte a Sul do Brasil, que o Hoooooomem do Sapaaaaaaato Amareeeeeeelo, que hoje vai ficarrrr o diiia e a noiiite no arrrr com vocês, porque hoje é 1º de abriiiilllll, tem uma notícia sen-sa-ciii-o-naalllll: neste e-xa-to mo-men-to, uma borrrrrrrrrrboleta verrrde, sím-bo-lo da fe-Iiiii-ci-daaa-de, está voaaannndo no céu do Brasiiiilllll: é sinal, babies do Oiapoque ao Chuí, que se cumpre a previsão da vidente M. Jan e que fatos im-pre-vi-sí-veis podem ocorrer hoje no Brasiiil, neste 1º de abril que marca o início da Revolução da Alegriiiaaaa...

Tu escutas: e, ajoelhado na tua cama, perguntas:

— Meu Deus, o que vai ser de mim neste 1º de abril?

16

— Se depois da fome de omelete, Terê, tu olhar e enxergar a Borboleta Verde da Felicidade, tu já sabe: é o aviso de que o Libertador chega nesse dia, mas tu deve ficar calma, como se nada tivesse acontecido...

Num canto da loja do "Divino Inferno do Som", Terê volta a ler a reportagem de *O Estado de S. Paulo* sobre o Brazilian Follies, como se nada estivesse por acontecer.

"O cardápio básico é composto de surubim fumê com panquecas, salpicão de galinha, saladas mistas com presunto, aves e peixes, mousses de atum, gelatinas de aves e vitelo, faisão Solworob, camarão, aipo, e patê, vitela com sauce de hortelã, lombinho à brasileira, leitoa à Farzy, rosbife de entrecôte de geléia e rosbife de filé com champignon, peru à Califórnia, peru à São Silvestre, peru à Diplomata e peru à Normandie, além de numerosas variedades de legumes preparados..."

Terê pensa na mãe, aquela mãe gorda, tão solidária com o pai, que apoiava todas as greves antes de 64, a mãe costureira que dizia, nos piores momentos, quando parecia que os militares brasileiros iam ficar no poder até o ano 2000:

— Os generais passam, são como um surto de meningite, mas passam...

Foi da mãe que Terê herdou a fé, a fé que nunca deixou seu coração envelhecer. Quantas vezes Terê achou que amava e depois desiludiu? Mas era igual à mãe, não perdia a fé, nem quando faltava dinheiro, e sempre faltava, Terê era o pai e a mãe da família, cinco irmãs e um irmão, todos vivendo nas costas dela: Lourdes, Benta, Auxiliadora, que chamavam de Dodora, eram casadas, quantas bocas, Santa Genoveva, aos domingos, além das irmãs, nove sobrinhos e mais os três cunhados. E o marido de Dodora, a irmã preferida, sempre tomava dinheiro emprestado com Terê e nunca pagava, Terê jurava que no domingo que vem ia cobrar dele, mas Dodora e o marido traziam o Ernestinho, o sobrinho e afilhado de Terê, de 2 anos e 3 meses, tão fofinho, dava uma vontade de morder, beliscar, judiar dele, tadinho, mas o inocente Ernestinho não tinha culpa de ter um pai tão canalha, e Terê deixava a cobrança para domingo que vem...

"Em matéria de frutos do mar, destacam-se, entre outros, lagosta ao Thermidor, lagosta à Pompadour, camarão ao catupiri, arroz de polvo e casquinha de siri à brasileira. Os pratos quentes incluem filé de linguado Puchet e pato à l'Orange..."

Agora Terê se lembra do irmão, onde estaria ele, aquele Bendito é o Fruto Entre as Mulheres, sempre paparicado e se metendo em negócios que não davam certo? Ela é quem pagava os títulos que avalizava para o irmão, para quem Nossa Senhora Aparecida aparecia e dizia olha, Cacá, você é um bom rapaz, por isso eu lhe aviso: abra um bar e você ficará rico, Cacá. Terê era quem pagava as dívidas de Cacá, que desaparecia no mundo, e costumava escrever de longe. A última carta veio de Aquidauana, no Mato Grosso, dizia que estava para ficar noivo da neta do Rei do Gado no Brasil. E era Terê quem pagava o aluguel do apartamento onde a família morava, perto havia uma pensão sanatorial, o vento soprava os bacilos de Koch na sua janela, e o senhorio, um sírio ladrão, o seu Rassud, um rato careca, aumentava o condomínio sempre, aquela sujeira, e ele cobrando mais, e Terê tinha que salvar as aparências, não comia, seu almoço era uma Coca-Cola e três pastéis. Ainda bem que assim mantinha a forma, não engordava e ganhava aquele olhar de fome, mas seus sonhos, ultimamente, eram com lingüiça frita, carne de porco, carne de carneiro, já não sonhava mais com o Libertador...

"As sobremesas serão constituídas basicamente de doces brasileiros, tais como baba-de-moça, quindim, goiabadas, frutas em calda, papo-de-anjo, doce de leite, entre outros, sorvete de frutas tropicais, mousses diversos e frutas brasileiras, desde laranjas, bananas, uvas, pêssegos, às mais finas frutas, e cada ingresso custa Cr$ 30 mil por pessoa, não havendo convites gratuitos, pois a renda do Brazilian Follies será toda revertida em ajuda às vítimas das últimas enchentes no Brasil..."

Terê sente um arrepio na pele, escuta a voz de M. Jan:

"Num te assuste, Tê, que se tu começar a ter calafrio, é mais um aviso do Libertador..."

Terê dobra o jornal e fica esperando que alguma coisa aconteça.

17

— Mensagem urgente para o helicóptero nº 3. Alô, helicóptero nº 3, Central de Comando chama com mensagem urgente...

— Helicóptero nº 3 na escuta...

— Tem uma ordem do Alto Comando de Operações, helicóptero nº 3...

— Estou na escuta, Central de Comando...

— Atenção, helicóptero nº 3, muita atenção: é para você prender, viva ou morta, a borboleta verde que está violando o espaço aéreo brasileiro...

— Alô, Central de Comando, eu não estou entendendo, Central de Comando...

— Pois trata de entender, caramba! Ponha uma coisa na tua cachola, caramba: ordem do Alto Comando de Operações não se discute, caramba! Ordem do Alto Comando de Operações, a gente cumpre, caramba!

— Mas, sargento, o que a borboleta verde fez, pra ser presa?

— Olha, caramba, ordens são ordens, caramba! Você está perguntando demais, caramba! Eu não sei onde que eu estava com a cachola na hora que indiquei você, caramba, para missão tão difícil e espinhosa, caramba!

— Mas, sargento, eu sei que ordens são ordens, eu só queria saber o que a pobre da borboleta verde fez...

— Pobre? Você chama de pobre, caramba! Pois ponha uma coisa nessa tua cachola, caramba! Essa borboleta verde põe em risco a segurança nacional! Está me ouvindo, caramba? A borboleta verde que você chama de pobre é altamente perigosa. É uma NSN, está entendendo, caramba?

— NS o quê, sargento?

— Santo Deus! NSN, caramba! Vai me dizer que você não sabe o que é NSN, caramba?

— Juro que não sei, sargento...

— NSN, caramba, quer dizer Nocivo à Segurança Nacional, guarde bem isso, caramba! E me traga essa NSN viva ou morta, caramba! Qualquer novidade, você avisa, caramba!

— Está bem, Central de Comando...

— *Santo Deus! É uma zebra quadrada mesmo, santo Deus! Chiiii! O cheiro de lança-perfume tá aumentando, caramba! Eu fechei a janela e mesmo assim o cheiro de lança-perfume tá aumentando, santo Deus! Tá aumentando e enlouquecendo meu coração e eu desgramo a pensar em Bebel, santo Deus! Oh, São Domingos Sávio, não permiti que eu fique pensando nela, São Domingos Sávio. Ela me pôs dois malditos pares de chifres e eu ainda fico pensando nela, São Domingos Sávio. Afastai a lembrança dela pra longe, São Domingos Sávio, porque o que eu penei por culpa dela, não tá no gibi. Santo Deus, eu fico pensando nela: ela nua, santo Deus...*

18

Os aviões trovejavam no céu do Brasil quando o Homem do Sapato Amarelo encontrou a Borboleta Verde da Felicidade pousada na cabeça de um velho que está morrendo no hall do edifício Palácio de Cristal e os ouvintes sintonizados com a Cadeia da Felicidade, naquela hora formada por 87 emissoras brasileiras, escutaram o Homem do Sapato Amarelo falar:

— Aaaaaaanteeenas e coraçõessss ligaaaaados: contrariando insistentes rumores que a davam como morta ou em poder da Força Aérea Brasileira, a Borrrrboleta Verrrde da Feliiiicidaaaade está sããã e salva e neste eeeeee-xa-to mo-men-to está pousada na cabeça de um velho que está morrendo no hall do edifício Palácio de Cristal...

O velho que está morrendo é um velho magro, muito velho e muito magro: é a casca de um velho e ele está deitado num banco de mármore, a cabeça nas pernas da filha. A barba do velho é branca e amarelada de nicotina, os cabelos são cor de fumaça e o velho respira o ar com lança-perfume e acha que está viajando num trem.

— Tamos chegando, Silvinha? — pergunta o velho.

— Não, pai. Tamos longe ainda — responde Silvinha.

A filha põe uma maçã vermelha na boca do velho e fala:

— Dá uma mordida, pai...

Mas o velho não morde a maçã, o velho beija a maçã e repete um nome de mulher, como se falasse numa língua estranha, e depois o velho cheira a terra que está dentro de um saco pequeno de plástico e diz:

— Silvinha ...

— Eu, pai ...

— Conta o que você tá vendo na janela do trem...

— Tou vendo umas casas bonitas, parecem casas de chocolate, pai...

— E ninguém tá comendo elas, Silvinha?

— Não, pai, ninguém não, tem muita fartura no Brasil, pai...

— E a fome no Brasil, Silvinha?

— Gato comeu, pai: num tem mais fome no Brasil, não...

— Tou ouvindo uma música longe, Silvinha, como abelha zumbindo no meu ouvido...

— É uma festa, pai...

— Festa onde, Silvinha?

— Festa no Brasil, pai, pra comemorar a chegada da felicidade...

— E a felicidade chegou mesmo no Brasil, Silvinha?

— É de ver, pai...

— E a felicidade é bonita, Silvinha?

— Oxente!

— Cê falou baiano, Silvinha?

— Garrei a ter vontade de falar baiano, pai...

— Como é a cara da felicidade, Silvinha?

— Parece atriz de cinema, pai...

Então o Homem do Sapato Amarelo entra outra vez no ar:

— Muita atenção, Brasiiil: o velho que está morrendo no hall de entrada do edifício Palácio de Cristal, com a Borboleta Verde da Felicidade pousada em sua cabeça, está deliiiirando e neste mo-men-to vou ouvirrr a filha dele: diga a milhões de brasileiros que nesta hora sintonizam a Cadeia da Felicidade: o que seu pai tem, Silvinha?

— Meu pai está muito doente...

— Qual é a doença do seu pai, Silvinha?

— Pobreza...

— E essa tosse de cachorro do seu pai, Silvinha?

— É a tosse da pobreza...

— Mas pobreza é doença, Silvinha?

— É a pior doença que existe no Brasil, a pobreza mata mais que o câncer e o enfarte...

— E a pobreza dá febre, Silvinha?

— Dá. Meu pai Francisco está morrendo...

— E diga uma coisa, Silvinha: a pobreza é uma doença contagiosa?

— Muito contagiosa: tem mais de 70 milhões de brasileiros atacados, é uma epidemia pior do que aquela da meningite...

— Aaaanteenas e corações ligados, babies, que eu hoje ainda tentarei entrevistar a morte, tchau, bambinos...

A Borboleta Verde da Felicidade voa e o velho começa a delirar.

19

Alô, alô, Conceição, que no carnaval de 1950 se fantasiou de Chiquita Bacana e foi eleita a Foliã do Ano, alô, alô, Conceição, que fugiu de casa depois de apanhar do pai, alô, alô, Conceição, onde você estiver no Brasil: seu pai Francisco está morrendo e manda dizer que deseja vê-la no hall de entrada do edifício Palácio de Cristal.

20

"Doce Senhora do mundo
Rainha do céu da boca
Sois a pausa que refresca
A alma sedenta..."

Eu aqui nesta fila que não anda e tem hora que parece que ela anda pra trás e eu fico lembrando da Maria Josefina, que é fisioterapeuta como eu e que a gente chama de Mary Jo desde que ela foi pra América e se tornou babá de velhos milionários podres de ricos e que, coitadinhos, vivem na pior solidão porque a mulher deles do primeiro casamento já morreu e a mulher do segundo e a do terceiro casamento também morreram, então os filhos deles e as noras deles contratam babás pra eles, pagando em dólar, como a Mary Jo ganha, e foi a Mary que me tornou devota da Santa Coca-Cola, a Mary Jo veio ao Brasil num navio carregado de velhos milionários, todos sentados em cadeiras de rodas e que tavam fazendo um cruzeiro de navio pela América do Sul, e a Mary Jo disse:

— Julie Joy, a esperança é a Santa Coca-Cola...

A Mary Jo me falou das graças e dos milagres conseguidos pela Santa Coca-Cola, que estava ganhando devotos até nos países comunistas, falou que alcançou muitas graças fazendo a novena "Invocação à Santa Coca-Cola, A Padroeira dos Impossíveis", inclusive o emprego de babá de um velho milionário dono de petróleo no Texas e de ações em tudo quanto é nome multinacional na Europa e na América Latina, a Mary Jo conseguiu foi rezando pra Santa Coca-Cola e a Mary Jo disse pra mim:

— Julie Joy, minha filha, só a Santa Coca-Cola mata a sede de felicidade da gente...

Quem sabe hoje chega a carta de Mister Jones dizendo pra eu voar pra América pra ser a babá dele logo que meu filho nascer?

Mister Jones é podre de rico e é velhinho e vive numa cadeira de rodas e pôs um anúncio em inglês no *Jornal do Brasil* procurando uma jovem brasileira que quisesse ser babá dele em Nova Iorque e percorrer o mundo fazendo cruzeiros maravilhosos pelas ilhas dos Mares do Sul e pela Grécia e o Havaí e a Côte D'Azur e eu escrevi me candidatando há 25 dias, a carta já chegou lá, e a resposta de Mister Jones deve chegar hoje ou amanhã...

Valei-me, Santa Coca-Cola, ajudai-me a conseguir o emprego de babá de Mister Jones, para eu embarcar pra América logo que puder levar meu filho, oh Doce Santinha, prometo ser muito boa pra Mister Jones, de manhã bem cedinho eu vou acordar quando o galo cantar, será que na América galo canta pra anunciar o novo dia como no Brasil?, será que em Nova Iorque a gente tá dormindo e escuta o galo cantar como no Brasil?, bobagem minha, Doce Santinha, em Nova Iorque eu vou acordar é com o metrô sacudindo as ruas e as casas e a minha cama e o meu coração e aí eu vou abrir os olhos meio dormindo e meio no escuro, vou achar que tou no Brasil e vou pensar um pouco no Brasil e depois eu vou levantar muito disposta e preparar o breakfast de Mister Jones, será que Mister Jones toma breakfast ou é como o tal Mister Ed que a Mary Jo cuida e que virou criança de novo e toma é papa de maçã como um bebezinho? Mas eu juro, Santa Querida, eu juro, Santa Querida, eu juro que vou ser muito boa pra Mister Jones, eu já tou gostando dele antes de conhecer ele, já melhorei meu inglês e sei tudo que um bom velhinho pode pedir em inglês ou mesmo com um olhar, Mister Jones pode ter perdido a fala como o tal Mister Ed e eu vou ser uma segunda mãe pra Mister Jones e se Mister Jones fizer cocô na calça eu vou limpar ele cantando "God Save The America" e eu não vou fazer cara ruim nem nada, pra mim, Santinha Querida, cocô de Mister Jones vai ser como o perfume Cabochas, que é o perfume que eu mais amo e eu vou ficar respirando o cocô de Mister Jones e vou ficar cantando:

"Oh doce brisa da América
perfumai o meu coração..."

21
(Sangue de Coca-Cola)

— Juarez de Brito?

— Assassinado pela ditadura.

— Maria do Carmo Brito, mulher de Juarez de Brito?

— Banida pela ditadura.

— Stuart Angel Jones?

— Assassinado pela ditadura e arrastado depois de morto na Base Aérea do Galeão.

— Iara Iavelberg?

— Levada ao suicídio pela ditadura.

— Carlos Alberto, o Beto?

— Assassinado pela ditadura.

Todos eram amigos dele: tomavam chope, discutiam política, iam ao cinema, lembra-se de ter assistido *O Aventureiro do Pacífico* com Iara Iavelberg num cinema de São Paulo, agora todos estavam mortos e Maria do Carmo Brito está marcada para o resto da vida, mas ele está vivo e sente a palma da mão direita ardendo porque hoje bateu no filho de 7 anos, está vivo e de pé naquela fila que não anda. Ele está vivo e os outros estão mortos, ou triturados, como Maria do Carmo, porque ele tem sangue de Coca-Cola e os outros não, o sangue dos outros era sangue mesmo. Como um camaleão, ele soube se adaptar a tudo, nunca foi um só na sua vida, sempre viveu mais de uma vida, duas, três vidas, menos uma: a que devia ser a vida dele.

— Tudo porque eu tenho sangue de Coca-Cola...

Houve um tempo em que ele acreditou que a causa de tudo era o sangue do PSD de Minas que corria na veia dele.

— Eu achava que era a influência do meu avô coronel do PSD de Minas...

O avô: a última lembrança que ele tinha do avô coronel do PSD de Minas, ex-tropeiro para quem, até os 78 anos, enquanto viveu, o cincerro de tropa era música e perfume; era o cheiro de uma tropa de burro carregando café de Santana dos Ferros para Itabira, a última lembrança do avô começava com um caminhão da UDN, imitando o "Caminhão da Liberdade", que Carlos Lacerda e Afonso Arinos lançaram no Rio de Janeiro, rodando pelas ruas de Santana. Trepado na carroceria do "Caminhão da Liberdade", o Carlos Lacerda do lugar xingava o avô coronel do PSD, aquele avô que tinha sido só um tropeiro, mas agora tinha uma imensidão de terra, filhos médicos, engenheiros.

— Santana é um mar de lama — dizia o Carlos Lacerda do lugar. — Quem é o Getúlio Vargas de Santana? É o coronel Mingo, que também está morto, mas acha que ainda está vivo...

Lembra-se dos cabos eleitorais indo para a casa do avô Mingo, os fazendeiros pessedistas chegando armados, os cabras da fazenda, os afilhados, compadres, as velhas comadres, as vozes falando:

— Coronel Mingo, vamo calá a bala a boca do alto-falante daquele filho da puta...

Na cadeira de balanço, as mãos muito velhas, gastas, o avô segurava um cincerro, agora estava com aquela mania, de tocar aquele cincerro, de contar histórias da mula Madrinha, agora, viúvo, costumava ficar cantando e conversando com a mulher que estava morta: olhava a fotografia dela na parede, e queria comer comida de tropeiro, o filho médico dizia que não, papai, é muito indigesta, mas o avô não obedecia, na vida dele o avô não era um pessedista.

— Coronel Mingo, vamos arrebentá aquele filhote de Carlos Lacerda...

O avô coronel olhou para a parede: olhou para a fotografia do ex-interventor de Minas, o senador Benedito Valadares, olhou como se buscasse um conselho, depois falou para todos:

— Barriga de urna é como barriga de mulher grávida, a gente nunca sabe o que é que vem. Mas a cambada (ele se orgulhava de nunca falar a palavra UDN ou udenista), a cambada desta vez podia engravidar a uma. Agora a cambada brochou...

Diante dos cabos eleitorais e compadres e afilhados assustados, o avô coronel disse:

— Cadê o velho Machadinho? Queria o velho Machadinho aqui com a melhor roupa...

Quando o velho Machadinho chegou, terno preto, colete, sapato preto de verniz, gravata borboleta, a bengala com cabo de marfim, o avô coronel disse:

— Vamos sair, Machadinho. Saí pela cidade, só nós dois, pra você me contar uns casos seus com a Mara Rubia...

— A Deusa Platinada — riu o velho Machadinho.

Saíram os dois, o avô Mingo e o velho Machadinho, o avô tirava o chapéu e cumprimentava a todos, pessedistas, udenistas, perristas, raros petebistas, integralistas, apertou a mão do único comunista da cidade, e, aos poucos, foi juntando gente, seguindo o avô coronel, veio o Padre José, vieram as beatas, os afilhados, a diretora do grupo, as professoras, foi virando uma procissão, mais do que um comício, o "Caminhão da Liberdade" da UDN passou a tocar o velho hino da campanha do Brigadeiro nas eleições de 1950, e o Carlos Lacerda do lugar escafedeu.

— Será o sangue do PSD de Minas que corre na minha veia? Não, não era: o mal dele era o sangue de Coca-Cola.

— Eu sempre cedi, desde o Colégio do Bosque...

22
(Jornal de ontem)

Causou viva impressão em todos quantos tiveram a ventura de ouvi-lo, o sermão praticado no púlpito da Matriz de Matosinhos pelo padre Adyr Câmara, oriundo da Arquidiocese de Belo Horizonte e que, dada a circunstância de que o pregador oficial, o nunca assaz elogiado padre Arlindo, se encontrava totalmente afônico, foi o orador das cerimônias da Semana Santa.

Não poderíamos deixar de dizer, alto e bom som, que, já nos primeiros contatos, logo que chegou a Conceição do Bosque, o padre Adyr Câmara cativou a quantos tiveram o prazer e a alegria de conhecê-lo. Isto, entre outras razões, pela circunstância de que o padre Adyr é dado a uma prática assaz rara entre os apóstolos de Deus que servem em Conceição do Bosque e no Colégio do Bosque. É que, diletos leitores, o padre Adyr Câmara ri e, até a presente data, não sabíamos da passagem, por estas paragens, de um padre que risse.

Mas, sem mais delongas, entremos no sermão, em si, do padre Adyr. É forçoso reconhecer que o padre Adyr Câmara não é dotado da verve oratória do padre Arlindo, que só não consegue silenciar as tosses dentro da nave, porque aí já seria exigir demais. Os corações sensíveis, como o da Beata Fininha, também não se emocionam ouvindo o padre Adyr e nem chegam às raias das lágrimas, como só acontece quando o pregador é o padre Arlindo. O padre Adyr Câmara fez seu sermão conversando e sorrindo e dando a todos conhecer um Deus, que, ao contrário do Deus do padre Coqueirão, é um Deus que sorri...

Alvíssara

Queremos nos associar às justas manifestações de regozijo, diante da notícia, já confirmada pelo padre Guilherme Henning, também conhecido pelo apodo de padre Coqueirão, que o padre Adyr Câmara passará uma temporada de 6 a 12 meses no Colégio do Bosque, como professor de Religião e de Moral e Cívica.

Esportivas

Velho aficcionado do esporte bretão, o padre Adyr Câmara tomou a si, segundo declarou de viva voz à reportagem, a responsabilidade de reabilitar o time de futebol do Colégio do Bosque, o outrora glorioso Estrela Solitária Futebol Clube. O padre Adyr será doublé de "coach" e de massagista.

Expectativa

Reina grande expectativa para a estréia, no domingo vindouro, 7 de maio, da briosa equipe do Estrela Solitária Futebol Clube, tendo como "coach" o padre Adyr Câmara e que vai ter como adversária, na sensacional contenda do Estadinho dos Eucaliptos, no Colégio do Bosque, o respeitável time do Flamengo, da cidade de Conceição do Bosque.

De camarote

A reportagem está de camarote para criticar a ação do padre Adyr como "coach" do outrora glorioso time do Estrela Solitária Futebol Clube, uma vez que, diga-se de passagem, jamais, em tempo algum, lhe negou apoio.

Mas, data venia, somos obrigados a estranhar que alguns dos mais valorosos "players" bosquenses, como Esther Williams, Ratinho e Altamir, tenham sido barrados em detrimento de atletas menos dotados tecnicamente.

A ausência dos citados "players" está sendo apontada pelos experts como a razão maior dos sucessivos fracassos do Estrela Solitária Futebol Clube, que é o lanterna do campeonato na presente temporada disputada na cidade de Conceição do Bosque.

Coisas que incomodam

A preferência do padre Adyr pelos meninos bonitinhos para jogar na outrora briosa equipe do Estrela Solitária Futebol Clube.

A mão boba do padre Adyr fazendo massagem nas coxas dos "players" do Estrela Solitária Futebol Clube, à mais leve suspeita de uma contusão.

O filme de semana

"Meu passado me condena", com o padre Adyr.

Você sabia?

Que o Estrela Solitária Futebol Clube está sendo chamado de pó-de-arroz?

Pastilhas de cianureto

Já não é mais segredo que o padre Adyr barra do time titular do Estrela Solitária Futebol Clube todos os "players que não se deixam levar por sua lábia. / O campeão invicto de masturbação do Colégio do Bosque, o centerforward Paulo Colgate, não tem feito segredo sobre a razão de sua barração do ataque titular do Estrela Solitária. É que o citado Paulo Colgate, segundo diz, reagiu à mão boba do padre Adyr, que não se contentou em massagear apenas o joelho contundido de Paulo Colgate, e veio subindo, subindo. / Apelido dado ao padre Adyr pelos alunos cariocas do Colégio do Bosque: "Barca da Cantareira". Já os demais alunos chamam o padre Adyr é mesmo de Gilette.

Mexerico da Candinha

A Candinha me contou que, em Belo Horizonte, o padre Adyr era conhecido como Greta Garbo.

Extra! Extra!

Num sensacional furo de reportagem, conseguimos entrevistar o "player" Esther Williams, artilheiro da temporada passada, que acusou o padre Adyr Câmara de barrá-lo do time, dando a camisa nº 10 a Azis, por haver ele, Esther Williams, recusado as propostas libidinosas do padre Adyr...

E agora?

Conforme anunciamos em nosso último número, o center-forward Esther Williams havia acusado o padre Adyr de barrá-lo do Estrela Solitária Futebol Clube, em razão de haver ele recusado uma proposta indecorosa feita pelo padre Adyr. Qual não foi a surpresa geral, agora, diante de fatos que estão inquietando as imaginações, com toda razão:

1º) — Esther Williams desmentiu as declarações que prestou espontaneamente à reportagem.

2º) — O padre Adyr acaba de barrar Azis e trazer de volta Esther Williams ao ataque titular do Estrela Solitária.

23

No apartamento no 8º andar, onde está escondido, Tyrone Power come o sanduíche de pernil preparado na noite da véspera pela pobre Júlia. Mastiga, respira o ar com lança-perfume e sorri: vê o Doutor Juliano do Banco sentado diante dele, como em certa tarde.

— E vem encrenca — pensa Tyrone Power, vendo o Doutor Juliano do Banco coçar o nariz: nervoso, o Doutor Juliano do Banco sempre coçava o nariz, como agora.

— Sabe, Tyrone, que eu tenho parte com o Diabo?

O Doutor Juliano do Banco fala e coça o nariz: os dois estão sentados, um de frente para o outro, separados por uma mesa, onde sorri numa fotografia a mulher verdadeira do Doutor Juliano do Banco, a quem ele chama de minha esposa. Estão no gabinete do Doutor Juliano do Banco e o cheiro de água sanitária se confunde com o cheiro de esperma.

— Não existe nada neste mundo que eu não fique sabendo, Tyrone Power — diz o Doutor Juliano do Banco. — E eu soube de um particular envolvendo a sua pessoa, Tyrone, que, eu não vou mentir, me deixou muito aborrecido. Gosto muito de você, você mesmo é testemunha...

Tyrone Power começa a suar: será que o Doutor Juliano do Banco descobriu que ele, Tyrone Power, estava saindo com Iara, que tinha olhos molhados, chorosos, e era a amante preferida do Doutor Juliano? Será quem alcagüetou?

— Deve ser intriga, Doutor Juliano — diz Tyrone Power — eu não...

— Intriga não, Tyrone, eu tenho provas — e o Doutor Juliano do Banco abre a gaveta da mesa e tira de lá umas fotografias e joga em cima da mesa. — Reconhece quem é esse na fotografia com a poldrinha, Tyrone?

— Sou eu, Doutor Juliano — diz Tyrone Power —, sou eu, sim...

— E a poldrinha? Quem é a poldrinha magra da fotografia? — pergunta o Doutor Juliano do Banco.

— É a Júlia, Doutor Juliano — responde Tyrone Power.

— Júlia? — fala o Doutor Juliano do Banco olhando de banda.

— É, Doutor Juliano, é a Júlia — responde Tyrone Power e ri sem graça.

— Tyrone, não vou ter meias palavras. Você está insatisfeito com o seu trabalho? Abre o coração, fala o que tiver sentindo...

O Doutor Juliano do Banco pega um lápis amarelo e fica com ele na mão.

— Mas Doutor Juliano — fala Tyrone Power, as palmas das mãos molhadas —, o senhor tem alguma queixa da minha produção? Uma poldrinha por dia, Doutor, sendo que tem dia que eu laço duas poldrinhas...

— E todas as poldrinhas, Tyrone, você me traz, ou você esconde nalgum curral secreto? — disse o Doutor Juliano do Banco rodando um lápis amarelo na mão.

— Todas, Doutor Juliano, todas...

— Tyrone! — grita o Doutor Juliano com o lápis amarelo dançando como um bailarino nas mãos — Não minta, Tyrone!

— Mas eu não estou mentindo, Doutor — fala Tyrone Power, agora sua também na testa, tira o lenço perfumado, limpa a testa.

— Não está, Tyrone?! Então me responda: e essa poldrinha da fotografia, a tal de Júlia, por que você não trouxe ela, Tyrone? Por que você escondeu essa poldrinha magra de mim?

Tyrone Power sua também no pescoço, evita o olhar do Doutor Juliano do Banco.

— Não olha pro chão, não, Tyrone. Não gosto de homem que olha pro chão. Desembucha...

O lápis amarelo dança nas mãos do Doutor Juliano do Banco: dança como um bailarino bêbado.

— Tyrone, por que você escondeu essa poldrinha magra?

— Esta, eu não podia trazer, Doutor Juliano — diz Tyrone Power.

— Por que essa não? E o contrato de trabalho que você tem comigo, Tyrone?

— Mas essa, não, Doutor...

— Por quê? Por quê? — grita o Doutor Juliano do Banco e o lápis amarelo ainda dança nas mãos como um bailarino bêbado.

— Porque eu amo a Júlia, Doutor...

— Você o quê? — grita o Doutor Juliano do Banco.

— Eu amo a Júlia, Doutor...

O lápis amarelo, como um bailarino bêbado, cai das mãos do Doutor Juliano do Banco.

— Você está brincando! — fala o Doutor Juliano do Banco. — Isto é brincadeira...

— Não, Doutor, não é não: eu até ia falar com o senhor mesmo, porque eu e a Júlia queríamos convidar o senhor pra padrinho do nosso casamento...

— Mas e o seu trabalho comigo? Você é como um sargento do exército, você não pode casar, Tyrone...

— Mas, Doutor, o senhor nunca ouviu falar que sargento casa escondido?

— Escondido?

— É, Doutor...

— E você vai casar escondido? Escondido de mim?

— Não, Doutor Juliano, escondido das poldrinhas...

— E não vai afetar sua produção?

— Não, Doutor...

— Essa Júlia não vai fazer cenas de ciúme?

— Não, Doutor, já expliquei pra ela que trabalho é trabalho e...

— Então está bem — diz o Doutor Juliano do Banco — fica com essas fotografias aí pra vocês...

Respirando o cheiro de lança-perfume no apartamento no 8º andar, Tyrone Power fala alto, como se alguém estivesse lá com ele:

— Caralho! Lembro da geladeira que o Doutor Juliano do Banco me deu de presente de casamento: tinha oito pés...

24

Obàlúaiyé, por que esse helicóptero de peito azul, voando como um pássaro embriagado na manhã embriagada de 1º de abril, levando a ayalorixá Olga de Alaketo a bordo, ganha tanta altura, Obàlúaiyé? As pessoas, as casas, as árvores, a festa lá embaixo, estão desaparecendo, os prédios vão ficando pequenos, Obàlúaiyé, e mesmo os maiores edifícios agora lembram anões, e o helicóptero de peito azul sobe em largos círculos, como um pássaro embriagado.

Olhando da janela do helicóptero, Obàlúaiyé, Olga de Alaketo te invoca, tu que ocultas os mistérios da vida e da morte, quando vê os aviões caças tentando prender, viva ou morta, a Borboleta Verde da Felicidade. Tu sabes: quando Olga de Alaketo bebe uma dose de vinho ou respira, como agora, cheiro de lança-perfume, ela se transforma: fica contra o governo, ela que é a ayalorixá oficial do General Presidente do Brasil. E essa transformação de Olga de Alaketo foi responsável pelo grande mal-estar num jantar que o governador da Bahia ofereceu: quando o governador da Bahia ergueu o copo de vinho num brinde ao General Presidente do Brasil, que ele chamava de Digníssimo Presidente da República de todos os brasileiros, Olga de Alaketo levantou o copo de vinho e disse:

— Pois eu, governador, eu brindo a Luís Inácio da Silva, o Lula!

Então agora, Obàlúaiyé, no helicóptero embriagado que voa na manhã embriagada do Brasil, subindo, sempre subindo, como se fosse para o céu, Olga de Alaketo torce para a Borboleta Verde da Felicidade, como se torcesse num filme de bandido e mocinho na televisão. E, por tua ordem, Obàlúaiyé, o napalm que os aviões jogam na borboleta verde queimam a pele dos próprios aviões. E a Borboleta Verde da Felicidade continua seu vôo, porque, na verdade, ela é uma enviada tua ao Brasil. E fiel ao espírito da cachorra Mãe Celeste, uma vira-lata que conheceu a fome, foi presa pela carrocinha e escapou do forno crematório onde matam os cães do povo no Brasil, fiel ao espírito de Mãe Celeste, Obàlúaiyé, Olga de Alaketo grita:

— Viva a Borboleta do Povo!

Como um pássaro embriagado, o helicóptero retoma a subida, como se se dirigisse ao céu, neste 1º de abril em que, tu sabes, Obàlúaiyé, alguma coisa acontecerá com o Brasil.

25

— Santo Anjo do Senhor, meu zeloso guardador, já que a ti me confiou...

— Alô, helicóptero nº 3. Alô, caramba!

— Já que a ti me confiou, a piedade divina...

— Você enlouqueceu, caramba?

— Sempre me rege e guarda, governa e ilumina, amém!

— Caramba! Você ficou lelé da cuca, caramba? Rezando em voz alta no helicóptero nº 3, caramba! E com o transmissor ligado, caramba!

— Santo Anjo do Senhor, meu zeloso guardador...

— Pára com isso, caramba!

— Já que a ti me confiou, a piedade divina...

— Pára com isso, caramba! É uma ordem, caramba! Alô, helicóptero nº 3...

— Alô, Central de Comando...

— Você ficou lelé da cuca, caramba? Estava rezando em voz alta, caramba?

— Estava, Central de Comando...

— Mas o que houve com o teu peru, caramba?

— A borboleta verde, sargento...

— O quê? Pára de chorar e fala, caramba!

— A borboleta verde, sargento...

— Que que tem a borboleta verde, caramba? Você prendeu ela, caramba?

— Prendi, sargento, mas...

— Não vai me dizer que você deixou essa NSN... Não vai me dizer, caramba!

— Santo Anjo do Senhor, meu zeloso guardador...

— Caramba! Pára de rezar e fala, caramba! A maldita NSN tá aí presa com você, caramba?

— Não, sargento...

— Pára de chorar, caramba! E responde: a NSN está morta?

— Não, sargento...

— Então você prendeu a NSN e deixou a NSN escapar? Pois você pode ser enquadrado na Lei de Segurança Nacional, caramba! E a tua sorte, caramba, é não ter o AI-5 mais, caramba, senão eu nem sei o que ia ser de você...

— Eu explico, sargento...

— Então desembucha, santo Deus!

— Eu vi a borboleta verde, sargento! Aí eu saí perseguindo ela, sargento, e abri o vidro da cabine e ela entrou, sargento. Aí eu fechei o vidro e até falei alto: Tá presa, bichinha! Então, sargento, ela pousou na minha mão! E eu vi uma bailarina nua desenhada na asa dela, sargento. Eu juro que vi, sargento! E a bailarina começou a piscar o olho e a sorrir pra mim, sargento...

— Você ficou pinel, caramba! Você tá lelé da cuca, caramba!

— Juro que não, sargento! Lembra da Luz del Fuego, sargento?

— Lembro, caramba!

— Pois a bailarina nua tava com uma cobra enrolada no pescoço como a Luz del Fuego! E foi me dando uma vontade de rezar, sargento! E eu abri a janela do helicóptero e a borboleta verde saiu voando, sargento...

— Você é um traidor da pátria, caramba! Eu não sei onde que eu estou que não te denuncio ao Alto Comando de Operações. Pra mim, chega, caramba! *Ele ficou pinel, santo Deus! E se ele tá falando a verdade, santo Deus? A merda dessa borboleta verde fodeu meu coração, santo Deus. E se ela não for uma NSN mas uma borboleta encantada? O certo, caramba, é que ela fodeu meu coração e eu fico vendo Bebel: Bebel nua, santo Deus!*

26

Alô, alô, Conceição, que fugiu de casa no carnaval de 1950 depois de se fantasiar de Chiquita Bacana e apanhar do pai com chicote, alô, alô, Conceição que, quando sorria, clareava o mundo, alô, alô, Conceição que, a última vez em que foi vista, tomava um ônibus com destino a Curitiba na estação rodoviária de São Paulo, mas achava que todos os ônibus estavam indo para Minas, alô, alô, Conceição: seu pai Francisco está morrendo e manda dizer que a mão direita dele que segurou o chicote para bater em você quando você ainda estava fantasiada de Chiquita Bacana dói até hoje, Conceição, quem souber de Conceição, que fugiu de casa na carroceria de um caminhão Ford de carregar boi, diga a ela que seu pai Francisco está morrendo no hall de entrada do edifício Palácio de Cristal.

27

"Você com essa cara
tão linda
tão linda de invejar a lua
será que você
vem de casa
ou vai de casa
pra enfeitar a rua?"

Estás cantando: recordas um velho carnaval em que pulaste as quatro noites com a rainha do 13 de Maio, um clube operário vizinho à Estação da Central do Brasil, aquele clube operário onde entravas e sentias cheiro de povo. Tu servias no Rio de Janeiro e teus sonhos, nessa época, voavam o vôo das codornas: sonhavas com pequenas comissões no exterior, nada mais do que pobre lugar de adido militar em Assunção, essa Assunção que, hoje, está associada, na tua lembrança, à poeira das ruas.

"Onde você for
eu vou
de bonde, trem ou lotação..."

Sim: teus sonhos tinham asas de codorna. Só mais tarde, passaram a ter o delírio das alturas, a voar como um Concorde e, logo, teus sonhos acharam que era pouco: tua tentação era voar na altura do Satélite Pássaro Madrugador, essa ave noturna do espaço sideral.

— Naquela época do 13 de Maio, eu era estupidamente feliz...

Sempre tiveste leis de exceção e atos institucionais te governando, te proibindo até das pequenas coisas: de comeres doce de leite, de xingares a mãe do juiz de futebol no Grenal, de comprares pé-de-moleque no vendedor da esquina, de teres sonhos civis: mas na época que freqüentavas o 13 de Maio, soltavas tua voz cantando, eras tão desentoado como as beatas de Porto Alegre que cantam nas missas celebradas por Dom Vicente Scherer, mas te rebelavas contra tuas próprias leis de exceção, e cantavas:

"Com você
eu vou até
até o Japão..."

Agora, no meio desse lança-perfume, que tu bem sabes é coisa da Trilateral, para dar uma ilusão de alegria e de festa ao povo brasileiro, no meio desse lança-perfume, sentes o cheiro da pele suada da rainha do clube 13 de Maio: chamava-se Uiara, tinha cabelos mais negros do que as asas da graúna, como Iracema, a Virgem dos Lábios de Mel, mas Uiara não tinha lábios de mel: eram lábios de gosto picante, temperados a sal, a pimenta, a alho, a todos os condimentos dos lanches entrecortados dos apitos dos trens da Central do Brasil.

Te lembras agora: te lembras que Uiara saía no Bloco dos Sujos: agora, quando tua febre queima ameaçando subir dos 39 graus, surge diante de ti a sandália de Uiara, empoeirada da poeira negra do asfalto carioca. E teu dedo da mão esquerda (tu: que, no manuseio das coisas, sempre estiveste à esquerda, embora teu coração e tua cabeça estejam à direita), teu dedo da mão esquerda percorre o rosto moreno de Uiara e depois sai rebrilhando da poeira do asfalto e da maquiagem de carnaval.

— Uiara — tu falas alto, no teu delírio.

— O que foi, Presidente? — pergunta na tua cabeceira o Cavalo Albany, teu conselheiro e confidente preferido.

— Eu não sou o Presidente — tu dizes —, eu sou um rapaz de Minas que veio passar o carnaval no Rio de Janeiro e se apaixonou por Uiara...

— Calma, Presidente — fala o Cavalo Albany, que tem nas mãos *O Príncipe,* de Maquiavel, e o segura com o dedo marcando a página 38 —, calma que, com a Novalgina, a febre vai ceder...

Mas já não escutas: estás pulando o carnaval abraçado com Uiara.

"Vai, vai, amor
vai que depois eu vou.
Sei que vais para longe
Não poderei esquecer
já implorei ao Senhor:
Não me deixes neste mundo
A sofrer..."

Tu sambas: com um chapéu de marinheiro, tu sambas abraçado com Uiara. Ah, Uiara, o que é feito de ti? O que é feito de ti, Uiara, que saías no Bloco dos Sujos, tinhas amigos comunistas, estivadores, ferroviários, estudantes, o que é feito de ti, que cheiravas a povo? Repetes agora:

— Eu era feliz, muito feliz...

— Ainda és feliz, Presidente — diz a ti o Cavalo Albany, já na página 41 de O *Príncipe,* de Maquiavel, que ele relê em leitura dinâmica.

— És o feliz Presidente de todos os brasileiros...

— Não, eu sou um rapaz que veio de Minas passar o carnaval no Rio de Janeiro...

Nos tempos de Uiara, tu passavas muito no túnel da Estação da Central do Brasil, perto do Ministério da Guerra: o túnel cheirava a urina, recordas agora: recordas agora e, nesse teu delírio, quando sabes que uma desgraça te espera, o cheiro de urina fica parecendo a ti um perfume: o perfume dos teus verdes anos.

— Bem-Te-Vi! Bem-Te-Vi!

Abres teus olhos, esses teus olhos que escondias atrás de uns óculos escuros, modelo ditador militar latino-americano, mas que os encarregados de mudarem a tua imagem junto ao povo aconselharam que fosse trocado por um outro modelo, um outro modelo menos República da Banana e mais de acordo com a tua política de abertura, de borracha na mão, abres esses teus olhos: e quem aparece na tua febre, pousado na árvore diante da tua janela, com o peito convidado a um tiro do teu revólver 38? Aparece o maldito Bem-Te-Vi, esse Bem-Te-Vi que desafia a tua autoridade de Comandante-em-Chefe das Forças Armadas do Brasil, esse Bem-Te-Vi para o qual, um dia (se não fores derrubado antes), tu hás de decretar um Ato Institucional Especial, um AI-5 só para pássaros, para enquadrá-lo de vez.

— Bem-Te-Vi! Bem-Te-Vi! — canta, insinuando coisas, o maldito Bem-Te-Vi!

— É você de novo, filho da mãe? — tu gritas com o Bem-Te-Vi, chegando na janela, tu, fantasiado de Pierrot, como hoje querias ir ao Brazilian Follies. — Você ainda me paga, filho da mãe!

— Bem-Te-Vi! Bem-Te-Vi!

— Calma, Presidente, calma — fala a ti o Cavalo Albany, relendo a página 65 de *O Príncipe,* de Maquiavel.

— Prefiro dez Dom Paulo Evaristo Arns juntos e dez Lulas juntos, a esse filho da puta de Bem-Te-Vi — e, virando-se para o Bem-Te-Vi, tu gritas: — Você não perde por esperar, Bem-Te-Vi subversivo! Inimigo da pátria! Você não perde por esperar...

— Bem-Te-Vi! Bem-Te-Vi!

— Bem-Te-Vi o quê? O que você está insinuando Bem-Te-Vi duma figa?

— Calma, Presidente, calma — diz o Cavalo Albany. — O SNI está de olho nele, pode deixar, Presidente...

— Bem-Te-Vi! Bem-Te-Vi!

— Você não perde por esperar, Bem-Te-Vi filho da mãe — tu gritas apontando o revólver 38 para o Bem-Te-Vi — Ainda ponho o DOI-CODI no seu encalço...

Abandonas a janela, como um Pierrot abandonado por uma Colombina, e, com esse ar de desamparo, falas ao Cavalo Albany:

— Sabes, Albany, quem é o verdadeiro líder da oposição no Brasil?

— Dom Paulo Evaristo Arns? — pergunta Albany.

— Não — tu respondes e olhas desalentado para o Bem-Te-Vi que continua a cantar. — O verdadeiro líder da oposição no Brasil é esse maldito Bem-Te-Vi!...

28
(Sangue de Coca-Cola)

O Camaleão Amarelo entra na sala do Chefe do Departamento Pessoal das "Organizações de Deus", conhecido como Hiena: a Hiena é um negro de alma branca e, o terno cinza, a camisa branca, a gravata preta, não por luto, mas por hábito, a barba escanhoada, a Hiena está sentada na cadeira giratória atrás da mesa, na sala de ar refrigerado, onde é inverno. Pendurados em fotografias na parede, os cinco presidentes militares que o Brasil teve desde abril de 1964 olham para o Camaleão Amarelo como se o acusassem de um crime terrível.

— Deseja alguma coisa? — pergunta a Hiena, como uma Hiena perguntando.

— Eu vim saber por que cortaram 12 dias no meu salário — diz o Camaleão Amarelo, em pé diante da Hiena.

A Hiena assusta-se com o tom de voz do Camaleão Amarelo: todos os que entram ali, naquela sala, falam baixo, sussurrado, como num confessionário, e o Camaleão Amarelo falou alto.

— Não precisa gritar! — grita a Hiena.

— Eu não estou gritando — responde o Camaleão Amarelo, abaixando a voz .— Eu só vim saber por que cortaram 12 dias no meu salário...

A Hiena olha inquisitorialmente para o Camaleão Amarelo: olha acusando-o de alguma coisa.

— O senhor pertence a qual das empresas das "Organizações de Deus"? — pergunta a Hiena ao Camaleão Amarelo, ainda acusando-o com o olhar.

— Sou da W.C. ...

— Ah! — disse a Hiena, e continuou a acusar o Camaleão com o olhar. — E o senhor teve 12 dias cortados no seu salário?

— Tive...

— Pois o Computador Eletrônico das "Organizações de Deus" deve ter tido suas razões para cortar os 12 dias...

O olhar da Hiena era mais acusador agora.

— Mas, como? — disse o Camaleão Amarelo, a voz só abaixando. — Como, se eu não faltei nem um dia?

— Mas o Computador Eletrônico das "Organizações de Deus" tem sempre razão — fala a Hiena e, agora, parece examinar o Camaleão Amarelo, como um delegado de polícia examinando um suspeito. — Quanto a isso, o senhor não tenha dúvida...

— Tenho dúvida, sim — disse o Camaleão Amarelo, querendo sentar na cadeira, mas sem coragem. — O Computador Eletrônico não pode ter razão, porque eu trabalhei os dias todos do mês, não faltei um dia e assinei meu cartão de ponto todos os dias...

— O Computador Eletrônico das "Organizações de Deus" é como o Papa: é infalível — diz a Hiena, ficando de pé e examinando o Camaleão Amarelo, de cima a baixo. — Aliás, o Computador Eletrônico é mais infalível: o Papa pode errar...

A Hiena senta-se, recosta-se na cadeira giratória, sente uma fisgada num dente, pega uma caneta na mesa, escreve num pedaço de papel: "Não esquecer de denunciar o dentista ao Imposto de Renda". Enfia o papel com a anotação embaixo do vidro da mesa, guarda a caneta na caneteira, pergunta ao Camaleão Amarelo:

— Qual é a sua graça?

— James Scott Davidson — responde o Camaleão Amarelo, tendo a impressão de que, de todos os presidentes militares pendurados nas fotografias na parede da sala, o general Garrastazu Médici é o que o acusa mais e parece dizer: Eu sei de tudo...

— James o quê? — pergunta a Hiena.

— James Scott Davidson — diz o Camaleão Amarelo, sentindo sede.

— Ah, então é o senhor? — a Hiena tem um ar vitorioso.

— Eu o quê? — pergunta o Camaleão Amarelo, pensando que, quem sabe?, ele tinha feito alguma coisa terrível sem saber.

— Ainda pergunta? — fala a Hiena e ri como uma Hiena.

— Aconteceu alguma coisa? — pergunta o Camaleão Amarelo, sentindo-se já culpado.

— Que anjinho! — fala a Hiena, o olhar ainda mais acusador.

— Eu não estou entendendo — diz o Camaleão Amarelo.

— Não? — a Hiena olha-o como se ele fosse o pior criminoso do mundo.

— Eu, eu... — gagueja o Camaleão Amarelo.

A Hiena abre a gaveta da mesa, pega um revólver preto, põe o revólver preto em cima da mesa, tira uma pasta laranja da gaveta, pega o revólver preto, guarda na gaveta, mas não fecha a gaveta: o revólver preto fica aparecendo.

— Temos terríveis acusações contra o senhor — fala a Hiena, um ar triunfante e ameaçador, dando tapinhas na pasta laranja que tem nas mãos —, terríveis acusações...

— Eu não estou entendendo! — diz o Camaleão Amarelo. — Cortaram 12 dias no meu salário, eu só vim reclamar...

— Que santinho, my God! — fala a Hiena e ri um risinho de Hiena... Está vendo aqui? Leia aqui na pasta. Confidencial. Está lendo? Agora leia aqui, olha! "Dossiê James Scott Davidson". Está lendo?

— Estou — disse o Camaleão Amarelo. — Deve ter havido algum engano...

— O senhor não se chama James Scott Davidson? — pergunta a Hiena, pondo a pasta laranja em cima da mesa, tirando os óculos tartaruga do bolso do paletó e agitando na direção do Camaleão Amarelo, como um delegado de polícia.

85

— Chamo, mas...

— Mas, o quê?

— Deve ser outro James Scott Davidson...

A Hiena deixa os óculos tartaruga na mesa, pega a pasta laranja, sopra a poeira da pasta laranja, dá três tapinhas nela, e começa a folhear a pasta laranja, até que pergunta, como num interrogatório numa delegacia de polícia:

— O senhor confessa que é filho de Maggie de Paiva Davidson e de John Scott Davidson?

— Confesso.

— Confessa que é do signo de Gêmeos?

— Confesso.

— Confessa que é pai de um menino chamado James, de 7 anos, em quem o senhor bateu por volta das 7 horas da manhã de hoje?

— Confesso.

— O senhor faça o obséquio de se assentar...

O Camaleão Amarelo senta-se, achando agora que é o marechal Costa e Silva, o segundo presidente militar, quem o acusa lá da fotografia. A Hiena continua a folhear a pasta laranja do "Dossiê James Scott Davidson".

— O senhor confessa que foi iniciado na prática sexual muito precocemente, quando tinha cerca de 6 anos, por uma empregada doméstica da casa dos seus pais, de nome Maria das Dores?

— Confesso.

— Confessa que a mencionada Maria das Dores era conhecida pelo vulgo de Das Dores e era portadora de tez negra?

— Confesso.

— Confessa que a já mencionada Das Dores, valendo-se de um descuido de sua mãe, que estava com visitas em casa, isso por volta das 4 da tarde de uma 6ª feira, se não falha a memória do declarante, trancou a porta do banheiro por dentro e masturbou o declarante?

— Confesso.

— O declarante confessa que, por volta dos 8 anos de idade, estando o declarante até essa altura residindo na cidade de Araxá, no Triângulo Mineiro, voltou em companhia dos pais à cidade de Santana dos Ferros, no Vale do Rio Doce, tendo certa noite, por volta das 19 horas, o declarante saído a passeio de sua casa, usando um sapato branco, sendo que, tão logo o declarante chegou ao adro da Igreja, os meninos da cidade começaram a gritar, ao verem o sapato branco do declarante: "Mulherzinha! Mulherzinha!".

— Confesso, mas...

— O declarante confessa que, ato contínuo, voltou à mencionada residência dos pais e tirou o indigitado par de sapatos brancos, nunca mais os calçando?

— Confesso.

— O declarante confessa que, quando criança, estudando interno no Colégio do Bosque, distante 6 quilômetros da Cidade do Bosque, era conhecido como Esther Williams?

— Confesso.

— Confessa o declarante que, aos 17 anos, era conhecido como Ava Gardner?

— Confesso.

— O declarante confessa que era voz corrente que o declarante, quando sorria com os olhos verdes, dos quais é portador, as mulheres acreditavam que o declarante se transformava em Ava Gardner?

— Confesso.

— Confessa o declarante que, no período em que passou a ser chamado de Ava Gardner, estando na ocasião residindo em Belo Horizonte, o declarante jurou, na presença de testemunhas, que ia amar 5 mil mulheres diferentes, para calar a boca dos que, na infância, chamavam o declarante de Esther Williams e, na juventude, de Ava Gardner?

— Confesso, mas eu só vim saber por que cortaram 12 dias no meu salário...

— O declarante confessa que começou a anotar o nome e o número de cada mulher com a qual mantinha relações sexuais numa agenda dos Pneus Firestone?

— Confesso.

— O declarante confessa que, na mencionada agenda dos Pneus Firestone, o declarante chegou a anotar o nome de 471 mulheres diferentes com as quais o declarante praticou o coito sexual?

— Confesso.

— Confessa o declarante que, tão logo esgotou a citada agenda dos Pneus Firestone, o declarante passou a anotar o nome e o número correspondente de cada mulher num caderno de capa azul, no qual, anteriormente, dava notas, de uma a cinco estrelas, aos filmes que assistia?

— Confesso.

— Confessa o declarante que, após os 25 anos, passou a ser chamado de Sofia Loren?

— Confesso.

— Confessa o declarante que, a par do apodo de Sofia Loren, era também chamado de Camaleão Amarelo?

— Confesso.

— Confessa o declarante que, por volta do dia 31 de março de 1964, época da gloriosa Revolução que impediu o Brasil de cair nas garras do comunismo internacional, o declarante, ainda conhecido pelo apodo de Sofia Loren, já havia conseguido realizar a prática sexual com 2 mil e 780 mulheres diferentes?

— Confesso.

— Confessa que, no verão, as anotações que o declarante fazia, agora em cadernos espirais, aumentavam assustadoramente?

— Confesso.

— O declarante confessa que, tendo mudado para o Rio de Janeiro, alcançou, em tempo recorde, a marca de 3 mil e 300 mulheres diferentes?

— Confesso.

— Confessa o declarante que fugia dos casos amorosos, para não se ligar a uma única mulher e, assim, não afetar a execução da meta das 5 mil mulheres?

— Confesso.

— Confessa que, enquanto os amigos eram presos por subversão durante o governo do marechal Castelo Branco, o declarante limitava-se a anotar nomes de mulheres, com os correspondentes números, em seus cadernos espirais?

— Confesso.

— Confessa que, logo que o marechal Castelo Branco assumiu o governo do Brasil, o declarante passou a usar óculos escuros como os de Ray Charles?

— Confesso.

— Confessa o declarante que, não obstante a sua alienação política, isso não impediu que o declarante soltasse foguete no dia da trágica morte, num desastre aéreo, do ex-presidente marechal Humberto de Alencar Castelo Branco?

— Confesso.

— Confessa o declarante que seu poder com as mulheres estava nos seus olhos verdes?

— Confesso.

— Pode o declarante esclarecer se é verdade que, durante o governo do general Médici, quando já havia amado 4.982 mulheres diferentes, conheceu uma moça que usava o codinome de Tati e que lembra Claudia Cardinale?

— É verdade: eu conheci Tati durante o governo Médici...

— Agora esclareça alguns pontos obscuros: por que o declarante deixou de usar óculos escuros quando conheceu Tati?

— Porque não havia necessidade mais deles...

— Tati não teve participação no fato de o senhor deixar de usar os óculos escuros como os de Ray Charles?

— Teve... participação decisiva.

— Outro ponto obscuro: quando o declarante conheceu Tati e

se casaram no religioso e no civil, o declarante rasgou a agenda dos Pneus Firestone e os cadernos com as anotações com os nomes e os números das mulheres?

— Rasguei.

— Quando conheceu Tati o declarante já havia tido relações sexuais com quantas mulheres diferentes?

— Com 4 mil 982 mulheres diferentes...

— E não ficou tentado a chegar às 5 mil?

— Fiquei.

— Outro ponto obscuro: o declarante não tentou chegar às 5 mil mulheres, depois de conhecer Tati?

— Tentei.

— Há dúvidas sobre outro ponto: há quem afirme que Tati tinha conhecimento de que o declarante tentaria alcançar a meta das 5 mil mulheres.

— Não é verdade.

— E o declarante tentou chegar às 5 mil mulheres, mesmo sem o conhecimento de Tati?

— Eu já respondi: tentei.

— Existem várias versões para explicar o fato do declarante não haver chegado às 5 mil mulheres. Afinal, qual versão é a verdadeira?

— Depois de conhecer Tati eu fracassava com todas as outras mulheres...

— Foi então que começaram a dizer que o declarante tinha se tornado gay?

— Foi.

A Hiena tem um ar vitorioso.

— O senhor está vendo? É o senhor ou não é o personagem chave do "Dossiê James Scott Davidson"?

— Tudo coincide...

— Então, pesam terríveis acusações que o senhor terá que responder à Justiça. Sendo assim, não vejo com que autoridade o senhor vem reclamar 12 dias que o Computador Eletrônico houve por bem cortar no seu salário...

Nessa hora a Hiena fica cor de cinza: acha que o Camaleão se transforma num monstro. Pensa em pegar o revólver e atirar, mas prefere dizer, a voz trêmula:

— O senhor faça o obséquio de procurar o Ouriço Caixeiro, que é uma mulher, no 48º andar, do lado norte. Ela vai esclarecer tudo...

29

Alô, alô, Conceição, que fugiu de casa no carnaval de 1950, depois de se fantasiar de Chiquita Bacana e de ter sido eleita a Foliã do Ano, alô, alô, Conceição que chegou a Belorizonte na carroceria de um caminhão Ford de transportar gado e você só trazia a sua trouxa, Conceição, que nem mala você tinha, e você saiu a pé por Belorizonte, com um endereço anotado num pedaço de papel, procurando a Pensão da tia Lô, e vendo você, Conceição, você com o cheiro de boi, a tia Lô respirou fundo aquele cheiro de boi que era o perfume da infância dela na fazenda do pai, ela, Lô, menina, descalça, anda no curral molhado, pisa nas poças verdes, como verdes são os seus olhos, Conceição, e Lô espirra lama na irmã Çãozinha que ninguém imaginava que fosse casar com um grego e morrer em Atenas e, respirando o seu cheiro de boi, Conceição, a tia Lô continua a pisar nas poças verdes da chuva no curral da fazenda do pai, os irmãos, Lucas, Nicanor e Eufrásio brincavam na varanda, Lucas brincava com o sabiá que foi criado solto, a Mãe olhava as coisas na cozinha, e daí a pouco chegava o pai: o Pai era alto, grandão, como um pé de jequitibá, respirando o seu cheiro de boi, Conceição, a tia Lô vê o pai chegar a cavalo com sua capa gaúcha, cheirando a capa molhada de chuva, o pai tinha ido campear e trazia articum, maracujá, favos de mel, o pai não sabia ler, mas foi educando os filhos, tornando os filhos médicos, engenheiros, advogados, alô, alô, Conceição, você falava com a tia Lô e ela não respondia, ficava respirando, ficava respirando o seu cheiro de boi e sentindo uma coisa que chorava e cantava dentro dela: uma vontade de conversar com o pai que já estava morto, conversar coisa à-toa, perguntar: "Será, pai, que hoje vai chover?", ou: "Pai, o senhor não quer comer daquele pastel de carne que o senhor gosta tanto?", e a tia Lô sentou numa cadeira e ela, que aprendeu com a Irmã Cecília, no Colégio Sacre Coeur, a só usar palavras limpas e que dividiu as palavras em limpas e sujas, recostou na cadeira e disse alto: "Esta vida é uma merda" e, no jantar daquela noite, os hóspedes da Pensão da tia Lô, que pensavam em fazer um abaixo-assinado contra a má qualidade da comida, se surpreenderam com o inesquecível pastel de carne que a própria tia Lô fez pensando no pai, alô, alô, Conceição, onde você estiver: seu pai Francisco está morrendo e necessita ver-te, Conceição.

30

— Bem-Te-Vi! Bem-Te-Vi!

— Bem-Te-Vi filho da mãe! Eu ainda te fodo, filho da mãe!

Bem-Te-Vi sonhando que eras o general Emílio Garrastazu Médici: tinhas olhos azuis, um AI-5 na mão e os gols de Pelé na voz dos locutores esportivos e a tua censura férrea e o terror do DOI-CODI e das prisões e das torturas e as cassações e o medo e as delações e as músicas que encomendavas e o "Milagre Brasileiro" abafavam tudo e mesmo a Guerrilha do Araguaia era só um trovejar longínquo, qualquer coisa tão corriqueira como uma chuva na Amazônia, essa Amazônia de tempo tão inconstante como um inconstante coração de mulher, onde agora faz sol, mas daqui a pouco pode chover.

— Bem-Te-Vi! Bem-Te-Vi!

— Filho da mãe! Se não fosse a abertura política, você ia ver, vagabundo!

Bem-Te-Vi quando cedias às multinacionais: te ajoelhavas diante da Volkswagen, abaixavas tua cabeça perante a Ford, falavas em voz baixa, como diante de Deus, diante da General Motors e abaixavas mais a voz e parecias contar teus pecados à Dow Chemical, e, depois, Bem-Te-Vi arrependido, dando a ti mesmo a penitência de leres poemas e Olavo Bilac: repetias mil vezes, como uma criança de grupo que cometeu um pequeno delito, o trecho "Criança, ama com fé e orgulho a terra em que nasceste, não verás nenhum país como este".

— Bem-Te-Vi! Bem-Te-Vi!

— Palhaço! Você tem a sorte de ter aparecido para me azucrinar, numa fase de abertura. Palhaço!

Bem-Te-Vi cabisbaixo, andando como um sonâmbulo ou um louco: repetias mil vezes: "Não verás nenhum país como este!" Bem-Te-Vi chorando: ouvias a gravação de "Aquarela do Brasil" de Ary Barroso, na voz de Elis Regina: ouvias e choravas e, mais tarde, na escuridão do teu aposento presidencial, tu te lembravas da Carta Testamento de Getúlio Vargas: Bem-Te-Vi quando gritaste: "Ianques go home!" e, depois, Bem-Te-Vi quando tu mesmo, que sempre foste o teu ditador de plantão, deste voz de prisão a ti mesmo.

— Bem-Te-Vi! Bem-Te-Vi!

— Bem-Te-Vi subversivo! Agente terrorista! Tua sorte é o Fleury estar morto. Mas eu vou pôr um helicóptero te seguindo, filho da mãe!

Bem-Te-Vi furioso: apontas o teu revólver 38 para o peito do Bem-Te-Vi: Não faças isso, Presidente, guarda essa arma, fala contigo teu Ministro da Comunicação Social, encarregado de mudar tua imagem e fazer de ti um Presidente amado, guarda essa arma, Presidente, se matares esse Bem-Te-Vi, vai acontecer um escândalo nacional e internacional, Presidente, Bem-Te-Vi respondendo: Foda-se, eu não agüento mais esse palhaço me azucrinando, guarda essa arma, Presidente, se matares esse Bem-Te-Vi, ele vai se transformar num mártir, num herói nacional, levarão o corpo empalhado para São Paulo, Presidente, o cardeal Dom Paulo Evaristo Arns rezará um Te Deum de corpo presente, Foda-se, tu respondes, Não, Presidente, guarda essa arma, se matares o Bem-Te-Vi, Lula, o metalúrgico, levará 180 mil metalúrgicos do ABC em marcha para São Paulo, Foda-se, tu respondes, Guarda a arma, Presidente, o senador Teotônio Vilela dirá no Senado que assassinaste a consciência nacional, o senador Paulo Brossard arrancará lágrimas até do senador Jarbas Passarinho com "A Elegia Fúnebre do Bem-Te-Vi", Foda-se, tu respondes, Guarda essa arma, Presidente, a CNBB lançará uma circular para ser lida em todas as igrejas do Brasil te chamando de impiedoso assassino, Foda-se, Guarda a arma, Presidente, o ex-presidente da Ordem dos Advogados do Brasil, Raimundo Faoro, sairá em peregrinação pelo Brasil acusando-o de assassino! assassino! Foda-se, o advogado Sobral Pinto, que já invocou a Lei de Proteção dos Animais para defender um preso político, invocará a Declaração Universal dos Direitos Humanos, para te acusar pelo frio e covarde assassinato do Bem-Te-Vi, Foda-se, ouve, Presidente, os Bem-Te-Vis do Brasil sairão em passeata pelo céu, aos gritos de "Bem-Te-Vi Unido, Jamais Será Vencido", e os estudantes, liderados por aqueles rapazes de Santa Catarina, colocarão luto em solidariedade ao Bem-Te-Vi e gritarão assassino! assassino!, Foda-se, Olha, Presidente, os ecologistas do mundo vão protestar, vão fazer comício contra ti na Suécia, na França, no Japão, a atriz Jane Fonda fará uma manifestação-monstro em memória do Bem-Te-Vi em Washington e uma grande marcha irá em direção à Casa Branca te chamando de assassino! assassino! o Senado dos EUA aprovará uma moção contra ti, Foda-se, o Partido Comunista Italiano pode parar a Itália numa greve-relâmpago em memória do Bem-Te-Vi e milhões de italianos sairão pelas ruas aos gritos de assassino! assassino!, Foda-se, o Santo Papa, Presidente, condenará publicamente o teu tresloucado gesto, Foda-se, a ONU condenará teu crime, só o Paraguai e o Chile votarão a teu favor, Foda-se, e, além de tudo, Presidente, o que vão pensar as criancinhas do Brasil de um Presidente que assassina um pássaro tão inocente como um Bem-Te-Vi?

Bem-Te-Vi guardando teu revólver 38, Bem-Te-Vi, no delírio da tua febre, considerando que a opinião das crianças do Brasil, que serão os homens de amanhã, sim, te importa. E, com um samba do cantor Blecaut cantando na tua lembrança, tu chamas o teu General do SNI e ordenas:

— General, preciso que o SNI fique de olho nesse Bem-Te-Vi. Não quero que o prendam, nem matem, mas que o SNI fique de olho nele...

Num canto do salão cheio de confete e serpentina, quando o baile acaba, tu dizes no ouvido de Uiara:

— Queres saber de uma coisa, Uiara? Esse Bem-Te-Vi é a minha consciência doendo...

31

— Helicóptero nº 3 chama Central de Comando, alô, Central de Comando...

— *Santo Deus! A filha da mãe da borboleta verde fodeu meu coração, santo Deus! Transformou meu coração num merda de coração, num bosta de coração, santo Deus! A filha da mãe da borboleta verde deve ser mesmo uma NSN: ela fodeu meu coração e agora quer foder também com o Brasil, caramba!*

— Alô, Central de Comando...

— *Que São Domingos Sávio me proteja contra a ação dessa NSN. Por que, se não, o que vai ser de mim, santo Deus? Eu tinha banido Bebel pra longe, Santo Deus, espiantei ela pra Bolívia e cassei a lembrança de Bebel pra todo o sempre, amém! Aí vem uma merda duma NSN voando e liquida tudo, santo Deus!*

— Helicóptero nº 3 chamando Central de Comando...

— Fala, caramba! Aqui Central de Comando...

— Viu o que o rádio deu sobre a borboleta verde, Central de Comando?

— Caramba! O rádio tá falando nela, caramba?

— Tá falando, Central de Comando! Sabe como o rádio tá chamando ela, Central de Comando?

— Não faz suspense, caramba, fala logo!

— O rádio tá chamando ela de Borboleta Verde da Felicidade...

— Não brinca, caramba?

— Eu juro, Central de Comando, entra na escuta do rádio pra ver. Sabe o que mais, Central de Comando? O rádio disse que a Borboleta Verde da Felicidade vai mudar a sorte do Brasil...

— Pois a mim, essa NSN não engana, caramba! É uma NSN que veio subverter a ordem e pôr em risco a segurança nacional. Se ela aparecer de novo por aqui, eu lasco fogo nela, caramba! E olha, caramba, o Alto Comando de Operações quer saber se há alguma anormalidade nas ruas.

— Continuam cantando e dançando nas ruas, Central de Comando...

— E você tá sobrevoando a multidão, helicóptero $n^{\underline{o}}$ 3?

— Conforme as ordens secretas, sargento...

— Escuta, caramba! E você tá deixando a multidão ver que você está com uma metralhadora? Está deixando, caramba, a boca da metralhadora aparecer, como foi combinado, caramba?

— Exatamente, sargento...

— E você está voando a quantos metros de altura da multidão, caramba?

— A 10 metros, sargento ...

— Pois de vez em quando, caramba, você voa mais baixo, sempre com a boca da metralhadora aparecendo, caramba. E muito juizo, caramba, e se a NSN aparecer, você não vai deixar ela escapar de novo não, hein, caramba?

— Fica tranqüilo, sargento...

— *Ela é mesmo uma NSN, santo Deus! Chegou voando e subverteu meu coração. Eu tinha cassado Bebel, santo Deus! Ela me pôs um par de chifre e eu bani ela, santo Deus! Espiantei ela pra Bolívia. E fico pensando na Bolívia como se a Bolívia fosse gente, santo Deus! Como se a Bolívia fosse Bebel. Se São Domingos Sávio não proteger meu coração, santo Deus, eu estou fodido e mal pago, porque meu coração começa a achar que Bebel não me chifrou, meu coração começa a me falar que eu nunca tive prova, santo Deus! Tudo por causa de uma borboleta verde, santo Deus! Uma merda de uma NSN. Eu preciso rezar, caramba! Esse cheiro de lança-perfume tá me enlouquecendo, tá me dando vontade de cantar. Eu vou rezar pra São Domingos Sávio: vou rezar...*

A pausa
que refresca

**O que você estava fazendo
no dia 1º de abril de 1964?**

*O meu coração nunca chegou a Maio
na vida vivida
nunca passou de Abril.*

MAIAKOVSKY

— Já pensou? Ontem a esta hora, eu tava lá em Lima, no Peru. Tava andando em Lima, pô!

Elisa gesticula quando fala: parece fazer um comício, sentada no sofá da sala do apartamento, na manhã de 1º de abril, e aviões rugem no céu como leões com saudade da África, pela janela entra o sol, o vento fraco cheira a lança-perfume.

— Sabe que Lima me alegra? Lima me dá vontade de cantar. Agora La Paz, putz, eu sinto um troço ruim em La Paz, uma coisa no coração, apertando...

Ele olha para Elisa como se Elisa fosse uma aparição, uma Iemanjá de olhos verdes e oblíquos, o corpo moreno e esguio de jogadora de vôlei, a saia florida, a blusa azul, os cabelos penteados, mas ainda molhados, descalça e sentada no sofá a dois metros dele, e ele só vê uma perna de Elisa, a outra perna fica escondida debaixo da saia florida, e ele pensa: É assim que as garças ficam...

— La Paz me oprime. Mas Lima! Ah, Lima me dá vontade de sair dançando como se eu tivesse em Belorizonte...

— Em Belorizonte?

— Meu Deus! Belorizonte é uma maraaaviiiilha, lá, eu acho que a cidade é minha! Que tudo lá é meu! Mas eu tava te falando. O que mesmo que eu tava te falando?

— Que ontem, a esta hora, você tava lá em Lima...

— Pois éééé. E agora tou aqui, no Rio de Janeiro, no Brasil. Minha mãe é que não ia acreditar. Sabe que minha mãe não acredita que o homem foi à lua?

— Cê tá brincando, Elisa!

—Te juro, cê vai conhecer minha mãe. Minha mãe é um baraaato, mas não tá neste mundo, juro que não tá... Estes dias ela não telefonou?

— Não...

— Lá em Lima, eu pensei: putz, minha mãe vai me telefonar, uma voz de homem vai atender e ela vai imaginar as maiores loucuras, pô. Eu fiquei com isso na cabeça até na hora do jogo com Cuba, teve uma hora que o Ênio Gonçalves gritou lá do banco: Magrinha! Pára de voar, Magrinha! Porque o Ênio Gonçalves me saca à beça, como ele me saca...

Elisa acende um cigarro e solta a fumaça. Ele conheceu Elisa no terceiro mês de liberdade, depois da anistia, uma noite: Elisa dançava um rock na boate Hipopotamus quando ele a viu, e ele já então pensou numa aparição, Iemanjá dançando rock, colorida de luzes. Elisa dançava num grupo de jogadoras da seleção brasileira de vôlei, quatro ou cinco moças, só elas. E ele a viu, uma Iemanjá magra, e morena, de olhos verdes e oblíquos, dançando rock, e perguntou a Jorge, a quem chamavam de Bom Burguês nº 2, quem era ela. E Jorge disse: Porra, cara, é a Magrinha, a maior sensação da seleção brasileira de vôlei. Mais tarde, chamou-a e disse: —Magrinha, senta aqui com a gente, tamos comemorando, há três meses, a liberdade deste cara aqui, que passou nove anos em cana. E Elisa riu e disse: Prisioneiro político? Oh, que legal — e estendeu a mão morena e magra.

— Cê tá voando, cara. Que qui houve? E tá aí me olhando esquisito. Pintou algum grilo. Pintou?

— Não, pô, eu tava lembrando como eu te conheci...

— Nooooohhh! Sua mão tremia tanto! Tava quase entornando a champanhe. Me deu um negócio, uma vontade de falar pro Jorge: — Olha Jorge, providencia um calmante aí pro nosso guerrilheiro urbano, que o bicho tá ruim...

Elisa ri: ri com a boca rasgada, a boca que o fazia acordar de noite, suando, com febre, e depois perder o sono, ficar pensando se podia vencer o medo, aquele medo que ele sentiu em quase 9 anos de prisão, primeiro em Linhares, em Juiz de Fora, depois no Barro Branco, que chamavam de Hipódromo, em São Paulo.

— Mas você também tremia, Elisa — ele disse.

— Eu? Nooooossa! Eu tava uma vara verde, parecia a minha estréia na seleção brasileira...

— Também não...

— Juuuro!

— Mas eu vi que você também tremia...

— E depois, pô, cê sumiu de mim...

Uma borboleta verde entra pela janela e pousa na cabeça de Elisa, como um broche verde.

— Não se mexa. Elisa! Fica quieta...

— O quêêêêê? — Elisa se espantou.

— Uma borboleta verde, Elisa. Tá pousada na sua cabeça...

— Não brinca?

A borboleta verde voa, Elisa diz:

— Mas é liiiinda!

Aviões rugem como leões com saudade da África, Elisa fica de pé, tenta tocar com a ponta da mão na borboleta verde.

— É liiiinda! Olha só o desenho nas asas dela, sacou? Deixa ela pousar pra você ver. Olha só, tem uma bailarina dançando nas asas, parece o Lago dos Cisnes...

Ele fica olhando a borboleta verde, fica querendo rezar para aquela borboleta, para que ela o ajude e ele não tenha que fugir de Elisa.

— Viu a bailarina nas asas dela?

— Vi...

— Eu nunca vi uma borboleta assim. Na fazenda do meu avô, lá em Minas, tinha as borboletas mais lindas. As amarelas então eram lindas, mas verde eu nunca vi...

Ele está rezando para a borboleta verde: Sem Elisa, borboleta verde, eu vou ser um homem só com um braço, só com uma perna, só com um lado, me ajude, borboleta verde, a não ter que fugir...

— Pô, cara. Dá um negócio vendo, não dá? Não deve ser uma borboleta comum...

Elisa está em pé, excitada, e sentado no sofá, ele reza: Porque por onde eu for, borboleta verde, eu vou levar Elisa comigo, doendo como a perna e o braço e a mão que eu não vou ter mais...

— Oh, foi embora! Putz, por Deus que parece uma borboleta sagrada. Me deu um troço tão bacana ficar olhando pra ela. Juro, sabe que eu fiz um pedido pra ela — disse ela —, me deu vontade de ver as pessoas todas que eu amo na vida. Minha mãe, meu pai, meus irmãos. Pô, cê sentiu alguma coisa?

— Se senti! Porra — ele disse, ficando de pé. — Senti um troço do caralho...

— Se a gente contar, ninguém acredita. Ainda mais que hoje é 1º de abril. Cê tá sentindo que o cheiro de lança-perfume continua?

— Tou. E tá só aumentando, Elisa...

— O que será que tá havendo? Será que tá havendo algum troço com o Brasil? Reparou nos aviões?

— Reparei. Mas será?

— Meu Deus!

Ele se senta no sofá. Elisa fica de pé, não, ela não é tão alta como parece, dançando rock ou jogando vôlei, mas dançando rock ou jogando vôlei Elisa crescia, se transformava (sim, é isso) como Diana Prince se transformando na Mulher Maravilha. Ele tinha fugido de Elisa, só a encontrou na véspera dela viajar para o Torneio Aberto de Lima, e ela perguntou, depois que beberam uma caipiríssima juntos, se ele não queria ficar no apartamento dela, enquanto ela ficava em Lima, ela falou na onda de assaltos, disse que em 11 ou 12 dias estava de volta, e ele se mudou para o apartamento dela. E hoje de manhã, Elisa chegou.

— Não, não deve ser nada. Pera lá! Não é hoje que vai começar a tal Revolução da Alegria?

— É, é hoje, Elisa...

Quando ele pôs os pés na rua em São Paulo, já em liberdade, ele sentiu medo: sentiu medo e olhou para trás, na direção do Barro Branco, pensou que a prisão do Hipódromo fazia parte da vida dele, e que, de alguma forma (ainda que odiasse), ele amava a prisão. Ficou algum tempo olhando, falava com o presídio: Hipódromo, eu te levo comigo... Um repórter da TV Globo, que o entrevistou na saída do Barro Branco, depois dos abraços e dos gritos do pessoal da Anistia, comentou:

— Você não parece tão alegre como os outros...

Ele respondeu:

— É a emoção...

Respondeu, mas sentia medo, mais medo que alegria, sentia vontade de abraçar as paredes das casas da rua, dos postes, as árvores, vontade de tatear tudo, como se fosse um cego, sentir a liberdade na palma da mão e no cheiro, porque a liberdade cheirava, ele agora sabia, mas sentia também o medo, aquele medo que ele guardou, durante os anos da prisão, como uma brasa acesa coberta de cinza, e que o queimou quando ele começou a andar ao lado de Jorge, o Bom Burguês nº 2, que o tinha ido buscar em São Paulo. Antes de entrar no carro, olhou para o presídio do Barro Branco e sentiu vontade de ficar: agora ia ficar cara a cara com a verdade, sentir medo, aquele medo que ele sabe que ia fazê-lo fugir de Elisa e, se preciso, deixar o Brasil, numa hora que ele sabe que não é de sair, é hora de voltar, e ficar, aconteça, meu Deus, o que acontecer.

— Não se come nesta casa? Pera aí, eu trouxe uns doces de Lima...

Ele vê Elisa andando, Elisa descalça no apartamento, e respira o lança-perfume do ar, quem sabe a borboleta verde é o sinal para ele tentar?

— Prova. É uma delíííícia este doce — disse Elisa. — Mas será que vai acontecer alguma coisa com o Brasil? Putz...

— Não, Elisa, não vai não. Já aconteceu um 1º de abril, não vai acontecer outra vez. Nunca te falaram que a História não se repete?

— Meu tio comunista me falou o contrário. Ele só fala nisso, putz, na História...

Elisa senta-se no sofá.

— Não é uma delícia esse doce?

— É — ele diz mastigando o doce. — Mas 1º de abril grila a gente...

— É foda. Outro dia eu tava pensando. Quando você deu aquele sumiço e eu até queria conversar isso com cê, porque eu sei, pô, que você ia sacar. Come outro doce...

— Ia sacar o quê?

— Sacar o seguinte...

Fez um barulho na porta do apartamento.

— Cê escutou? Mexeram na porta?

— Deve ser o zelador varrendo o corredor. É o barulho da vassoura na porta...

— Eu fico sempre achando que a minha mãe vai sair lá de Minas, aparecer aí e falar: Eliiiiisa!, ela nunca me chamou de Magrinha, então ela ia falar: Eliiiiisa! Minha filha, quem é este homem aí no seu apartamento, o apartamento que seu pai te deu em confiança, Eliiiiisa!

— Mas sua mãe não vai se abalar lá de Minas. E, depois, não tinha nada pra ela se espantar. Mas o que tava te encucando, que você ia falar...

— O seguinte: chegam uns generais, que a gente no Brasil nunca tinha ouvido falar neles, não sabia se eles eram mais gordos, e entram na vida da gente, pô!

— Isso mesmo...

— Não é não? Humberto não sei de que Castelo Branco — ela disse.

— Arthur da Costa e Silva — ele disse.

— Emílio Garrastazu Médici — ela disse.

— Ernesto Geisel — ele disse.

— João Baptista de Figueiredo — ela disse.

— Sem falar nos milicos da Junta Militar...

— E a gente começa a ter medo. Pô, eu que até sou chamada de alienada, meu tio comunista diz que sou a legítima representante da aristocracia rural mineira em decadência, pô, até eu tenho medo...

— Antigamente, Elisa, a gente tinha medo da Mula-sem-cabeça, do Lobisomem...

— É. Eu nunca podia imaginar. Pensando no dia 1º de abril de 64, eu nunca podia imaginar. Quer saber de uma coisa? Eu, quando lembro da tal de Redentora, sabe o que me dá?

Elisa gesticula como se tivesse num palanque e ele a imagina fazendo um comício.

— O que te dá?

— Me dá vontade de comer torta de chocolate. Quando eu falo, dizem: Magriiiiinha, mas você é alienada demais, Magrinha!

— Escuta, Elisa: o que você estava fazendo no dia 1º de abril de 1964?

— Meu Deus! Eu era muito garota no dia 1º de abril de 1964. Putz, você pergunta e eu sinto uma saudade loooouca de mim no dia 1º de abril de 1964. Eu fazia a 2ª série ginasial no Colégio Estadual lá em Belorizonte e eu cheguei lá e disseram que não ia haver aula. Porra, eu fico me vendo lá agora: eu lá de uniforme, de tranças, a pasta preta na mão, eu era muito magra, começaram a me chamar de Magrinha no time de vôlei do colégio. Pô, quando disseram: Magrinha, não vai ter aula eu juro que pensei que tavam me passando um 1º de abril. Aí não sei quem, acho que uma menina do 3º ano chamada Beth, falou: Tá havendo uma Revolução no Brasil e não vai ter aula. Nisso apareceu o professor Campolina e a gente cercou ele e perguntou: Fessor, vai ter aula? E ele, muito solene: Estão dispensados. E aí nós começamos a gritar: Oba! oba! não vai ter aula! oba! oba!

Pela janela, entra lança-perfume e os aviões voltam a rugir como leões com saudade da África: Elisa pára de falar, espera os aviões se afastarem.

— A cantina do colégio tava fechada. Nós éramos uns quinze e a gente foi prum bar da esquina, o Ginga Bar, ficamos lá bebendo Coca e fazendo a maior farra. Nós lá cantando música de carnaval, Meu Deus! Fico vendo o Beto Chicletes lá no dia 1º de abril de

1964. A gente chamava o Beto de Beto Chicletes porque ele vivia mascando chicletes. E no Ginga Bar era o Beto que puxava o carnaval. Meu Deus, eu fico ouvindo o Beto Chicletes cantando "A Turma do Funil", fico ouvindo e fico vendo o Beto, dói pra caralho...

— Mas o que aconteceu com ele?

— Mataram o Beto — ela disse.

— Mataram?

— Mataram, muito mais tarde — ela disse.

— Quando?

— No governo do Médici — ela disse... — A gente continuou amigo. Pô, eu sempre tive mais amigo homem do que mulher. E eu e o Beto, porra, a gente era amigo paca. Mas quando o Beto entrou pra clandestinidade, isso ainda lá em Belorizonte, ele não deu nem ciao. Evaporou no mapa. Uma tarde lá em Belo Horizonte, eu tava olhando vitrine na Lee Importadora, na Galeria Ouvidor. Tava lá olhando uma calça Lee vinho maraaaavilhoosa!!! sem saber se comprava ou não, eu tinha descoberto o Che Guevara, tava lendo o livro *Meu Amigo Che*, que meu tio comunista me emprestou. E eu olhava a vitrine e pensava: Eliiisa, esquece essa calça Lee vinho! Eu tava lá assim e chegou um cara perto de mim e disse: Você continua burguesa, hein, Magrinha? E eu vi aquele cara louro, de barba loura. E ele falou: Sou eu, Magrinha. Ele falou e ele mascava chicletes, eu quase gritei: Beeeto!, mas ele pôs a mão na minha boca e fez assim: ssssss. E disse: Magrinha, a barra tá pesada, nega. Não olha pra mim, Magrinha, fica olhando pra vitrine, disfarça, Magrinha...

Elisa pega um cigarro sentada no sofá: ele acende para ela e, depois, se vê refletido nos olhos verdes de Elisa, como se a sua prisão, agora, fosse lá dentro.

— Continua, Elisa — ele disse.

— E eu disfarcei como o Beto pediu. E ele falou: Magrinha, que alegria te ver, Magrinha! Ele estava nervoso e disse: Eu vou ter que ir dando o fora. Mas você faz o seguinte, Magrinha: você fica aí parada, como se tivesse olhando vitrine, que eu vou seguindo pro lado de lá, pro lado da Rua São Paulo, e lá do fim da galeria eu quero olhar pra trás e te ver aí, Magrinha. E eu fiquei lá, como ele pediu, e eu olhei e vi quando ele virou pra trás e me olhou. E eu nunca mais vi o Beto Chicletes...

— E como pegaram ele?

— Pegaram o Beto porque ele mascava chicletes...

— Não brinca?

— Foi. Dois ou três meses depois que eu vi o Beto, eu tava lá em casa de noite, quando chegou a Walquíria. Ah, cê precisa conhecer a Walquíria. É uma figura, só. A Walquíria chegava, sempre com a bolsa cheia daqueles chocolates que ela comprava em Manaus, quando ela ia lá com a delegação do Atlético, porque ela era "public relations" do Atlético, e viajava muito, então a Walquíria chegava e dizia: Magrinha, sabe o que aconteceu com o colega de trabalho do meu cunhado? E eu pensando: lá vem tragédia. E ela: o filho dele, de 5 anos, minha filha, quebrou o relógio dele, aí, sabe, ele amarrou as mãos do menino e deixou o menino dormir com a mão amarrada, de castigo. Aí a Walquíria faz suspense: tosse, acende um cigarro, pô. E continua: sabe o que aconteceu no outro dia de manhã? O menino tava com as mãos roxas, o pai levou correndo pro hospital, as mãos tavam gangrenadas, minha filha, tiveram que cortar. E a gente pensava que tinha acabado, mas a Walquíria continuava: Sabe o que depois o menino falou pro pai? Falou: — Pai, me devolve as minhas duas mãos, que eu prometo nunca mais mexer no seu relógio...

— Nossa!

— Então, quando a Walquíria entrou lá em casa e vi a cara dela, eu gelei: Meu Deus, mataram o Beto! E a Walquíria disse: Magrinha, te prepara que eu tenho uma notícia horrível pra te dar. E eu: Mataram o Beto. E ela: Mataram. E eu: Meu Deus! E ela: Ele tava num ônibus, um cana que tava dentro do ônibus reconheceu ele, reconheceu pelo chicletes, minha filha, e quando o Beto desceu no Cosme Velho, o cana seguiu atrás e matou o Beto na porta do aparelho...

Elisa está chorando, mas, pela janela aberta, por onde passa, trovejando, um avião, o vento sopra lança-perfume, Elisa enxuga os olhos com as costas da mão morena e magra. E ele pergunta: pergunta para ganhar tempo, para não ir embora já:

— Por que mesmo, Elisa, que você sente vontade de comer torta quando lembra da Redentora?

— Quando eu conto ninguém acredita. Mas sabe que teve uma festa lá em casa na noite do dia 1º de abril de 1964?

— Não brinca?

— Teve...

— Que loucura!

— Lá pelas tantas, chegou a minha tia Lalaca que era marchadeira. Meu Deus, a tia Lalaca uma vez foi rezar o terço em nome da mulher mineira, adivinha onde? Em frente de uma loja lá em Belorizonte que tinha colocado na vitrine um manequim desses de porcelana, com os seios de fora. Outro dia, eu vi um topless em Ipanema e lembrei da tia Lalaca. Pensei: pô, o Brasil andou pra caralho. E fiquei me perguntando: o que será que a tia Lalaca ia achar do topless, se tivesse viva?

— E a festa, Elisa, como foi a festa?

— Pois é, eu tava te falando: a tia Lalaca chegou lá em casa com uma torta de chocolate embrulhada e dois engradados de Coca-Cola. E a primalhada toda foi lá pra casa e a gente ficou em volta de uma mesa grande. E aí a tia Lalaca começou a cantar o Hino Nacional e aquilo descia lágrimas no rosto dela e foi aquele desentôo, meu Deus, a gente cantando e olhando pra torta, eu sinto água na boca até hoje. E depois do Hino Nacional, nós começamos a comer a torta, eu nunca comi uma torta tão gostosa. E a tia Lalaca gritava: Abaixo o comuniiiismo! E a gente respondia com a boca cheia de torta: Abaaaixo! E a tia Lalaca gritava: Viva o glorioooosoooo exééééército nacionaaaaaaalllllll! E a gente engolia a torta de chocolate às pressas e gritava: Vivaaa! E a tia Lalaca começou a chorar de verdade. E nós tamos que comemos torta. E a tia Lalaca enxugou as lágrimas e gritou: Moooorrrrrra o comuniiiiista João Goularrrrrt! E a gente, mastigando a torta: Moorrrra! E a tia Lalala: Moooorrrra o Brizoooola! E a gente: Moooorrrra! E a gente comia tanta torta que quando a tia Lalaca gritou Viva Magalhães Piiiiiinto!, a gente respondeu um viva mixuruco pra caralho, porque a torta tinha acabado...

Elisa está rindo: ele também ri, ri e pensa que fugir da prisão dentro dos olhos de Elisa será mais difícil do que fugir do DOI-CODI na pior época da repressão do Brasil.

— Então, né, nós comemos a torta de chocolate, aquela delícia e bebemos Coca adoidado. Uma vez eu contei isso prum jornalista que tava escrevendo um livro que nunca saiu, que ia se chamar *O que você estava fazendo no dia 1º de abril de 1964?* Chiiiii, o cara me chamou de alienada, disse que ainda bem que a revolução no Brasil não ia ser feita com jogadoras de vôlei, falou que éramos um bando de lésbicas e alienadas, disse que eu era uma filha do 1º de abril, era como se falasse: Você é uma filha da puta...

— Assim, Elisa?

— Assim. E sobrou até pro Fidel Castro...

— Pro Fidel?

— É. O cara disse que o Fidel tava alienando Cuba, dando força pra atletas, atacou até o Juantorena...

— Puta merda! Mas continua, Elisa. Vocês comeram a torta e aí...

— Aí, foi todo mundo embora e, de noite, já estávamos dormindo lá em casa, quando começou uma gritaria dos diabos, um quebra doido, parecia briga de marido e mulher. E eu fiquei sentada na cama, meu quarto dava para a rua, eu lá escutando a quebradeira. Era na casa da Denise, a Denise tinha a minha idade, e a casa dela ficava na frente da minha. Eu pensava: Santo Deus, será que é o pai da Denise que tá brigando com a dona Clotilde? Mas não podia ser, o pai da Denise fazia serenata pra própria dona Clotilde, um troço lindo. Eu escutava choro de mulher e gritos de crianças. Escutei bem a Denise chorando. Aí eu ouvi uma voz de homem que eu não conhecia, mas que não era a voz do pai da Denise. E a voz gritava: Comunistas! Cães comunistas! Meu pai entrou no meu quarto e falou: Não acende a luz, não. E meu pai ficou olhando por uma greta da veneziana. Eu pulei da cama e fui olhar também. E a casa da Denise estava toda iluminada e eu vi uns jipes do exército perto e a quebradeira continuava e os gritos também. E uns caras com braçadeiras, que eram os tais Voluntários, lembra deles?, chegavam na janela e na porta e iam atirando as coisas. Eu vi jogarem o violão do pai da Denise. O liquidificador. Não perdoaram nem as raquetes da Denise, coitada, a Denise jogava tênis e tinha o maior ciúme daquelas benditas raquetes. E os homens das braçadeiras quebraram tudo, xingando, e depois saíram arrastando o Jair, irmão da Denise...

— Porra! E você conhecia o Jair...

— Só de ver, de cruzar com ele. O Jair irmão da Denise tava sempre com uma turma, uns quatro ou cinco, e eles só falavam no Brizola, no Arraes, no Julião, no Jango. Era Brizola pra cá, Arraes pra lá. Lembro do Jair um dia me perguntando: Menina, você sabe quem é o Brizola? E eu não sabia e cheguei lá em casa e perguntei à mãe: Mãe, quem é esse tal de Brizola? E minha mãe me olhou com dois olhos deste tamanho e chamou meu pai. Meu pai veio e ela disse: — Olha só o que a sua filha está perguntando. E eu disse pro meu pai: Perguntei à mãe quem é esse tal de Brizola?

— E seu pai, Elisa?

— Falou assim: O Brizola é um comunista muito vagabundo. E minha mãe falou: Quero saber em que companhias você está andando no colégio. Engraçado, muitos anos depois, quando o Cyro meu irmão foi preso e torturado no governo do Médici, minha mãe ficou uma fera. Chamava o Médici de Carrasco Azul...

— E depois, Elisa? Levaram o Jair e...

— Levaram o Jair irmão da Denise arrastado e chutavam ele e batiam nele e gritavam: — Comunista! Comunista! O Cyro meu irmão era mais novo que o Jair, mas gostava dele, começou a chorar. Meu pai tampou a boca do Cyro com a mão, quase esgoelou o Cyro. Depois, na casa da Denise, ficou aquele silêncio. Putz, só a Denise chorando. Nenhum vizinho foi na casa da Denise. Meu pai era amigo do pai da Denise, os dois gostavam muito das músicas do Sílvio Caldas, tavam sempre ouvindo "Chão de Estrelas". Mas meu pai não foi lá. Ninguém foi lá, putz. E eu fiquei deitada ouvindo o choro da Denise. Meu Deus! Eu tinha 11 anos e lembro que eu tava com azia por causa de tanta torta de chocolate. Mas, porra, um troço falou comigo: Elisa, você não vai dormir enquanto a Denise ficar chorando. E eu lá, deitada na minha cama, me queimando de azia, até que a Denise parou de chorar. Aí uns cães começaram a latir...

1

Às 2 da tarde o Brasil delira afundado numa onda de boatos, falam num golpe de oficiais ultradireitistas, descontentes porque a borboleta verde continua a violar o espaço aéreo brasileiro, eles exigem a prisão dela, viva ou morta.

O Rio de Janeiro lembra um navio bêbado flutuando no Oceano Atlântico. Surgem as primeiras escolas de samba desfilando em Copacabana, a Beija-Flor abre o desfile, mas ninguém canta samba-enredo, todos cantam:

"É hoje
que eu vou me acabar
amanhã eu não sei
se eu chego até lá..."

Recife vive uma calma suspeita. Salvador dança nas ruas. Em Belo Horizonte houve um princípio de pânico com a notícia de que ia haver no Brasil um 1º de abril de 1964 às avessas e um avião da Varig, que acabava de decolar no aeroporto da Pampulha, levando fantasiados para o Brazilian Follies, foi seqüestrado e desviado para Brasília. Os 73 passageiros, liderados por um folião fantasiado de Che Guevara, pediram asilo na Embaixada dos EUA.

Porto Alegre parece estar com uma febre de 40 graus e, num clima de delírio, o cardeal Dom Vicente Scherer, ou a sua alma penada que, por antecipação, aparece neste 1º de abril, sai pelas ruas jogando água-benta nas pessoas, nas casas, nas árvores, nos carros e repetindo:

— Satanás, eu te esconjuro! Eu te esconjuro, Satanás!

São Paulo é um caos febril e festivo, o povo faz passeatas, procissões, comícios, grita quando vê o helicóptero que voa sobre a alegria das urnas:

"Aço, aço, aço
tem cachorro no espaço..."

O helicóptero aumenta a certeza de que alguma coisa vai acontecer com o Brasil, não será apenas uma borboleta verde voando no céu. É num clima assim, com o ar ainda mais carregado de lança-perfume, que a ayalorixá Olga de Alaketo chega à Cidade de Deus e encontra o Deus Biônico do Brasil.

Nem quando, em 1989, o médium baiano Alomar conseguiu materializar o espírito de Mãe Celeste, ela podendo abraçar Mãe Celeste, ficar outra vez com 14 anos (quando estava com 59), a ayalorixá Olga de Alaketo sentiu tanto susto quanto sente agora. Ela está a um metro de distância do Deus do Brasil, encosta-se na porta da boate da Cidade de Deus, que ela vai transformar num terreiro de candomblé; ali, diante dela, está o Deus do Brasil, como uma aparição, o fantasma do ex-Presidente do Brasil, Juscelino Kubitschek de Oliveira.

— A bênção, mãe Olga de Alaketo...

Ela estende a mão, Ele beija, a voz Dele é a mesma voz do ex-Presidente, tudo nele é igual ao ex-Presidente, o nó da gravata

Cardin, o jeito de andar com os pés um pouco abertos, meio metro da frente dos que o acompanhavam, mesmo quando cassado e em desgraça com os governos militares do Brasil.

Ao vê-lo surgir na Cidade de Deus, onde o helicóptero a deixou, Olga de Alaketo duvidou, quem sabe era efeito do lança-perfume? Mesmo ela, acostumada aos espíritos e às almas do outro mundo, sentiu um calafrio ao vê-lo aparecer lá adiante e se lembrou do ex-Presidente Juscelino Kubitschek na casa dela, na Bahia, alegre, coitado, achando que ia voltar ao Palácio da Alvorada carregado pelo povo e ela olhando no fundo dos olhos dele e vendo tudo que ia acontecer com ele, ela querendo gritar "Cuidado, Presidente!" porque viu dentro dos olhos dele o caminhão que, alguns dias depois, ia atropelar o carro de JK e matá-lo, na volta de São Paulo para o Rio de Janeiro.

— Está chorando, mãe Olga? — pergunta o Deus.

— É de emoção, m'ofio — responde Olga de Alaketo.

Quando o helicóptero sobrevoou a Cidade de Deus, no 98º andar do Palácio de Cristal, Olga de Alaketo, que não queria morrer sem conhecer a Disneylândia, acreditou que nem a Disneylândia fosse tão bonita. O edifício Palácio de Cristal, no qual ela dizia na Bahia que só acreditava vendo, ocupava vinte quarteirões: lá no alto tinha até uma reserva florestal, índios de verdade conviviam com onças, macacos, e bois berravam, cavalos rinchavam, jabutiricas miavam. Já havia, em toda a Cidade de Deus, um clima de carnaval, de festa, com os preparativos finais para o Brazilian Follies, o início da Revolução da Alegria no Brasil. Era de tarde, mas os músicos das 40 orquestras que iam tocar à noite já esquentavam os instrumentos.

— Não estou acreditando — ela disse ao ideólogo da Revolução da Alegria, Joãozinho Trinta. — Parece cinema...

Mas, diante do Deus, as outras coisas eram naturais: Ele, o Deus, é que era sobrenatural, e Olga de Alaketo sente que o perfume do Deus, que abafava o cheiro do lança-perfume, é o mesmo que o ex-Presidente Juscelino Kubitschek usava, o cabelo também era igual, e Ele o penteava do mesmo jeito, os olhos eram também iguais, só num detalhe o Deus Biônico não se assemelhava ao ex-Presidente: o Deus era triste, não ria como Juscelino ria.

Foi a tristeza do Deus, que hoje, 1º de abril, precisava estar alegre para comandar o início da Revolução da Alegria, que trouxe a mãe Olga de Alaketo ali. E sua missão é, mesmo de dia, fazer o espírito alegre do ex-Presidente Juscelino Kubitschek baixar no Deus do Brasil, antes do início do Brazilian Follies.

— Vamos conhecer a Cidade de Deus, mãe Olga de Alaketo — disse o Deus, tomando-a pelo braço como o ex-Presidente Juscelino a tomou daquela vez, na Bahia. — Depois, mãe Olga, a senhora cuidará de mim...

Saem andando e bois berram, uivam as jabutiricas, relincham os cavalos e um sabiá canta, o Deus do Brasil fala: Joãozinho Trinta, manda calar esse sabiá, sabiá cantando me entristece, como pode haver Revolução da Alegria, se um sabiá canta, pedindo chuva, e chuva me faz chorar?

Foi então que a Borboleta Verde da Felicidade apareceu voando na Cidade de Deus: Olga de Alaketo olhou-a e teve certeza de que alguma coisa terrível ia acontecer com o Brasil.

2

Bobagem ficar aí como um maricas, se lamentando, querendo voltar ao tempo em que era isca do Doutor Juliano do Banco. Se não fosse seu compadre Sérgio Fleury levá-lo para São Paulo, ele estava fodido e mal pago, quando o Doutor Juliano do Banco deu o chute na bunda dele. O Doutor Juliano do Banco chamou-o no escritório, aquele escritório que cheirava a porra, começou a falar empolado, cheio de não-me-toques, como se ele, Tyrone Power, fosse um paspalho e não soubesse aonde ele queria chegar.

— Você me entende, não é mesmo, Tyrone Power? O conceito de beleza masculina mudou muito, culpa desses cabeludos, os Beatles, e desses hippies imundos...

O Doutor Juliano do Banco fala e Tyrone Power lembra: ainda ontem, parecia um aviso, encontrou o Grande Ubaldo Miranda, que era o Deus negro do Atlético, quando Tyrone Power tinha 37 ternos, 87 gravatas e um Buick preto cheirando a novo: encontrou o Grande Ubaldo, o dos gols espíritas, e o Grande Ubaldo estava gordo, decadente, a roupa fora da moda, um sapato preto que ninguém usava mais, meia branca de nylon furada: ele, Tyrone Power, viu.

— Presta atenção, Tyrone, a conversa é séria — fala o Doutor Juliano do Banco. — Tenho notado, Tyrone Power, que sua produção caiu assustadoramente...

— Mas também, Doutor Juliano, as exigências do senhor são menores...

— O que você está querendo insinuar, Tyrone?

— Nada, Doutor Juliano, nada...

O Doutor Juliano do Banco pega uma ficha amarela em cima da mesa, continua a falar.

— Está aqui, Tyrone, sua produção: nas últimas quatro semanas sua produção foi péssima...

— Péssima, Doutor Juliano?

— É, Tyrone, não tente se enganar, Tyrone, os números não mentem, Tyrone, está aqui: na primeira semana, você me trouxe três poldrinhas, na segunda apenas duas, agora, Tyrone, o escândalo foi na terceira semana de maio, logo o mês das noivas, você não me trouxe nenhuma poldrinha...

— Mas o senhor esquece que viajou, Doutor Juliano...

— Não tem importância, Tyrone, você podia ir tratando as poldrinhas pra mim, amansando elas, ensinando elas...

— O senhor ficou 8 dias fora, Doutor Juliano...

— Não vem ao caso, Tyrone. Na quarta semana de maio, eu não viajei e quantas poldrinhas você me trouxe, Tyrone? Uma, Tyrone, só uma, um escândalo...

— Reconheço que não ando numa boa fase, Doutor Juliano...

— Com essa pra cima de mim, Tyrone? Então você é jogador de futebol pra me falar que não anda em boa fase? Se você fosse jogador de futebol, vá lá, eu podia aceitar que você estivesse fora de forma, o escambau, agora na sua profissão, Tyrone, não...

Quando Tyrone Power encontrou o Grande Ubaldo Miranda, o Deus negro do Atlético estava num bar do Mercado Municipal, sentado num banco, só, sem ninguém perto, comendo lingüiça e bebendo cachaça: Tyrone Power fez festa, Ubaldo estava triste, só se animou quando disse que um clube de Goiás queria contratá-lo.

— Pára de voar, Tyrone — disse o Doutor Juliano do Banco. — Estou falando coisa séria e você...

— Mas Doutor Juliano, eu trabalho com o senhor tem 15 anos, até agora o senhor não tinha motivo de queixa...

— Águas passadas não tocam moinho, Tyrone...

— Mas Doutor Juliano, eu...

— Olha, Tyrone, você tem que reconhecer a marcha do tempo. A verdade, Tyrone, é que as mulheres mudaram muito, seu tipo de beleza está em franca decadência, Tyrone...

— Isso não, Doutor Juliano, isso não...

— Não tente tampar o sol com a peneira, Tyrone. Até o seu nome está fora de uso. Quem sabe hoje, entre a nova geração de mulheres, quem foi Tyrone Power? O mundo agora é outro.

— Mas o senhor podia me dar uma chance, Doutor Juliano...

— Chance? Chance eu te daria, Tyrone, se você fosse jogador de futebol...

Houve uma hora em que o Grande Ubaldo disse a Tyrone Power, mastigando a lingüiça:

— Com esses pernas-de-pau que andam por aí, eu sou muito mais eu, perdendo uns quilinhos...

— O que o senhor pensa em fazer, Doutor Juliano?

— Queria que você desse um recado à comadre Júlia, Tyrone.

— Recado, Doutor Juliano?

— Recado, Tyrone: você diz à comadre Júlia que as novenas que ela fez para o Menino Jesus de Praga surtiram efeito. A partir de amanhã, Tyrone, você não está trabalhando mais para mim...

— Mas Doutor Juliano...

— Eu não posso fazer nada, Tyrone, é uma ordem do Menino Jesus de Praga e eu não vou discutir com ele. Depois, Tyrone, eu já admiti três iscas pra substituir você, um que chamam de Marlon Brando, aquele outro que chamam de Alain Delon e um terceiro que eu mandei buscar em Ipanema, um que as más-línguas chamam de Rachel Welch...

Tyrone Power vê o Grande Ubaldo Miranda segurando o palito com a lingüiça e falando:

— Também a única coisa que eu sei fazer é jogar futebol...

Agora, Tyrone Power deixa o sofá no apartamento no 8º andar: pega o fuzil de mira telescópica, olha pela greta da cortina a tarde azul, entra mais lança-perfume na sala, ele pensa numa música de quando trabalhava para o Doutor Juliano do Banco:

"Quero beijar-te as mãos
minha querida..."

3

— Alô, helicóptero nº 3. Central de Controle chamando. Mensagem urgente. Alô, helicóptero nº 3. *Caramba! Onde que ele se meteu agora? Será que ele tá paquerando mulher nua de helicóptero de novo? Agora eu entrego ele. Filho da mãe!* Alô, helicóptero nº 3. Central de Controle chamando. Mensagem urgente. Responda, helicóptero nº 3. Sargento Garcia chamando. *Esse filho da mãe podia ser tudo, caramba! Menos estar a serviço da Pátria. Caramba! Onde eu estou que não entrego o filho da mãe pro Capitão?* Alô, helicóptero nº 3. Aqui...

— Alô, helicóptero nº 3 na escuta...

— Tou há meia hora te chamando, caramba! Que aconteceu agora? Não vai me dizer que você está chorando?

— Estou, sargento...

— Mas, caramba, o que aconteceu agora? Eu juro que não acredito. O que foi, caramba? O que foi desta vez?

— A Maria Bethania, sargento...

— Maria o quê?

— Maria Bethania...

— A cantora?

— É, sargento...

— Ela te aprontou alguma, caramba?

— Não, sargento, não...

— Mas o que aconteceu, caramba?

— Ela tava cantando numa rádio, sargento...

— E aí?

— Aí eu fiquei na escuta, sargento...

— E aí?

—Aí, sargento, a Maria Bethania começou a cantar aquela música...

— Que música, caramba?

— Aquela, sargento...

— Você fala como se eu soubesse! Eu, hein?

— Aquela música, sargento...

— Pára de chorar, caramba! Você tá a serviço da Pátria, convença-se disso de uma vez por todas. Um homem a serviço da Pátria não chora, caramba!

— Desculpa, sargento...

— Já desculpei mil vezes. Eu não sei onde que eu estou que não te dou voz de prisão. Mas o que houve? Você sempre deixa a gente curioso. Fala, caramba!

— A Bethania cantava aquela música, sargento, aquela dos lábios de mel...

— Hum. E aí?

— Aí me deu vontade de chorar!

— Caramba! Chega! Tenho uma missão pra você. Eu não devia dar missão alguma, caramba! Pára de chorar...

— Sargento, eu...

— Tá bem, tá bem. Agora presta atenção, caramba! É pra você ficar de olho num tipo que tá com um sapato amarelo. Um tipo que tá fantasiado e usa um sapato amarelo...

— Onde ele tá, sargento?

— Tá na rua, no meio da confusão...

— E tem mais algum detalhe, sargento?

— Ele tá com um microfone sem fio na mão. Está ouvindo bem?

— Estou, sargento...

— Então fique de olho nele. E olha, caramba, não fica ouvindo música na hora do serviço não, tá legal?

— Tá bem, sargento...

— Agora, caramba, me fala uma coisa. Você põe a gente curioso. Por Deus que põe. Então me fala, caramba!

— Falar o quê, sargento Garcia? O que te deu na telha, caramba, que você chorou?

— Eu lembrei da minha mãe, sargento. Vi ela de avental...

— Lembrou de quem?

— Da minha mãe, sargento...

— Essa não, caramba! Você escuta uma música de amor, de dor-de-cotovelo e lembra da mãe? Eu, hein? Vou desligar. Informe todos os passos do tipo de sapato amarelo. *Caramba! Ele escuta música de dor-de-cotovelo e lembra da mãe. Puta que pariu! Se esse tipo não existisse a gente tinha que mandar fabricar um igual. Eu juro que tinha!*

4

— Se tu olhar pra tua mão esquerda, Terê, que é a mão do coração, e tu achar que ela remoçou tanto que te fará lembrar dos teus 18 anos, aí Terê, tu continua a meditação pra Santa Helena Rubinstein e abre a porta do coração pro Libertador entrar, que ele não tarda a vir, Terê...

Num canto da loja "O Divino Inferno do Som", alheia aos que entram, Terê olha a mão esquerda: rejuvenesceu, sim, é uma mão de 18 anos, quer dizer que a previsão de M. Jan está se cumprindo, tudo acontecendo como ela anunciou que ia acontecer. Ajoelhada, sem responder aos que chegam e puxam conversa, Terê pensa que o Papa devia canonizar Helena Rubinstein, santa não é só quem é queimada viva, como Joana D'Arc, não, santa é quem cria beleza, juventude.

— E tu fica atenta, Terê, porque se a tua mão direita também rejuvenescer, eu, M. Jan, conhecida pelos codinomes de Madame Janete ou Sissi, eu que tomo várias formas como Obàlúaiyé, o meu orixá preferido, eu te digo: é tudo questão de minutos, o Libertador virá...

5
(Sangue de Coca-Cola)

O Camaleão Amarelo está sentado na ante-sala e espera a mulher conhecida como Ouriço Caixeiro: ela está trancada no banheiro, sentada no vaso sanitário, como se fosse num banco, é uma mulher cinqüentona e toma café com leite e pão com manteiga, morde o pão e pensa em Rock Hudson, bebe o café com leite, por que será que café com leite de bar ou cantina é mais gostoso que café com leite da casa da gente?, vê Rock Hudson chegar com um buquê de flores, lê o cartão de Rock Hudson, escrito em português: "Para uma flor, todas as flores", pão com manteiga de bar e cantina também é mais gostoso que pão com manteiga na casa da gente, será por que fica mais tempo com a manteiga passada?, guarda um pedaço de pão para comer com o último gole de café com leite, precisa telefonar para casa, falar para fecharem janelas e portas por causa do urso e vigiarem a Çãozinha, lembra de uma música, cantarola: "Fechem a porta/ponham guisos/nosso amor triunfará", pensa no marido: o marido tem mau hálito, Rock Hudson não, Rock Hudson usa Kolynos, é um kolynosista, o marido chega em casa cheirando a cerveja e a quibe e conta anedotas imitando voz de árabes e judeus e se queixa da saudade de Pelé e Garrincha, Rock Hudson não sente saudade de Pelé e Garrincha, engole o último pedaço de pão com café com leite, fica em pé, lava o copo no lavabo, põe o copo em cima do lavabo, olha no espelho, fala:

— Mágico espelho meu: existe alguém na face da terra com o olhar tão penetrante quanto o meu?

Desvia os olhos dos pés-de-galinha perto dos olhos, passa a mão no pescoço: sente a mão de Rock Hudson no pescoço, respira o ar com cheiro de lança-perfume, pensa no carnaval na cidade do interior, vê Rock Hudson fantasiado de Pirata da Perna-de-Pau, sente vontade de chorar, chora, Rock Hudson canta:

"Encosta tua cabecinha
no meu ombro e chora..."

Ainda olhando-se no espelho, fica boa por causa de Rock Hudson, é sempre assim: Rock Hudson a torna boa e ela, que espalha seus espinhos nos Trabalhadores do Brasil, agora faz um discurso como se hoje fosse 1º de maio e ela fosse Getúlio Vargas:

"Trabalhadores do Brasil!

De pé, trabalhadores do Brasil: foi explorando o vosso suor e as vossas lágrimas que os patrões brasileiros conseguiram ajuntar as águas salgadas do Oceano Atlântico..."

Ainda trancada no banheiro, enfia o dedo no nariz, escuta a voz da irmã falando "Está limpando o salão pro baile?", respira o lança-perfume que está no ar, agora está no baile em que foi coroada Rainha do Carnaval de 1948, atira confetes e serpentinas, toca um frevo, por que frevo toca tão feliz, como festa?, passa o batom, precisa comprar o novo batom da Helena Rubinstein com sabor de café, Rock Hudson ia adorar o batom sabor café da Helena Rubinstein, escuta um pedaço de música de carnaval:

"Ô, ô, ô, ô
Lancha nova no cais apitou
E a malvada da saudade
No meu peito já chegou..."

Pensa no pai morto a tiros, 89 tiros disparados contra o pai e o pai ria depois de morto, ria com o dente de ouro na boca, pensa agora na celulite, por que a Poderosa Novena ao Menino Jesus de Praga não cura celulite?, cura os males da aflição, mas celulite, não cura, volta a pensar no pai: o pai parecia imortal, nada podia matar o pai, sente-se cansada, velha, um bagaço, e se o urso seqüestrar a Çãozinha?, escuta outro samba de carnaval:

"Trabalhar
eu não, eu não..."

Abre a porta do banheiro, sente a mudança do ar: o ar é mais fresco e cheira mais a lança-perfume, ajeita o vestido comprado em 24 prestações, está com o copo na mão, caminha para sua sala escutando Rock Hudson falar "Meu amor, você me transformou no mortal mais feliz da face da terra", chupa o dente: sente um gostinho bom de pão com manteiga, entra na ante-sala, sem ver o Camaleão Amarelo e os outros que a esperam, entra na sala, guarda o copo na gaveta, Rock Hudson fala "Eu sabia que um dia ia te encontrar", pensa na filha Çãozinha, senta-se na cadeira, lê um trecho da poesia "Se", de Rudyard Kipling, que ela enfiou debaixo do vidro da mesa:

"Se
és capaz de conservar o teu bom senso
e a calma

quando os outros os perdem
e te acusam disso..."

Chupa os dentes: adeus gostinho bom de pão com manteiga, investe-se da condição de Ouriço Caixeiro, grita:

— O que chegou primeiro pode entrar...
Rock Hudson está cantando:

"Sem você, meu amor
eu não sou mais nada..."

Ela guarda os espinhos de Ouriço Caixeiro, quer fazer um comício de 1º de maio, quer falar, como Getúlio Vargas:

"— Trabalhadores do Brasil!

Uni-vos para que vossos patrões não vos devorem como se fosses um cachorro-quente com molho de tomate e cebola..."

Olha para o Camaleão Amarelo parado na frente dela, parece com um urso, e se for o urso?, mas o Camaleão Amarelo fala e urso não fala, só o urso Zé Colméia fala:

— Queria saber por que cortaram 12 dias no meu salário...

Ouriça-se como um Ouriço Caixeiro:

— Cumé que 'cê chama? — pergunta, soltando os espinhos.

— James Scott Davidson — ele diz, certo de que deve mesmo ter cometido um crime terrível.

— Ah, então é você? — fala o Ouriço Caixeiro mulher, assumindo um ar de policial numa delegacia, depois levanta-se, fecha a porta à chave, deixa o corpo cair na cadeira, abre uma gaveta, tira uma Máuser, põe a Máuser em cima da mesa, tira da gaveta uma pasta laranja, fala:

— Está vendo? É o Dossiê James Scott Davidson. Quem cometeu um crime tão hediondo como você, ainda tem a ousadia de reclamar porque teve 12 dias do salário cortado?

— Mas eu não estou entendendo — gagueja o Camaleão Amarelo.

Rock Hudson canta em português no ouvido do Ouriço Caixeiro Mulher:

"Eu tou doente, morena,
doente eu tou, morena,
cabeça inchada, morena,
tou, tou e tou..."

Então o Ouriço Caixeiro diz ao Camaleão Amarelo:

— Sente-se, por favor...

— É uma injustiça o que estão fazendo comigo — disse o Camaleão Amarelo, encorajado pela brusca mudança do Ouriço Caixeiro. — Eu sou inocente...

— Inocente? — grita o Ouriço Caixeiro soltando os espinhos, quando Rock Hudson se cala, e assume a postura de um delegado de polícia. — Escuta aqui. Eu vou ler acusações que constam do Dossiê — fala o Ouriço Caixeiro e começou a folhear a pasta laranja. — Ah, aqui está: Você não é um que na noite de 31 de março de 1964, quando da vitória da Revolução que salvou o Brasil do caos e do comunismo, disse textualmente: "— Os militares vão ser postos pra correr daqui a 6 meses, a chute na bunda"? Confessa que disse?

— Sim, mas...

— Não é um que soltou foguete quando teve conhecimento da trágica morte do ex-Presidente da República do primeiro governo da Revolução de 31 de março de 64, marechal Humberto de Alencar Castelo Branco?

— Sou...

— Não foi você que jogou papel picado do 14º andar ainda comemorando a trágica morte do ex-Presidente Castelo Branco, que morreu carbonizado dentro de um avião em chamas?

— Fui eu, só que eu não estou...

— Confessa que tão logo ficou sabendo, anos mais tarde, que o marechal Costa e Silva, digníssimo Presidente da República do segundo governo da Revolução de 31 de março de 1964, teve uma trombose, riu e comentou textualmente: "— O Castelo já pagou o que fez, agora é a hora do Costa e Silva pagar". Confessa que falou assim?

— Confesso, mas eu não estou entendendo, eu...

O Ouriço Caixeiro folheia a pasta laranja, continua a falar:

— Confessa que quando começou a Guerrilha do Araguaia você recebia panfletos enviados pelos terroristas e se mostrou conivente com eles, passando a ouvir a rádio Triana, da Albânia, para ter notícias do movimento sedicioso?

— Confesso...

— Confessa que você foi convidado por Maria Lúcia Petit para ajudar financeiramente a guerrilha do Araguaia, tendo contribuído com mil cruzeiros e um par de botinas nº 39?

— Confesso, mas eu não estou entendendo, eu só vim reclamar porque cortaram 12 dias no meu salário...

— Confessa que, na época do terror no Brasil, você estava cuidando de uma fazenda da sua família no Vale do Rio Doce, onde criava gado e devastava a natureza, fabricando carvão vegetal, e que, tratando dos bois, você imaginava que, se o capitão Carlos Lamarca aparecesse por lá, você o acolhia e se negava, mentalmente, a revelar o fato às autoridades de segurança?

— Confesso, mas...

— Confessa que você uma vez foi ao cinema com Iara Iavelberg, para assistir um filme de John Ford, e que na saída do cinema ela confessou a você que ia se tornar uma guerrilheira?

— Confesso, mas...

A Ouriço Caixeiro então fecha a pasta laranja e assume o ar de delegado do Dops:

— Diante de tais evidências, não tem *perhaps*: você é o mesmo James Scott Davidson que cometeu um crime monstruoso...

— Mas que crime? — pergunta o Camaleão Amarelo.

— Além de frio e cruel, cínico...

— Eu? — pergunta o Camaleão Amarelo.

— Sou obrigada a dizer: Considere-se preso, por desacato à autoridade...

O Ouriço Caixeiro Mulher fala e aponta a Máuser para o Camaleão Amarelo: na hora, Rock Hudson começa a cantar uma música de quando ela era jovem: cantava com a voz de Anísio Silva, o cantor que mais sucesso fazia no Brasil naqueles tempos passados:

"Quero beijar-te as mãos
minha querida..."

O Ouriço Caixeiro guarda a Máuser, Rock Hudson continua a cantar:

"És o reflorir do meu olhar
nessa ansiedade
que minh'alma invade..."

O Ouriço Caixeiro Mulher respira o ar com lança-perfume, fala com o Camaleão Amarelo:

— Vou relaxar sua prisão, você procura o Tamanduá Bandeira no 58º andar e diz que conversou comigo, fala em meu nome e pede pra ele estudar seu caso...

Só na sala, escuta Rock Hudson falar "Você é o doce de coco da minha vida" e se imagina Getúlio Vargas fazendo um comício de 1º de maio:

"Trabalhadores do Brasil!
Cada trabalhador tem que ser uma faca furando o patrão..."

6

— Alô, helicóptero nº 3, Central de Comando chamando. *Caramba! Será que vai começar a mesma ladainha? Eu hoje perco os restos dos cabelos. Juro que perco.* Alô, helicóptero nº 3. *Puta que pariu! Caramba! Mais uma e eu...*

— Helicóptero nº 3 na escuta...

— Localizou o tal tipo do sapato amarelo?

— Perdi de vista, sargento...

— Caramba! Localizou ele e perdeu de vista, caramba?

— É, sargento. Eu localizei ele. Cheguei a seguir ele, sargento. Agora perdi ele de vista...

— Como você foi perder ele de vista? Caramba! Você não percebeu que está numa missão sagrada? Não percebeu?

— Mas sargento...

Eu não sei onde que eu tou que eu não fodo esse filho da mãe, não sei.

— Alô, sargento...

— Fala...

— Localizei ele de novo, sargento! Agora!

— Localizou? Caramba! Eu sempre confiei no seu taco, caramba! Agora segue ele. Não perde ele de vista! Vou ficar na escuta pra qualquer galho. *No fundo ele é um bom sujeito. Eu juro que é. Eu é que tou muito nervoso. Tou precisando de um banho. Já vem o cheiro de lança-perfume de novo, caramba! Vou pensar em Bebel! Preciso rezar. Oh, São Domingos Sávio...*

7

Tua febre sobe para 40 graus e tu escutas passos. Será Candice Bergen? Ainda agora fechaste os olhos: fechaste os olhos e viste Candice Bergen fantasiada de tirolesa pulando contigo no Brazilian Follies. Sentias o perfume dela, um perfume que te fazia esquecer o cheiro da miséria brasileira, e tu cantavas: cantavas uma música que neste 1º de abril todo o Brasil canta como se a tua febre fosse a febre do Brasil:

"É hoje
que eu vou me acabar
amanhã eu não sei
se eu chego até lá..."

Mas abriste os olhos e viste apenas o Cavalo Albany dormindo na tua cabeceira, com *O Príncipe,* de Maquiavel, caído no chão. Precisavas conversar com alguém, no entanto preferiste deixar o Cavalo Albany dormir, esse Cavalo Albany que passou a última noite acordado, porque tinhas medo: temias, no teu delírio, que, se tu dormisses, te aconteceria o mesmo que aconteceu ao marechal Costa e Silva.

Os passos se aproximam. Não, não é Candice Bergen. São passos de homem, mais: são passos de militar. E militar da ativa. Tu sabes: se fosse o teu líder na Câmara Federal, que viesse entrando, tu adivinharias que era ele pelos passos medidos, os temerosos passos de um civil, pois desde o dia 1º de abril de 1964 os civis no Brasil (mesmo quando fazem parte do governo) pisam em ovos. Já se fosse o teu líder no Senado, que é coronel reformado, tu haverias de escutar passos mais fortes, mas não como esses passos que vêm vindo e que te levam a pensar:

— É um general de quatro estrelas que está chegando...

Se fosse um general de cinco estrelas, o teu Ministro do Exército, por exemplo, que estivesse entrando, tu o sentirias pelo bater dos pés no assoalho, esse bater de pés mais forte do que o de um almirante ou de um brigadeiro, um bater de pés (já que não podes censurar as tuas lembranças) que te faz recordar teus tempos em São Paulo: te faz recordar da moça da sua rua, que passava debaixo da tua janela batendo os saltos de sapato com força, tu a olhavas pela greta: vias aquela animal selvagem caminhando indomável e tu murmuravas contigo mesmo:

— Ah, égua da campina!

Acertaste, mais uma vez acertaste: quem entra no teu quarto, enquanto o Cavalo Albany dorme, é um general de quatro estrelas: o teu general do SNI, que te traz um relatório completo sobre o Bem-Te-Vi que canta diante da tua janela, desafiando a tua autoridade de Comandante-em-Chefe das Forças Armadas, de Terra, Mar e Ar do Brasil.

— O que me preocupa, Presidente — diz a ti o general do SNI —, é a tal de Borboleta Verde da Felicidade, o Bem-Te-Vi está sob controle...

— Sob controle, como, general, se ele não pára de me azucrinar?

O general do SNI vai ler o relatório sobre o Bem-Te-Vi, mas o policial que existe em ti, que policia a ti mesmo, te leva a interrogá-lo:

— Levantaste os hábitos do Bem-Te-Vi, general?

— Sim, Presidente. É um Bem-Te-Vi sui generis...

— Sui generis como, general?

— Ele se alimenta de arroz cozido, Presidente. E é habitué contumaz, para o almoço, sabe de onde, Presidente?

— Da Embaixada da Rússia? — tu perguntas.

— Não, Presidente, da janela do apartamento do senador Paulo Brossard...

— Então está explicado, general: é por isso que ele me azucrina tanto...

— Mas tem mais, Presidente. Adivinha, Presidente, na janela de quem o Bem-Te-Vi tem jantado ultimamente?

— Na janela do embaixador do Irã?

— Não, general, na janela do senador Teotônio Vilela e na janela do senador Tancredo Neves. Costuma freqüentar também a janela do senador Franco Montoro...

— Eu bem que suspeitava...

— Mas o grave não é isso, Presidente: o mais grave é que, ultimamente, o Bem-Te-Vi, que dormia numa árvore vizinha da Embaixada da Argélia, agora está dormindo junto à janela do Núncio Apostólico...

— Os fios da teia vão se tecendo...

— E lembra, Presidente, lembra quando o Bem-Te-Vi desapareceu 7 dias e o Presidente achou que ele tinha morrido na peste que estava dizimando os pássaros do Brasil?

131

— Lembro, eu comemorei antes da hora...

— Pois o Bem-Te-Vi foi passar um fim de semana em São Paulo...

— No ABC paulista, general?

— Não, Presidente, pior, muito pior...

— Não faz suspense, general: conta logo...

— O Bem-Te-Vi foi visto numa árvore perto do Palácio do cardeal de São Paulo...

— Então esse Bem-Te-Vi é muito mais perigoso do que eu imaginava, general. E o que mais, general?

— Nossos agentes descobriram que é um Bem-Te-Vi bígamo: ele anda de amores com uma Bem-Te-Vi paulista, bela e sexy como a manequim Bruna Lombardi, Presidente...

— E não poderíamos desmoralizar o Bem-Te-Vi, general, revelando a vida privada dele?

— Não, Presidente, se falarmos que ele tem mais de uma Bem-Te-Vi, ele vira herói nacional, o Presidente sabe como o brasileiro é...

— Mais alguma informação, general?

— Por enquanto, não, Presidente. Mas já mobilizamos 30 agentes, fora informantes e um papagaio, que é velho colaborador do SNI e que tem prestado relevantes serviços...

— Olho no Bem-Te-Vi, general, ainda baixo um Ato Institucional pra esse filho da mãe de Bem-Te-Vi...

O general de quatro estrelas do SNI se afasta e, logo, tu escutas novos passos. Agora, sim, são passos de mulher: quem será?

8

Alô, alô, Conceição, que fugiu de casa no carnaval de 1950 depois de se fantasiar de Chiquita Bacana e de apanhar a chicote do pai, alô, alô, Conceição, que foi eleita a Foliã do Ano e, até hoje, passados 30 anos, ainda sente a dor das chicotadas, alô, alô, Conceição, onde você estiver: seu pai Francisco está morrendo e manda dizer que sua mãe Suzana confessou, na hora da morte, que foi ela quem fez a fantasia de Chiquita Bacana para você usar no carnaval de 1950, sua mãe era Filha de Maria e devota de São Benedito e seu pai nunca conheceu as pernas da sua mãe, nunca viu sua mãe nua, fez oito filhos, Conceição, e nunca viu sua mãe nua, mas sua mãe Suzana confessou a seu pai que era ela que fazia as fantasias pra você e suas irmãs usarem, fantasias de Chiquita Bacana e de havaiana que o Padre Nélson condenava do púlpito da igreja e quando os sinos da igreja tocavam condenando o carnaval, Conceição, sambas cantavam dentro da sua mãe como cachorros latindo, alô, alô, Conceição, seu pai Francisco perdeu toda a fazenda que tinha e hoje está morrendo e cheira um punhado de terra dentro de um saco de plástico, alô, alô, Conceição, compareça com urgência ao hall do edifício Palácio de Cristal.

9

Fantasiado, entre fantasiados, Erika Sommer, ele anda pela rua com seu microfone sem fio — passa por Pelé, Robert Redford, Jack Nicholson, Roman Polansky, Cassius Clay, Marisa Berenson, Jackie Kennedy, Brigitte Bardot, Emerson Fittipaldi, o Czar da Rússia, respira o ar com lança-perfume, quer cantar, as pessoas o param na rua, abraçam, beijam, espremem, querem rasgar, querem um pedaço dele, querem um autógrafo, perguntam "E a Borboleta Verde?", ele dá autógrafos nos joelhos, na palma da mão das mulheres, ri, abraça, beija, um fotógrafo da revista *Amiga* o segue disparando a máquina, ele é famoso, Erika Sommer, mas ganha pouco, e quando do ele vai pedir aumento na sala do Sapo Diretor, onde os presidentes militares ainda estão tranqüilos nas fotografias, o Sapo Diretor abre a gaveta, abre como se fosse tirar um revólver, mas é um envelope: uma carta, e o Sapo Diretor diz, solene, muito solene:

— Recebi ontem. Leia, se faz o favor...

Ele se assusta, Erika Sommer, será que descobriram todo o segredo?, fica se perguntando: quando a abertura política vai abrir a porta desta sala e entrar?, tira a carta de dentro do envelope, é uma carta anônima:

"Senhor Diretor:

Sou obrigado a roubar parte do precioso tempo de tão ilustre pessoa, para chamar a sua atenção para o fato de que o indivíduo que se intitula Homem do Sapato Amarelo é um perigoso NSN, ou seja, Nocivo à Segurança Nacional, que nenhuma anistia poderá jamais beneficiar..."

A boca do sapo, os olhos de sapo, a verruga no nariz, que, um dia, vai virar câncer, o Sapo Diretor o olha como se soubesse de tudo, fala:

— Está vendo? É uma benesse de minha parte mantê-lo aqui...

Ele saía da sala do Sapo Diretor, o salário congelado, ele já não janta, só almoça, Erika Sommer, ele é famoso e pobre. E quando, mais tarde, a abertura política abriu aquela porta, o Sapo Diretor mostrava os boletins do Ibope quando a audiência caía um ponto, e lhe negava aumento, e se o Ibope subia dois pontos, dizia:

— Vamos esperar, devagar com a louça, devagar com a louça...

Ele cruza com palhaços, colombinas, tirolesas, hoje é livre, menos para qualquer flash que possa deixar mal o Deus do Brasil. Ontem o Sapo Diretor o chamou, olhou-o com seus olhos grandes de sapo, disse com sua voz de ex-locutor:

— No 1º de abril serás livre para tudo. Espero que ajudes a criar o clima de fantasia para as festas do 1º de abril, quanto mais puseres a imaginação a funcionar, melhor para todos. Só não serás livre para envolver o santo nome do Deus ou da Trilateral em qualquer flash...

Agora, Erika Sommer, ele sente aquele medo de morrer que sente quando está feliz. Vão falar dele como falam de Orson Welles, e ele respira o cheiro de lança-perfume e se lembra da época do governo Castelo Branco: saltavam para o outro lado do passeio quando o viam, e lhe negavam emprego, lembra-se das cartas anônimas, sinto tomar seu precioso tempo, tudo se amontoa diante dele como numa *bad* de LSD, Erika Sommer.

— Eu sempre fui tratado como um bicho, Erika, como um animal do Zoo...

Revê, como numa *bad* de LSD, os pobres diabos fantasiados de pavão que o mandaram embora das rádios, e, como numa *bad*, Erika Sommer, acha que o helicóptero de metralhadora o persegue: esconde-se atrás de uma pilastra.

Então o bip dele o chama: ele telefona para a rádio e fica sabendo de uma notícia que ele sabe que vai mudar o Brasil. Mas antes de fazer um flash pela Cadeia da Felicidade, formada por 158 emissoras, ele pensa em você, Erika Sommer: você dentro do Caravelle da Cruzeiro do Sul, pouco antes do seqüestro, e imagina você lá.

10
Lembrança vagando no ar

*(A bordo do Caravelle
PP-PIDZ, da Cruzeiro do Sul,
na noite do dia 1º de janeiro de 1970,
minutos antes do seqüestro
que o desviou para Cuba)*

— Erika! — grita a voz da mãe. — Não, Erika, não!

No Caravelle ninguém escuta aquela voz: só a moça de cabelos cor de cerveja, que todos olham e pensam "Será que é alguma atriz?", escuta aquela voz.

— Erika! É uma loucura, minha filha, o que você vai fazer — grita a voz da mãe. — Uma loucura, Erika!

Ainda agora, o Caravelle da Cruzeiro do Sul decolou no aeroporto de Carrasco, agora voa rumo a Porto Alegre, as luzes de Montevidéu ficaram para trás, junto da sensação de que o vento soprava um cheiro do Brasil. Erika Sommer deita a cabeça de cabelos cor de cerveja na cadeira do Caravelle. Pela janela do avião vê a noite. A lua não demora a aparecer.

— Erika, não! — grita a voz de mulher. — Não faça isso, minha filha!

A mãe contava histórias de um pássaro gigante, devia ser do tamanho do Caravelle, mas a mãe nunca tinha entrado num pássaro daquele, a mãe ia ter medo de voar de noite. Será bom surgir a lua, Erika Sommer pensa na mãe que está no Brasil. Não, eu não estou aqui neste Caravelle, estou lá em casa, com minha mãe. Olha o relógio de pulso: faltam 5 minutos para o início do seqüestro.

— Erika, minha filha! — grita a mãe. — Não, Erika, não!

Erika Sommer sente sede. Se meu coração quiser disparar, ele vai ser livre pra disparar. Se quiser chorar, meu coração vai chorar. Eu não vou prender meu coração atrás das grades, não. Basta o que já passei no Brasil. Se meu coração quiser chorar, que chore. Aumenta a sede. No aeroporto de Montevidéu ela tomou uma Coca-Cola, mas a sede não passou. Agora masca Mentex a bordo do Caravelle, mas a sede não passa e ela bebe água e a sede continua.

— Erika, minha filha — diz agora muito suave a voz da mãe. — Quando seu pai estourou champanhe ontem, pensei em você, Erika...

A boca de Erika Sommer está seca: é uma boca de lábios grossos e pensa em champanhe. Minha boca vai ser livre para querer champanhe. E minhas mãos vão ser livres pra ficarem suadas e pra tremerem, como agora tremem e suam. Eu vou ser livre pra querer chorar. Pra ter este medo que estou tendo. E pra ter esta vontade de tomar champanhe. Já basta a prisão no Brasil.

— Erika, escuta Erika — fala a voz da mãe. — Você não vai vestir a havaiana no reveillon? Hein, Erika?

Sentada na poltrona do Caravelle, Erika Sommer recorda o reveillon em que se fantasiou de havaiana. Está pulando de havaiana em cima da mesa. Não, companheira Erika Sommer, pára com isso! Você está tendo uma vacilação pequeno-burguesa, companheira! Exatamente agora, hein? Exatamente agora que você precisa ter um coração operário, companheira Erika Sommer.

— Erika, minha filha — diz a voz da mãe —, outro dia eu estava remexendo umas coisas e encontrei sua fantasia de havaiana...

A minha lembrança vai ser livre para lembrar do que quiser. Pra se fantasiar de havaiana, se quiser. E o meu coração vai ser livre pra vacilar. Eu não quero sair de uma prisão e cair numa outra. Eu estou aqui e vou seqüestrar esse Caravelle, mas com as minhas vacilações e os meus medos pequeno-burgueses.

— Erika, minha filha, você ainda tem tempo de desistir — fala a voz de mulher. — Deixe que seus companheiros façam o seqüestro, você fica caladinha, aí na poltrona, minha filha. E em Buenos Aires você desce, a primeira escala depois do seqüestro não vai ser Buenos Aires?

Erika Sommer está suando e o passageiro com sotaque gaúcho ao lado dela diz qualquer coisa, Erika Sommer não escuta. Meu ouvido vai ser livre pra ouvir minha mãe. Minha boca vai ser livre pra querer tomar champanhe. Minha mão livre pra tremer. Pra ficar suada como está. E meu coração pequeno-burguês vai ser livre pra ser o coração pequeno-burguês que ele é. Companheira, Erika Sommer, numa hora dessas, companheira, você começa a vacilar. Faça um transplante, companheira, ponha um coração operário no lugar desse seu vacilante coração pequeno-burguês. Não, eu quero ser livre pra ser o que eu sou: Erika Sommer, uma brasileira pequeno-burguesa, revolucionária, que daqui a alguns segundos vai tirar da bolsa uma Máuser.

— Erika, minha filha — diz a voz da mãe —, você sabe que eu sempre te apoiei, Erika. Mas lutar contra a ditadura militar é uma coisa, Erika, outra coisa é fazer loucura, Erika...

O passageiro de sotaque gaúcho insiste, Erika Sommer masca um Mentex, a boca está seca, querendo beber champanhe. As pernas tremem. Pois é, companheira Erika Sommer, seu coração pequeno-burguês tirou a máscara, está aí, disparado, com medo. E você, companheira Erika Sommer, fica pensando numa fantasia de havaiana. Pobre pequeno-burguesa que você é.

— Erika, minha filhinha — fala a voz da mãe, sem que ninguém mais a ouça no Caravelle —, você tem trinta segundos para desistir dessa loucura...

Eu estou aqui, com esta Máuser na bolsa, pra ser livre. Pra não ter prisão nenhuma. Nenhuma.

— Erika, minha filha — grita a voz da mãe. — Erika!

Começa o seqüestro: o Caravelle se agita, Erika Sommer ocupa a entrada da cabine com seu corpo louro, que até ainda agora todos diziam que era o corpo de uma atriz. As pernas tremem, o coração está disparado, tremem as mãos segurando a Máuser. Alguém fala:

— Fiquem calmos: vamos pra Cuba. Vamos fazer escala em Buenos Aires e depois vamos pra Cuba. Isto aqui na minha mão é nitroglicerina...

O coração pequeno-burguês de Erika Sommer está ouvindo uma música de carnaval que tocou num reveillon do Brasil. Um coração pequeno-burguês, sim. Mas livre. Porque eu, Erika Sommer, uma moça brasileira, revolucionária, estou aqui seqüestrando este Caravelle pra fugir de uma tirania. Mas não pra ser escrava. Eu quero ser um território livre na América, só isso: um território livre na América...

11

— Se tua mão direita também ficar jovem, Terê, e tu bater teus olhos verdes nela e sentir uma fome, fora de época, de comer canjica de festa de São João, tu sai de onde tu tiver, Terê, e vai colher uma Margarida, aí, Terê, tu vai desfolhando a margarida, pétala por pétala, pra saber se o Libertador vem ou não...

As duas mãos jovens, o rosto também jovem, Terê segura uma margarida na porta do "Divino Inferno do Som". Vai desfolhando a margarida, desfolha uma pétala e fala o Libertador vem, desfolha outra pétala e fala o Libertador não vem, vem, não vem, vem, não vem, na rua passam fantasiados, o povo dança e canta:

> "É hoje
> que eu vou me acabar
> amanhã eu não sei
> se eu chego até lá..."

Passa Frank Sinatra com Ava Gardner, passa o Pato Donald com o gato Mandachuva, passa Carlitos com Cantinflas, alguém diz que a última vez em que a Borboleta Verde da Felicidade foi vista ela estava entrando no Gran Circo Norte-Americano, lá, ela desapareceu, na confusão de uma assembléia de artistas que ameaçavam entrar em greve por aumento de salário.

Terê desfolha a margarida, o Libertador vem, o Libertador não vem, vem, não vem, faltam só três pétalas, vem, não vem, vem!, Terê salta como se fosse gol do Brasil, aumenta o cheiro de lança-perfume, e num transistor na porta do "Divino Inferno do Som" todos escutam os sinais como os de um disco voador, é o Homem do Sapato Amarelo com um flash de arrepiar:

— Ateeeeeenção, Brasil, muita atençããão: um urso pe-ri-go-sí-ssi-mo acaba de fugir do Gran Circo Norte-Americano que se encontra em temporada no Brasil. Três guarnições da Polícia Militar tentaram em vão detê-lo: o urso enfrentou os soldados armados e pôs fogo nas guarnições da Polícia Militar. Em seguida, tomou rumo ignorado. E mais uma vez ateeeeeeenção, Brasiiiiilllll: testemunhas do choque do urso com a polícia revelaram ao Homem do Sapato Amarelo que os tiros ricocheteavam no urso e voltavam nos soldados. E mais uma vez atenção: o urso anda de pé como um homem e, visto de perto, parece ter 1,78 de altura...

Terê escuta, cai de joelhos na rua, os braços abertos, grita:

— É ele! É ele! É o Libertador da Felicidade no Brasil que está chegando fantasiado...

E Terê ouve a voz da vidente M. Jan:

— Quando tu sentir o sinal do Libertador, Terê, tu colhe outra Margarida e, com ela na mão, tu inicia a Grande Marcha do Libertador e convida o povo pra ir ao encontro do Libertador...

A margarida na mão, Terê inicia a Grande Marcha aos gritos de "Vinde! Vinde! O Libertador está chamando!": quatro pessoas a seguem, um homem, uma mulher, um rapaz e um menino. Voz de beata louca nordestina bela como uma Miss Brasil, Terê canta:

"Caminhando e cantando
E seguindo a canção..."

Os que a seguem, também levam uma margarida na mão.

12

— Mãe Olga de Alaketo, eu vendi meu coração ao Diabo, o Diabo falou comigo: eu te dou os poderes de Deus, te rejuvenesço, te ponho com 45 anos e a experiência de um homem de 62, mas você terá que fazer o que eu ordenar e eu respondi:

— O que seu mestre mandar, eu farei...

O Diabo estava fantasiado de David Rockefeller, falava em inglês, mãe Olga, e disse: Precisamos restaurar a alegria no Brasil, senão o Brasil vai ser uma mistura do Irã com Cuba, e vai surgir no Brasil um Fideltolah, metade Fidel Castro, metade Ayatolah Khomeyni, precisamos fazer o brasileiro brincar de novo, precisamos reabilitar, por exemplo, o 1º de abril, para o 1º de abril ser uma data feliz e não uma lembrança negra, precisamos passar uma borracha nesses anos todos de governos militares no Brasil, para que todos os espíritos se anistiem e ninguém mais se lembre do que aconteceu naqueles anos. E, então, mãe Olga de Alaketo, o Diabo disse:

— Você vai ser o Deus da Alegria, vai fazer a Revolução da Alegria no Brasil...

Oh, minha mãe Olga de Alaketo, ponha a graça da sua bondade no meu coração, eu sou um Deus pecador, mãe, fazei baixar sobre mim o espírito e a alma carnavalesca de Juscelino Kubitschek de Oliveira, que gostava de dançar e era chamado de Pé-de-Valsa, o pobre povo brasileiro está cansado e eu estou triste, mãe, vendi meu coração e hoje meu coração é multinacional, mãe, está ligado por um fio invisível a Manhattan. Eu sei, Mãe Olga de Alaketo, que a senhora só faz baixar divindades, mas Juscelino Kubitschek é uma divindade, é irmão de Omulu Obàlúaiyé, mãe Olga, e é para o bem do Brasil...

Já cheirei bosta de boi que, outrora, mãe, me alegrava: me alegrava como respirar cola de sapato, no meu tempo de menino, me fazia rir, cantar, brincar, cheirei bosta de boi, mas continuei triste, mãe. Revi filmes antigos, mas não ri do Gordo e o Magro, nem quando eles ficaram pendurados numa janela, o Magro agarrado na calça do Gordo, por mais que essa cena, outrora, me fizesse chorar de rir. Carlitos me fez chorar, mãe Olga, não ri dos Irmãos Marx, e Cantiflas, que outrora me matava de rir, não me salvou, mãe Olga de Alaketo, não ri de Jerry Lewis, e as chanchadas da Atlântica, com Oscarito e Grande Otelo, que no antanho da minha existência me faziam rolar de rir, não me despertaram nada, a não ser tristeza, mãe Olga, nem "Carnaval no Fogo" me fez rir...

Convoquei os cômicos e eu que ria tanto do cômico Costinha desmunhecando, não ri, convoquei Chico Anísio e paguei um cachê bilionário, mas chorei, e chorei com Jô Soares, com Agildo Ribeiro, mandei buscar em Portugal o cômico Raul Solnado: achei que fosse rolar de rir, como antes, quando Solnado contava a história da guerra, mas comecei a chorar, a ter medo de uma guerra entre Estados Unidos e Rússia, comecei a achar que uma bomba atômica, extraviada como uma cotovia que perdeu o rumo, fosse cair na minha cabeça, mãe Olga, confundi a cotovia que contratei pra me alegrar com a Bomba H, quase fui parar no hospício...

Chamei os coristas pra me distrair. Convoquei o Rei da Noite, Carlos Machado, para ele reprisar os maiores sucessos do Teatro de Revista no Brasil. Providenciei para que Mara Rúbia fosse remoçada, ela, com sua voz obscena, o riso obsceno, a meia negra e furada, nada valeu, mãe Olga. Chamei Virgínia Lane e todas as estrelas do teatro rebolado. Montei aqui uma Praça Tiradentes — e nada.

Eu só quero, mãe Olga, ser o novo Pé-de-Valsa, o Deus da Alegria, criar a República Carnavalesca do Brasil, pra isso me preparei para ser o novo Juscelino, o Deus da Alegria, fiz plástica com o doutor Ivo Pitanguy, ganhei essa cara de JK, mas pobre de mim, fiquei triste, sentindo uma solidão retrós, mãe Olga, que não pára de crescer...

13

Eis que os passos de mulher se aproximam da tua cama e recordam velhas músicas de saltos de mulher. Será Candice Bergen? O rádio na cabeceira da tua cama, esse rádio que só espera a lua surgir no Brasil para anunciar tua desgraça, acabou de dizer que Candice Bergen chegou num avião vindo de Nova Iorque. Será ela? Tu te sentas na cama, não podes evitar um frio na boca do estômago, mas quem entra no teu quarto não é Candice Bergen: é uma mulher morena e de olhos verdes, bela como uma Miss Brasil de antigamente, mas ao contrário de uma Miss Brasil de antigamente, derrama sexo dos cabelos. Ela caminha como uma manequim desfilando até tua cama: pára diante de ti e aponta uma Máuser para o teu coração.

— Quem és? — tu perguntas, a voz te traindo, mostrando o teu susto. — Quem és, tão bela? Atriz da nova novela das 8?

— Sou uma guerrilheira, general...

— Guerrilheira colombiana? — tu perguntas, tentando manter teu sangue-frio.

— Não, general. Guerrilheira brasileira...

— Mas as guerrilheiras brasileiras foram todas mortas ou, depois da anistia que eu decretei, mudaram de atividade. Não podes ser uma guerrilheira...

— Eu estou morta, general...

— Morta? — tu assustas. — Mas como?

— É, general, estou morta...

Tu olhas bem para ela: fixas bem os olhos verdes dela.

— Não pareces uma guerrilheira. Pareces mais uma amante. E eu não posso crer que estejas morta...

— Mas eu estou morta, general...

— Vieste me matar? Logo a mim que resolvi apagar tudo com uma borracha? Tudo que houve de ruim no Brasil eu vou apagar com a borracha e eu hei de transformar o Brasil num paraíso...

— A borracha não apaga o sangue, general — diz a ti a guerrilheira —, não apaga a morte, general.

— Não queres sentar? — tu dizes à guerrilheira que segue te apontando a Máuser. — Eu gostaria de ouvir tua opinião sobre um plano de reforma da língua portuguesa no Brasil que eu vou enviar ao Congresso Nacional. Vou cassar o "você" da língua brasileira, todos falarão na segunda pessoa do singular: "tu" em lugar de "você". E vou também abolir as gírias, as barbáries. Já tenho o apoio da Academia Brasileira de Letras. O que achas?

— General, eu vim aqui cumprir uma missão...

Então, a Máuser, apontada para o teu coração, uma súbita vontade de teres tua mãe perto de ti, o que te faz recordar as vítimas do Esquadrão da Morte na Baixada Fluminense que gritam pelas mães na hora das execuções, tu perguntas:

— Como te mataram? Em combate no Araguaia?

— Não, general. A mim me enterraram viva — vai dizendo a ti a guerrilheira — me puseram num caixão cheirando a naftalina, general, e me enterraram viva. Eu ficava escutando o barulho da terra caindo no caixão. Depois, general, o transistor que puseram dentro do caixão, com uma antena térrea, começou a tocar um frevo. Eu morrendo dentro do caixão, general, e o transistor tocando um frevo, enlouquecendo meu coração...

— Mas eu não tenho culpa do que te fizeram — tu falas —, culpa alguma. Tu vais me matar?

— Não, general...

— Então o que tu vais fazer comigo?

— Espera um pouco, general, e o senhor saberá...

14

— Central de Comando chamando helicóptero nº 3. Alô helicóptero nº 3. *Tocava uma música, caramba! Como era mesmo a música que tocava?* Alô, helicóptero nº 3. *Ela parou na porta da loja de disco e ficou ouvindo a tal música. Ela lá parada, caramba, e eu escondido atrás da banca de jornal. Fingindo que olhava a revista de mulher pelada, caramba! E a tal música tocando, santo Deus.* Alô, helicóptero nº 3. Central de Comando chamando. *E eu fiquei escutando aquela música. E me deu aquela vontade de ir lá, caramba. De ser bom pra ela. De abraçar ela. De ficar alisando o cabelo dela. E falar com ela: Bebel, vamos tomar um sorvete de morango?* Alô, helicóptero nº 3. *Puta que pariu! Onde esse cara se meteu agora? Caramba, a tal música tocava e ela lá parada. A cabeça dela um pouco tombada de lado do jeito que ela ficava, caramba! E ela lá parada, mansa, mansa, escutando a música. E aí, caramba, eu olhei o salto do sapato dela. Vi que tava estragado.* Alô, helicóptero nº 3. *Tava estragado, caramba, ainda da última chuva que deu. E eu fui olhando o salto do sapato dela e escutando a tal música.*

Comecei a achar que eu não era bom pra ela. Central de Comando chamando helicóptero nº 3. *Santo Deus, a tal música tocando. Como é mesmo a música, santo Deus? Eu lá escondido atrás da banca de jornal, querendo chegar perto dela, falar: Bebel, Bebelzinha. E acabou a música e ela saiu andando. Eu fui seguindo atrás, caramba.* Alô, helicóptero nº 3. *Quando ela parava pra ver vitrine de loja, caramba, eu escondia atrás dalguma pilastra. Ela ficava olhando muito os sapatos.* Alô, helicóptero nº 3. *Depois, caramba, ela seguiu andando. Pegava nos cabelos como às vezes ela pegava, caramba. E eu ...*

— Helicóptero nº 3 na escuta...

— Onde você se meteu, caramba?

— Cumprindo ordens, sargento. Colei como um carrapato no tal de sapato amarelo. Lembra do Coronel que jogava no Vasco, sargento?

— Coronel?

— É, sargento. Um que marcava o Garrincha. Eu era menino e lembro, sargento. Lembro do Jorge Cury narrando o jogo: balão de couro com Garrincha, lá vai o seu Mané, passa de passagem por Coronel...

— Mas o que é que tem o Coronel, caramba?

— O Coronel também colava no Garrincha como um carrapato...

— Caramba!

— O senhor chamou, sargento...

— ???

— Alô, Central de Comando...

— ???

— Alô, Central de Comando...

— Caramba! Eu precisava duma informação urgente...

— É uma ordem, sargento...

— Lembras de uma música, caramba? Uma que o Erasmo Carlos cantava? Uma que dizia, caramba, Tou sentado à beira do caminho, lembras dela caramba?

— Lembro, sargento...

— E você podia cantar um pedaço, caramba?

— Alô, sargento. Alô, sargento...

— Podias cantar um pedaço, podias, caramba?

— Sargento, o senhor está passando bem, sargento...

— Canta, caramba! É uma ordem superior, canta!

15

— E atenção, Brasil: aaaaantenas e corações ligados que o Homem do Sapato Amarelo tem agora uma entrevista de arrepiarrrrrrrr: vou entrevistarrrrr agooooora a única pessoa no Brasil que, até o presente mo-men-to, teve um tête-à-tête com o misterioso urso, que uns dizem que é Deus, que alguns juram que é Satanás... A meu lado, Maria de Fátima Evangelista, vendedora da loja de discos Oiapoque: conte, Maria de Fátima, aos milhões de ouviiiiintes da Cadeia da Felicidade a sua sen-sa-ci-o-nalll aventura...

(ouve-se uma voz tímida de moça):

— Eu tava aqui na loja Oiapoque e aí vai eu lia a revista *Capricho* porque seu Válter mesmo falou: olha, Maria de Fátima, quando você não tiver freguês, você pode ler suas fotonovelas, aí, então, eu tava lendo, quando aí vai eu escutei uma voz de homem muito bonita e eu gelei porque parecia a voz do Francisco Cuoco, meu galã favorito, aí eu bambeei porque eu olhei e vi um urso enorme, de pé, como se fosse um homem, e aí vai o urso falou com a voz do Francisco Cuoco: Maria, você não precisa ter medo...

— É e-mo-ci-o-nan-te, ouvintes, mas siga Maria de Fátima no seu im-pres-sio-nante relaaaaaato...

— Aí vai eu acalmei um pouco e aí vai ele perguntou com a mesma voz do Francisco Cuoco: "Maria, você tem a gravação de 'El Día en que me quieras' em ritmo de bolero?". Aí vai eu olhei bem pra ele e aí ele se transformou no Francisco Cuoco de tão bonito que ele ficou e aí vai eu perguntei pra ele assim: "Não serve a gravação de 'El Día en que me quieras' em ritmo de tango, com o Carlos Gardel?", aí vai ele disse: "Muito obrigado, Maria de Fátima" e ele foi saindo e aí vai eu escutei aquele tiroteio e aí depois que acabou o tiroteio e ficou no ar o cheiro de pólvora com lança-perfume, eu cheguei na porta pra ver ele morto, mas ele tinha escapado...

16

"Bem-aventurada Santa Coca-Cola
Filha melíflua de Nosso Senhor Jesus Cristo
Matai minha sede de alegria
E ao meu pobre e ansioso coração
Oh Santa dos Impossíveis
Dai a pausa que refresca os justos..."

— Não, general.

— Para quê, então? — tua voz já não é a voz arrogante de antes, acostumada a dar ordens.

— O senhor vai pagar, general, vai pagar tudo que os governos militares fizeram no Brasil...

— Mas eu estou com a borracha na mão, para limpar tudo — tu falas, enquanto a guerrilheira afasta um pouco a Máuser, o que te alivia. — Por que tu não procuras o Médici? É só ires à fazenda dele do Rio Grande do Sul, lá tu acertas as contas com ele, ele está lá, como um pavão, acreditando até hoje no tal de Milagre Brasileiro...

— O escolhido foi o senhor, general...

— Mas é uma injustiça: desde 64 que o Brasil não tem tanta liberdade como agora. Pergunta ao Prestes se ele não está livre. Pergunta ao Arraes. Ao Brizola. Ao João Amazonas. Pergunta a todos que eu anistiei. Pergunta. E, depois...

— Depois o quê, general? — pergunta a guerrilheira, ela que, com o passar dos minutos, vai se tornando mais bela.

— Depois, já que falaste em pagar, o Castelo pagou tudo que fez: morreu queimado num avião. E o povo soltou foguete quando soube. O Costa e Silva também pagou, teve aquele troço — tu dizes, tu, tão contraditório, tens um projeto contra as gírias e amas usar gírias —, pois é, o Costa e Silva teve aquele troço. Ficou sem fala, abobalhado, olhando com os olhos arregalados e sabendo que ainda estava vivo, mas as Forças Armadas já o consideravam morto, ele vivo e o Médici entrando no lugar dele e indo lá falar com ele e tudo. Então o Costa e Silva também pagou por ter assinado o AI-5. Restam o Médici e o Geisel. O Geisel também é inocente, sobra o Médici. Se tu quiseres, eu arranjo um avião da FAB pra te levar à fazenda do Médici no Rio Grande do Sul. Lá tu acertas as contas com ele...

— Não, general...

— Tu vais me matar?

— Não, general...

— Então chega essa Máuser pra lá...

— General — diz a guerrilheira, afastando a Máuser.

— Hein?

— Está vendo este chapéu aqui, general?

— Estou. Era o chapéu do meu pai. Quando meu pai foi pro exílio...

— Está vendo estes papeizinhos dobrados aqui dentro do chapéu, general?

— Estou...

— Agora, general, vamos fazer o jogo da cumbuca...

— Como num sorteio de quermesse?

— É, general. O senhor vai sortear um papel desses...

— E eu ganho alguma coisa? Ganho?

— Não, general. Em cada papelzinho dobrado está escrito uma tortura ou violência que foi feita a presos políticos desde que os militares assumiram o poder no Brasil. Pode não ser tortura: pode ser morte, exílio, tudo. O senhor tira o papel, general, o que estiver escrito, o senhor terá que viver...

— E se estiver escrito que eu devo ser enterrado vivo?

— O senhor será enterrado vivo, general...

— E não pode cair pra mim um exílio em Paris?

— Pode, general...

— E aí eu vou pra Paris?

— Vai, general.

— Eu arrisco...

— Então fecha os olhos, general, e tira um papelzinho...

— E eu faço os dois sorteios de uma vez? — tu perguntas, um pouco excitado, sentado na cama e fantasiado de Pierrot.

— Não, general. Um de cada vez.

— E o outro?

— O outro fica para depois da primeira tarefa cumprida, general.

— Então são duas tarefas? — tu perguntas, a voz sumida.

— São, general. Agora fecha os olhos, general, e...

Tu escutas passos e ficas de pé, te sentes salvo, deve ser a segurança presidencial chegando, tu mesmo darás voz de prisão à guerrilheira, mas é possível prender os mortos? Não, não é possível prender os mortos, tu pensas, nem é possível cassar ou banir os fantasmas dos mortos, não é possível, nem mesmo, anistiar os mortos.

Aparecem na porta do quarto dois homens que nunca viste: um dos homens não tem cabeça e, ao outro homem, faltam os olhos e ele usa óculos escuros e ele está molhado e, em seu cabelo, tu descobres algas marinhas.

— Quem são esses dois? — tu perguntas.

— Eu explico, general...

18

Naquela hora, a grande discussão no Brasil era saber se o urso era uma criatura de Deus e se a Declaração de Direitos Humanos da ONU, que o Brasil tinha assinado (embora, desde 1º de abril de 1964, a violasse), valia também para o urso. Tinha começado a grande caça ao urso: primeiro, mil soldados, armados de metralhadoras, o caçavam, mas como o urso era à prova de bala, como o Superman, o número de soldados aumentou para dois mil, e, em seguida, para cinco mil soldados. Das janelas dos edifícios vaiavam os soldados, atiravam garrafas e copos neles, gritavam:

— Viva o urso!

Num discurso no Senado, o senador Teotônio Vilela, apoiado pelo senador Paulo Brossard, e aparteado pelo líder do governo Jarbas Passarinho, que os acusava de entrar no delírio de boatos, disse:

— O urso é um filho de Deus e seus direitos devem ser preservados...

A Ordem dos Advogados do Brasil pediu um habeas-corpus preventivo para o urso e o ex-presidente Raimundo Faoro declarou ao Homem do Sapato Amarelo:

— Esse urso veio para acordar quem dormia...

Foi chorando que o advogado Sobral Pinto, contratado pela Associação Protetora dos Animais para defender o urso, declarou à Cadeia da Felicidade:

— Já invoquei a lei de proteção aos animais para defender um prisioneiro torturado. Agora invoco a Declaração de Direitos Humanos para defender o urso. Vou defendê-lo, sim, com o mesmo entusiasmo com que defendi Luiz Carlos Prestes em várias ocasiões e com o mesmo empenho...

A CNBB, numa nota assinada por Dom Luciano Mendes de Almeida, considerou o urso uma criatura de Deus. Em Recife, Dom Hélder Câmara declarou, perguntado se o urso seria bem-vindo:

— Vinde, doce irmão!

O cardeal arcebispo de São Paulo, Dom Paulo Evaristo Arns, disse que todos "Somos filhos de Deus!". E quando o Homem do Sapato Amarelo perguntou se Dom Paulo Evaristo Arns abraçaria o urso, como abraçou o líder comunista Gregório Bezerra, o mesmo Gregório Bezerra que, no dia 1º de abril de 64, foi exibido como a fera de um circo pelos militares, pelas ruas de Recife, Dom Paulo Evaristo Arns respondeu:

— Com o coração em festa, abraçaria...

Naquela hora, na boate clareada a vela e transformada em terreiro na Cidade de Deus, soam os atabaques, tocam os agogôs, vestida de vermelho e preto, as cores de Obàlúaiyé, a ayalorixá Olga de Alaketo inicia o ritual de oferenda de um galo a Obàlúaiyé, para ele permitir que o espírito do ex-presidente Juscelino Kubitschek baixe no Deus. Cercada de filhas-de-santo que Joãozinho Trinta providenciou, Olga de Alaketo canta em nagô:

"Taniabody akukó mariyô
Taniabody akukó ke otá
Côkôdôa ué legbá
Côkôdôa ué legbá
Côkôdôa..."

O Deus Biônico do Brasil respira aquela mistura de cheiros, cheiro de sangue de galo, lança-perfume, incenso, suor, vela acesa, a temperatura da boate-terreiro sobe, o ar é quente e úmido, a sensação é a de que Ele está dentro de uma garganta, sente medo de um incêndio, lembra do edifício Joelma pegando fogo, tocam os atabaques, soam os agogôs, aquelas vozes cantam em nagô:

"Taniabody akukó mariyô
Taniabody akukó ke otá
Côkôdôa ué legbá
Côkôdôa ué legbá
Côkôdôa..."

19

A Margarida na mão direita, seguida por uma pequena multidão de umas trezentas pessoas, escuta gritos e o rosnar das sirenes ao longe e explosões também ao longe, respira o lança-perfume do ar, trepa na carroceria de uma camioneta numa praça e começa o discurso, a voz é uma mistura da voz das loucas do Nordeste com a voz das beatas do interior de Minas e há qualquer coisa da voz das radioatrizes das novelas de rádio na voz de Terê:

— Meus irmãos brasileiros!

Aplausos cortam Terê, aumentam os gritos, uma sirene passa rosnando a três quarteirões dali e o Homem do Sapato Amarelo chega com seu microfone sem fio, a Cadeia da Felicidade vai transmitir o discurso de Terê, aquela voz louca e bela repete:

"— Meus irmãos brasileiros!

— Tem quase 500 anos que a gente está esperando que a felicidade bata à porta do Brasil. Já aconteceu da felicidade bater na nossa porta, tocar a campainha, e a gente foi atender pensando que fosse ela mesma. Mas não, meus irmãos, era só o programa de rádio 'A Felicidade bate à sua Porta' num gentil oferecimento da gordura de coco Carioca, com a apresentação de Heber de Bôscoli e Iara Salles e com Emilinha Barba, a minha, a sua, a nossa favorita, cantando 'E assim se passaram dez anos'...

— Mas brasileiros, já se passaram quase 500 anos e o Brasil ainda não viu a cara da felicidade, não beijou a boca da felicidade, não sentiu na própria pele o calor da pele da felicidade. Eu pergunto a vocês, meus irmãos brasileiros: Por quê? Eu respondo: é que a felicidade no Brasil é um latifúndio azul nas mãos de uns poucos donos do Brasil. Mas agora o Libertador, o Messias, chegou para fazer uma reforma agrária no latifúndio azul dos proprietários da alegria e ele vai dividir as terras azuis da felicidade a quem de direito: a 95% dos brasileiros..."

Os aplausos afogam a voz de Terê, cresce a multidão como uma febre, um delírio, e as sirenes latem como cães ali perto, os aplausos continuam, bombas explodem ao longe.

"— Meus irmãos brasileiros!

Chegou a hora da verdade: chegou a hora de dizer que o povo

brasileiro tem um urso enjaulado no coração e fantasia esse urso de cordeiro, num trágico carnaval.

Mas é preciso libertar o urso, brasileiros!

Que se abra a jaula em que se transformou o coração dos brasileiros e que livre seja o urso!

Oh, vinde urso selvagem! Vinde urso divino!

O povo do Brasil sempre foi tratado como bicho de Zoo pelos donos do Brasil: o povo do Brasil é irmão dos tigres, dos leões, dos elefantes e irmão dos ursos enjaulados nos zoológicos. E é irmão dos animais dos circos, porque o povo brasileiro está enjaulado nas grades de uma jaula invisível. O Brasil é um imenso Gran Circo Norte-Americano. Por isso eu digo, brasileiros: os tigres, os leões, os rinocerontes, os ursos, são nossos irmãos, sofrem como nós..."

Agora é um comício: a multidão sobe a mais de duas mil pessoas, a multidão grita, Terê estende a mão que segura a margarida, pede silêncio e é obedecida como o pai nas assembléias dos bancários antes de 1º de abril de 1964...

"— Meus irmãos do Brasil!

Os bichos do Zoo, os leões que ficam urrando famintos e com saudade da África e escravizados e só pensando na África como Zumbi dos Palmares pensava, os pobres tigres desdentados do Zoo, os leopardos amestrados dos circos que já não sonham com a liberdade, os desdentados tigres dos circos, todos, e mais os rinocerontes, irmãos do Rinoceronte Cacareco, todos são irmãos do povo brasileiro, porque os leões, os tigres, os leopardos e os rinocerontes são também prisioneiros e explorados. Então, meus irmãos do Brasil, a mim não assusta que o Libertador tenha vindo sob a fantasia de urso, com o disfarce do urso, mesmo porque, como disse o nosso irmão Jorge Amado, o Brasil é o País do Carnaval. Mas o urso é um urso divino, o Jesus Cristo que veio para nos testar. Ele veio disfarçado de urso porque o povo brasileiro, quando está no mato sem cachorro, recorre aos bichos. Lembram-se do Rinoceronte Cacareco, aquele de uma música de carnaval, que dizia:

— "Ca-ca-careco

Cacareco é o maior...", lembram-se dele? Pois o Rinoceronte Cacareco também era divino e encantado. Também apareceu pra ajudar o povo brasileiro, quando os homens pareciam que tinham abandonado o povo brasileiro. Então, em São Paulo deram pro Cacareco uma votação que dava pra ele ser eleito deputado ou senador, porque o povo não tinha outra maneira de mostrar que estava infeliz, senão descarregando os votos no Cacareco. E Jesus Cristo disse: eu agora estou aqui disfarçado de urso, porque o povo brasileiro, mais uma vez, está precisando de mim..."

Gritos de "Viva o Libertador!" cortam Terê, a multidão é de 5 mil pessoas e aumenta, grita "Abaixo o latifúndio azul! Reforma agrária já", querem carregar Terê, bela como uma Miss Brasil, ela desce da camioneta, segue na Grande Marcha da Felicidade, as sirenes latem como cães danados, as explosões aumentam.

20

A merda toda é esta saudade. No apartamento do 8° andar, sentado num sofá, ele que, quando a lua surgir, vai matar alguém de olhos verdes com um fuzil de mira telescópica, Tyrone Power repete alto, como se não estivesse só:

— A merda toda é esta saudade...

Saudade dele, Tyrone Power, saindo do escritório que cheirava a porra do Doutor Juliano do Banco, depois de levar um chute na bunda, ele descendo os três andares da escada fugindo do elevador, e revendo o grande Ubaldo Miranda, gordo, o sapato fora de moda, falando com ele:

— Quando eu precisei dos cartolas eles me deram um chute na bunda...

Estava anoitecendo em Belo Horizonte, a cidade cheirava a suor, a perfume, a pastel frito, as pessoas corriam para tomar condução para casa, na Praça Sete uma banda de música do Exército de Salvação tocava, vendedores de loteria anunciavam a sorte grande, olha a vaca, olha a vaca, e Tyrone Power se sentia como se tivessem gritando com ele: — Olha a vaca!

— Eu fui uma vaca acreditando no Doutor Juliano do Banco...

Não, naquela noite ele não foi para casa, não. Como chegar em casa e explicar à infeliz Júlia que estava desempregado? A infeliz Júlia ia dar graças ao Menino Jesus de Praga, ia fazer mais uma Poderosa Novena, mas onde ele ia arranjar o dinheiro para sustentar a casa, os três filhos, Júlia, ele, tudo? E o diabo é que ele, Tyrone Power, não tinha como recorrer à Justiça do Trabalho, o Doutor Juliano do Banco soube como fazer tudo. E se ele se apresentasse ao Dops? Iam rir dele, todos sabiam que aquilo era um biombo, como um coração mole como ele, que chorava ouvindo Agnaldo Timóteo cantar, podia lidar com presos políticos, subversivos?

— Cartola não tem mãe — dizia o grande Ubaldo Miranda, mastigando uma lingüiça. — Mas eu não entreguei os pontos não, camarada...

Ele, também, Tyrone Power, não ia entregar os pontos: ia mostrar ao Doutor Juliano do Banco quem ele era. Andava na direção do Mercado Municipal, no meio da febre das filas de lotação, as pessoas corriam para ir para casa, e a banda do Exército da Salvação mudava de lugar, reaparecia sempre lá na frente e tocava bonito, dava uma vontade de chorar, Tyrone Power pensa em ir morar no Rio de Janeiro. Lá, podia trabalhar como isca para banqueiros, senadores, falavam que pagavam bem. Enquanto caminha, Tyrone Power olha para todas as mulheres: alegra-se quando elas sorriem para ele.

— Ainda sou mais eu...

Mas não consegue tirar aquela tristeza de dentro dele, fica vendo o Doutor Juliano do Banco falando que os tempos mudam, Tyrone, as mulheres mudam. Chega ao Mercado Municipal pela Avenida Augusto de Lima, está tudo interditado, será alguma manifestação contra o governo? Não: falam que vai ser uma apresentação do Rei da Jovem Guarda, Roberto Carlos, com Erasmo Carlos, Jorge Ben e Vanderléa, a Ternurinha da Jovem Guarda.

Tyrone Power vê aquela multidão na fila, só cabeludos e garotinhas, resolve ver o show, vai se testar com as menininhas jovem-guarda, vai entupir a boca do Doutor Juliano do Banco, mostrando que tudo que ele disse foi filhadaputice, vai sair com uma jovem-guarda pendurada no pescoço, vai. Se espreme entre aquela multidão jovem e barulhenta, colorida, mostra a carteira do Dops na portaria, entra, vai lá pra frente, pra perto do palco da Secretaria de Saúde.

— Foi o santo Padre Eustáquio que me guiou para lá — agora Tyrone Power fala alto —, foi o santo Padre Eustáquio...

O auditório superlotado, gritos, assovios, primeiro cantou Jorge Ben, depois Erasmo Carlos, então foi a vez da Ternurinha da Jovem Guarda, com uma minissaia de enlouquecer, e quando Roberto Carlos entrou no palco, foi um delírio, gritos, desmaios, as jovem-guarda subiam no palco, abraçavam, beijavam o Rei da Jovem Guarda, e Roberto Carlos cantou "Que tudo mais vá pro inferno" e o auditório enlouqueceu, dançavam em pé nas cadeiras, gritavam, assoviavam, choravam e, no fecho de ouro do espetáculo, a Ternurinha da Jovem Guarda voltou ao palco e abraçou Roberto Carlos, houve a invasão, agarraram Vanderléa, uns dez rapazes, e aí o santo Padre Eustáquio o guiou, e ele, Tyrone Power, avançou no grupo, dava golpes de caratê e judô, tomou a Ternurinha da Jovem Guarda dos abraços e beijos e beliscões, entregou-a àquele que ia se tornar compadre e protetor dele, o encarregado da segurança da Jovem Guarda, o delegado Sérgio Fleury, aquele Fleury que mais tarde o olhou e disse:

— Fui com a sua cara, como é que você se chama?

— Me chamam de Tyrone Power — ele respondeu.

— O que você faz?

— Sou investigador do Dops, licenciado...

— Não quer ir pra São Paulo? Tou precisando de um caboclo assim como você...

156

— Pra fazer o quê?

— Prum trabalho de pôr água na boca: ser o segurança da Ternurinha da Jovem Guarda...

21

— Central de Comando chamando o helicóptero nº 3. Alô, helicóptero nº 3. Chamada urgente, helicóptero nº 3 — *Caramba, ela tinha medo de assombração, caramba! Me pedia pra contar história de assombração pra ela e se encolhia toda, caramba, me abraçando. E altas horas da noite, caramba, eu acordava com ela me sacudindo. Acordava enfiando a mão debaixo do travesseiro e pegando minha Máuser, caramba. Guarda isso, Bebel gritava. Gritava, caramba, e dizia que tava com medo de assombração.* Alô, helicóptero nº 3. Central de Comando chama com urgência. Missão urgente para o helicóptero nº 3. *Caramba, eu ninava ela como uma menininha, caramba! Depois ela começava a me beijar. Língua de cobra, a dela. Mas por que eu danei a pensar nela, caramba?* Alô, helicóptero nº 3, chamada urgente, missão urgente pro helicóptero nº 3. *Ela nessa época trabalhava no Salão Sayonara, caramba. Ela cheirava a cosmético! E a língua de cobra dela me beijando. Me fazendo subir nas paredes. Caramba, onde foi que esse quadrúpede se meteu que não responde? Eu não sei onde que eu estou que eu...*

— Helicóptero nº 3 na escuta...

— Caramba! Onde você se meteu, caramba?

— Está passando bem, sargento?

— Estou. Claro que estou. O que que você está insinuando?

— Tava só perguntando, sargento. Eu...

— Você pode dar graças a Deus porque eu sou um homem humano, caramba. Senão o mínimo que ia acontecer com você é gramar 10 dias na solitária. Aí você ia ver como é que a porca torce o rabo...

— Mas sargento...

— Caramba! Da próxima vez, caramba, você veja como se dirige a um superior hierárquico. Da próxima vez, você dobra a língua...

— Mas sargento...

— Caramba! Tem uma missão importante para o helicóptero nº 3. É sobre o urso...

— Eu tava na escuta do rádio ouvindo falar nele, sargento...

— Se você encontrar o urso, atira pra matar. São ordens: atira pra matar...

— Está bem, sargento...

— Deixa o tipo do sapato amarelo debaixo do balaio e entra na pista do urso. Atira pra matar que ele é perigoso...

— Está bem, sargento...

Caramba! Tem hora que me dá pena. Caramba, é um quadrúpede, mas eu gosto dele. Ele só não pode é perceber que eu gosto dele, caramba!

22

"Inan ina mojuba ayê ima mojuba
Inan inan mojuba ayê
Ajo lêlê agôlo nanko
Wa saworó ajo lêlê"

A ayalorixá Olga de Alaketo canta, mas não está na boate-terreiro, não, na batida dos atabaques ele vai para longe, agora está em Salvador, na Bahia, na casa do Alagado, é menina e já passa de meia-noite da segunda-feira gorda de carnaval, a cachorra Mãe Celeste está inquieta, anda no barraco, e chora, ou é a menina Olga que está sonhando? O pai de Olga, o alfaiate Beleu, saiu, saiu fantasiado de "Imperador de todas as Rússias", em casa só estão ela, Olga, o irmão e a irmã, que dormem, e Mãe Celeste. Durante todo o ano o alfaiate Beleu é triste e calado, não se alegra nem tocando na Euterpe 1º de maio, aquele pai mulato e magro, de uma magreza seca como um bacalhau, só se alegra quando chega o carnaval e ele veste a fantasia que começa a fazer um dia depois da quarta-feira de Cinzas, vai fazendo a fantasia aos poucos, acorda de madrugada e começa a trabalhar na fantasia cheia de pedrarias e paetês, este ano o pai saiu de "Imperador de todas as Rússias", fantasia que ele mesmo criou, como criava para homens e mulheres que concorriam nos concursos da Prefeitura de Salvador, hoje o pai saiu fantasiado e deixou os filhos com Mãe Celeste. Deitada na cama, sem saber se está dormindo ou sonhando, a menina Olga escuta barulho de carnaval que vem de longe, era bom de ouvir, nisso ela era igual ao pai, diziam que na aparência, não, era como a mãe verdadeira, mas na paixão por carnaval, era como o pai, vem de longe um samba de carnaval, Mãe Celeste se entristece e uiva, a menina Olga dorme, sonha com um tarado que uma vez tirou o sono da Bahia, era branco, era louro, era negro, era mulato, Olga grita: o tarado está invadindo o barraco do Alagado, é um tarado louro como um marinheiro que um dia convidou a menina Olga para conhecer um navio que estava no cais de Salvador, o tarado tem os olhos azuis e cheira a bebida e ri como o marinheiro de língua enrolada, a menina Olga grita no sonho e acorda suada, não, o tarado não está no barraco, quando o tarado apareceu mesmo, e agarrou a menina Olga, isso na Quaresma do ano passado, porque os tarados eram os novos lobisomens da Quaresma, quando o tarado chegou, Mãe Celeste avançou nele, tinha a fúria do pai dálmata e da mãe vira-lata que era cachorra de mendigo, mordeu o tarado, que saiu correndo e sangrando, ficou um pedaço da calça do tarado que ajudou a polícia de Salvador a localizá-lo: era um comerciário pacífico, amável com as clientes, tímido, mas que se transfigurava na Quaresma — só na Quaresma, ele confessou à polícia...

Na boate transformada em terreiro de candomblé, Olga de Alaketo puxa o canto em homenagem a Obàlúaiyé:

"Inan ina mojuba ayê ima mojuba
Inan inan mojuba ayê..."

Olga de Alaketo respira o lança-perfume misturado com cheiro de vela, incenso e defumador, Olga de Alaketo volta à noite da segunda feira gorda de carnaval em Salvador, está dormindo e sonha com um tarado, acorda ouvindo um samba tão lindo, e o pai?, o pai só vai chegar quando o dia clarear, estava tão bonito, o pai, todo de barba loura, fantasiado de "Imperador de todas as Rússias". Mãe Celeste agora está em pé, na porta, arranha a porta do barraco e chora, e o samba que o vento traz é tão triste, depois pára o samba e fica um silêncio escuro, mesmo Mãe Celeste parou de chorar e entra no quarto de Olga e fica lambendo a testa de Olga com a língua quente e úmida, Olga dorme, só acordou de manhã quando trouxeram o cadáver do pai, fantasiado de "Imperador de todas as Rússias", morto com 17 facadas, no crime que os jornais de Salvador começaram a chamar de "A Misteriosa Morte do Imperador de Todas as Rússias".

Na boate transformada em terreiro cantam:

"Ago lêlê agôlo nanko
Wa saworó ago lêlê..."

23

Estão cantando no trem em que viaja o velho que está morrendo, ele cheira a terra dentro do saco de plástico, canta também.

— Silvinha — diz o velho, parando de cantar.

— Eu, pai...

— Escuta, Silvinha...

— Tou escutando, pai.

— Por conta de que tão cantando, Silvinha?

— Por conta que tão dividindo o Brasil, pai...

— Tão o quê, Silvinha?

— Dividindo o Brasil, pai...

— Tão dividindo o Brasil com os gringos, Silvinha? Com os homens das estranjas?

— Não, pai, com os brasileiros...

— Com os brasileiros, Silvinha?

— E é, pai, por isso que tão cantando...

— Todo brasileiro tá ganhando um pedaço do Brasil, Silvinha?

— Tá, pai.

— Todo brasileiro mesmo, Silvinha?

— E é, pai.

— Silvinha...

— Fala, pai...

— Que música tão bonita é essa, Silvinha?

— É uma que tão cantando, pai. Não param de cantar...

— Escuta, Silvinha...

— Fala, pai...

— Tão distribuindo o Brasil todo, Silvinha?

— Todo, pai: os rios, as cachoeiras, as borboletas, os peixes do rio, os peixes do mar...

— E a terra, Silvinha, tão distribuindo a terra do Brasil também?

— Tão, pai...

— E vai dar pra todo mundo, Silvinha?

— Vai, pai. Quer mais maçã, pai? Ainda tem uma...

— Silvinha, o que que a música tá dizendo?

— Tá dizendo uma coisa linda, pai.

— Canta, Silvinha...

— É assim, pai:

> Raiou, ô, ô, ô
> no horizonte do Brasil
> a felicidade raiou
> ô, ô, ô...

— Silvinha...

— Eu, pai...

— Será que eu vou poder receber a terra que me tomaro, Silvinha?

— Vai, pai...

— Com a casa, o rio, o gado, o córrego, a lavoura, o pasto, tudo, Silvinha?

— Tudo, pai.

— Com o gado que me tomaro, Silvinha?

— É, pai.

— Com todas as cabeças de gado, Silvinha?

— É, pai. Quando o trem chegar lá, pai, a gente vai no cartório.

— E eu recebo minha terra de volta, Silvinha?

— Recebe, pai.

— E os desaforos que eu engoli, eu posso devolver, Silvinha?

— Desaforo, não, pai.

— E a fome que eu passei, Silvinha?

— A fome também não, pai.

— E eu vou poder ter sua mãe de volta, Silvinha? Sua mãe viva de novo?

— Vai, pai.

— Quem tá distribuindo o Brasil, Silvinha?

— Deus, pai.

— E não vão querer prender Deus, Silvinha?

— Não, pai. Deus está armado...

— Ah...

— Morde a maçã, pai...

O velho que está morrendo beija a maçã vermelha e repete um nome de mulher: Suza, Suzana, e fala: As garças, Suzana, as garças, e depois o velho delira com bois e vacas: ê, ê, ê, boi, vem cá, vaca cara, ê, ê, ê, volta Princesa!, vem cá, Copacabana!, ê, ê, ê, boi! Mais tarde o velho cantava:

"Num pensei da rosa branca
Dentro do lírio murchá..."

Quando parou de cantar, o velho começou a delirar com sua filha Conceição, cujo sorriso clareava o mundo.

24

— Alô, helicóptero nº 3. Central de Comando chamando urgente. Alô, helicóptero nº 3. *Onde essa zebra se meteu? Caramba, com essa zebra, só Corte Marcial, eu juro, caramba!* Alô, helicóptero nº 3. Chamado urgente da Central de Comando. *Caramba, eu não quero me chamar sargento Rodrigues se não entregar essa zebra ao capitão! Depois do que essa zebra acaba de fazer, eu...*

— Helicóptero nº 3 na escuta...

— O que houve com você, caramba? Chegou uma denúncia na Central de Comando falando, caramba!, que você viu o urso e saiu fugindo no helicóptero como uma barata tonta, caramba!

— Eu explico, sargento...

— Você tá me saindo um maricas, caramba! Você sabe que pode ser submetido a uma Corte Marcial? Sabe, caramba?

— Eu explico, sargento...

— Você não se imbuiu da missão que está cumprindo, caramba!

Uma hora você telefona pra falar que lembrou do pai comendo sanduíche de peito de frango, caramba! Estamos em tempo de guerra, caramba! Isso, além de você paquerar mulher nua, manchando a honra dum helicóptero glorioso como é o helicóptero nº 3...

— Eu explico, sargento...

— Qualquer hora você vai ter que explicar numa Corte Marcial! Aí você vai ver, caramba! Falaram que você deu um vexame. Você, de helicóptero, fugindo do urso como uma barata tonta...

— Foi terrível, sargento...

— Terrível, o quê? Eu juro que já perdi a paciência com você, caramba! O que foi terrível?

— O urso, sargento. Ele tava cercado pelos soldados, sargento. Eu fui chegando com o helicóptero, chegando bem perto dele, pra tirar um fino nele, sargento. Aí foi terrível, sargento, terrível...

— Terrível como, caramba?

— Ele não é um urso comum não, sargento, não viu o que o rádio tá dizendo, sargento? Eu fiquei na escuta e ouvi: ele é um urso divino, sargento...

— Isso é história pra boi dormir. Comigo não, Serapião, conta outra, caramba!

— Sargento, eu juro pela alma de minha mãe...

— Guarda a alma da sua mãe pra outra hora, caramba!

— Sargento, eu juro que vi...

— Caramba! Você não perde essa mania de fazer suspense. Eu, hein!

— Sargento, eu juro pela alma da minha mãe, sargento...

— Desembucha, caramba! Fala logo...

— Quando eu tirei o fino nele, sargento, eu quero cair morto agora, me espatifar com este helicóptero, se eu tiver mentindo. Quando eu tirei o fino nele e apontei a metralhadora pra ele, eu tava tão perto dele, sargento, que senti o bafo dele: um bafo de urso, aí foi que aconteceu...

— Fala, caramba! Não faz suspense, caramba!

— Eu apontei a metralhadora e aí, sargento, eu juro pela alma da minha mãe, ele se transformou como o Incrível Hulk, no seriado da televisão...

— Caramba!

— Aí eu puxei o gatilho da metralhadora e a bala bateu nele e ricocheteou e voltou no helicóptero e ele pulou no helicóptero, eu tive que bater em retirada...

— Comigo não, Sebastião! Vai contar essa pra outro...

— Eu juro pela alma da mianha mãe, sargento...

— *Caramba! E se essa zebra tiver falando a verdade, caramba!* Olha, caramba, esquece o urso. Fica na pista do tipo de sapato amarelo. Não perde ele de vista não, caramba. *E se essa zebra falou mesmo a verdade sobre o urso?*

10

*(Eram 3 e 45 da tarde no Brasil e
10 miml soldados caçavam o urso: naquela
hora, os ouvintes da Cadeia da Felicidade,
formada por 203 emissoras brasileiras, começam
a ouvir o depoimento da prostitura Maria
Madalena, conhecida como Margô, feita ao
Homem do Sapato Amarelo: ela viu o urso e diz
que ele é Jesus Cristo fantasiado)*

Eu tava aqui nesta sacada olhando, aí eu senti um cheiro de carnaval misturado com cheiro de lingüiça frita, eu respirava o lança-perfume e comecei a me alegrar, a falar comigo: Margô, pra que ficá nessa tristeza toda, Margô? E foi me dando uma alegria e eu alembrei dum carnaval quando eu era mocinha.

Eu tava na sacada esperando, por que eu pus um anúncio escrito no quadro-negro do Bar 79, falando que eu, Margô, estava liquidando, em homenagem aos Trabalhadores do Brasil, com desconto especial de até 50% no meu câmbio. Então eu tava na sacada esperando vir um homem, quando eu olhei e avistei ele andando: primeiro eu imaginei que era um trabalhador do Brasil, que tinha recebido aumento com a última greve. Depois eu olhei ele e falei comigo:

— É um urso, e vem andando com que nem um homem, mas é um urso...

Eu quis gritar socorro, mas eu respirei o cheiro de lança-perfume, fiquei pensando comigo, bobagem, Maria Madalena (que este é que é meu verdadeiro nome), o que um urso pode fazer de ruim com você que os homens já não fizeram, num ficou nada de ruim pra ser feito, os homens fizero tudo...

E eu respirei mais o cheiro de lança-perfume, olhando o urso vir: ele andava como um homem, só que puxava da perna esquerda como um jogador de futebol contundido, aí vai eu fiquei pensando, olhando pra ele, que quem sabe ele era Jesus Cristo que tava fantasia-do de urso, também, eu tinha ouvido falar que hoje ia ter uma festa no Brasil, que era um carnaval, que era pra todo mundo sorrir e ser feliz porque Deus é Brasileiro! e eu disse que ia ser boa pra ele, porque ele podia ser Deus.

E vai então começou a latição das sirenes das Rapas que aquilo até parecia caçada, tudo latindo como cão, e danou aparecer Rapas e de dentro das Rapas começou a descer homens jogando bomba no urso e atirando e depois começou a ficar tudo esverdeado de soldado e eles começou a atirar no urso com metralhadoras, aí eu fiz o Nome-do-padre. E eu vendo eles atirar nele e as balas batia nele e voltava como no Homem de Seis Milhões de Dólares que eu vejo na televisão do Bar O.K.

Ele correu, me alembrei, coitado, do operário que eles mataram ali nessa praça mesmo, por ocasião da última grande greve: foi ali, perto daquela árvore, ali, onde o asfalto tá sujo de sangue, vieram as formiguinhas lavar, lavaram, mas o sangue tá lá, sempre lá, como se alguém tivesse cortando o pé ainda agora, e todo dia é assim, lavam e o sangue volta. O operário da greve, jogaram uma bomba nele, e atiraram e eu vi daqui da sacada quando atiraram e me alembro que parece que ele deu um salto como num circo e ele caiu morto e ficou morto no chão e ainda veio um cão desses grandes alemão e mordeu ele e ele não correu do cão nem nada, ficou quieto e morto.

E eu alembrei disso e eu achei que o urso era fantasiado e rezei, baixinho:

— Deus proteja Deus!

E as balas ficou assoviando e atiraram nele, mas a bala voltava, e ele saiu correndo pra cá, ele subiu por ali, que é um canto escondido, e eu recebi ele falando:

— Jesus Cristo, eu sou sua escrava...

E aí vai ele pôs a mão no meu cabelo e tirou a fantasia de urso e era um homem bonito com uns olhos tristes como os olhos de Roberto Carlos e ele me alisou o cabelo e falou:

— Você já foi escrava demais...

E eu quis ajoelhar e ele disse:

— Você já ficou de joelho demais...

E ele era lindo e eu respirei o cheiro de lança-perfume, senti uma dúvida, e se ele não fosse Deus?, se ele fosse um homem? Aí eu fui chegando pra ele, pegando nele e falando:

— Antes que os soldados cheguem, não quer fazer um neném?

E ele disse pra mim, me alisando o cabelo, como só mesmo Deus podia, disse pra mim:

— Não, Maria Madalena, eu não posso te amar, eu te amo de todo o coração, eu sou Jesus Cristo e vim ao Brasil ver como as coisas tão, vou chegar ao céu e fazer um relatório sobre você, que é uma mulher boa, mas eu não posso fazer nada com você, você me entenda, porque eu sou Deus e eu que te criei e criei tudo na face da Terra, mas você não me leve a mal, não, você é uma mulher muito bonita e eu acho os seus olhos muito bonitos e olhando os seus olhos cor de jabuticaba eu me orgulho porque fui eu que criei eles assim, tão bonitos...

E aí ele vestiu a fantasia dele de urso e saiu voando como o Superman...

26
(Sangue de Coca-Cola)

O sargento Marcelino grita:

— Ordinário, marche! Um-dois, um-dois, o Brasil não precisa de molóides, um-dois, murcha a barriga, levanta a cabeça, a Pátria não precisa de Esther Williams...

O sargento Marcelino grita como gritava nas aulas de educação física no Colégio do Bosque e agora, na fila no 53º andar do edifício Palácio de Cristal, o Camaleão Amarelo estremece como estremecia no Colégio do Bosque.

— O primeiro general da minha vida foi um sargento: o sargento Marcelino...

A fila anda quatro passos e pára e ele se lembra do filho agachado e com as mãos postas, pedindo para ele não bater mais. Por que mesmo que ele bateu no filho? Tinha acabado de fazer a barba, passava a loção, quando pegou o filho e começou a bater.

— Murcha a barriga, Esther Williams! — grita o sargento Marcelino. — Você pode ser Esther Williams pra suas negras, pra mim, não...

O ar está mais carregado de lança-perfume, mas não se lembra de velhos carnavais: lembra-se do sargento Marcelino. Foi o sargento Marcelino quem lhe pôs o apelido de Esther Williams e, na frente do sargento Marcelino, mais, talvez, do que na frente do padre Coqueirão, ele se sentia culpado, achava que tinha feito alguma coisa que, diante da Pátria, o deixava tão mal como um colaborador do nazismo na época da Segunda Guerra.

— Era a mesma sensação que eu sinto hoje, quando a Hiena e o Ouriço Caixeiro me acusam...

Aceitava a acusação agora, não sabia qual era mas a aceitava, assim como um simples olhar do sargento Marcelino o fazia sentir-se tão abjeto como um quinta coluna, um nazista brasileiro que deu a posição de navios brasileiros para serem afundados pelos submarinos do Eixo. A vida toda ele veio ficando de quatro, como um bicho do Zoológico, na frente de todos os sargentos Marcelinos que encontrava. Ele só não ficava de quatro, como um desdentado urso do Zoo, com as pessoas que amava: o pai, a mãe, a mulher, o filho de 7 anos.

— E a causa disso tudo é o sangue de Coca-Cola que corre na minha veia...

Foi quando o sargento Marcelino o apelidou de Esther Williams que ele jurou:

— Vou amar 5 mil mulheres diferentes...

A primeira mulher que amou e anotou numa agenda dos Pneus Firestone fazia a vida na zona de Conceição do Bosque. Era velha e era chamada de Aliçona, tinha as sobrancelhas pintadas, a boca lambuzada de batom e, na porta da casa dela, pouco mais do que um barraco na zona, os homens faziam fila, a mão afundada no bolso da calça. Na zona da Cidade do Bosque só havia três mulheres: Aliçona, Alice e Alicinha, as outras mulheres que apareciam a polícia ou o padre Nicanor as expulsava, parecia um estranho pacto, para que Conceição do Bosque só tivesse três mulheres na zona, Alice, Alicinha e Aliçona. Alice era filha de Aliçona, Alicinha era filha de Alice. E quando ele, já de férias no Colégio do Bosque, foi à zona, o coração disparado, com medo de uma extraviada o matar, ele escolheu a fila menor: ele entrou na fila de Aliçona e, quando chegou a vez dele, quis fugir pela janela, tinha medo de morrer nos braços murchos de Aliçona.

— O neném é cabaço? — perguntou Aliçona, quase maternal, sentada na cama, ele ao lado dela, trêmulo.

— Não — ele gaguejou.

— Eu nunca fiquei com menino — disse Aliçona. — O Bom Jesus de Matozinhos vai me perdoar — e Aliçona olhou para o alto.

— Eu não sou menino — ele disse, a voz trêmula.

— Cê podia ser meu neto, neném — disse Aliçona. — Vou rezar uma Ave Maria...

169

— Rezar? — ele perguntou, achando que o melhor era pular pela janela, fugir.

— Pro Bom Jesus de Matozinhos perdoar eu — disse Aliçona, e começou a rezar em voz alta.

Depois que rezou, apagou a lâmpada, deitou as costas na cama, sem tirar a roupa, levantou a saia e o puxou, ele também de roupa, para cima dela. Ele sentiu o cheiro de pó-de-arroz Lady e Aliçona começou a beijá-lo com seus ásperos lábios, aqueles lábios que pareciam ter calos do exercício de mais de 30 anos daquela profissão de beijar homens e ficar gemendo falsos prazeres, gozos que ela não sentia mais. Quando saiu dos braços de Aliçona ele se sentiu, no entanto, glorificado, e jurou:

— Hei de amar 5 mil mulheres diferentes!

Em busca das 5 mil mulheres, ele só respeitava os dias santos, quando fazia abstinência sexual, nunca se libertou do catolicismo do padre Coqueirão, nem quando se declarou ateu e simpatizante do Partido Comunista: nem depois do Concílio Vaticano II se libertou; ainda hoje o padre Coqueirão está dentro dele, grita com sotaque alemão, junto do sargento Marcelino e dos cães que latem dentro dele.

— Se não fosse a Tati, eu chegava nas 5 mil mulheres...

Antes de conhecer Tati, e de esfriar com todas as outras mulheres, só respeitava os dias santos, mesmo nos dias mais convulsos do Brasil, ele amava uma mulher diferente da mulher da véspera, nunca repetia a mesma mulher. Na noite do dia 1º de abril de 1964, ele estava deitado com uma mulher, chamava-se Tê e era a de nº 2.833, e o telefone tocou, o amigo Charles disse:

— O Jango tomou um avião pro exílio...

Ele pôs o telefone no gancho, voltou pro sofá, e amou Tê com mais emoção. E na noite em que o AI-5 foi decretado, uma noite em que todo o Brasil entrou em transe, ele estava em cima de uma participante da lista das "Dez Mais": ele a beijava no chão da casa de paredes de vidro, média luz na sala, e o locutor Alberto Curi, da "Voz do Brasil" começou a anunciar a decretação do AI-5, no rádio onde, até ainda agora, o cantor Roberto Carlos chorava uma música: ele ouviu um pedaço do AI-5, sem sair de cima da "Dez Mais", os dois de respiração suspensa, mas logo a beijou de novo: era a mulher de nº 3.897...

A fila dá três passos e pára, dá mais três passos e pára outra vez, o cheiro de lança-perfume aumenta; na fila, estão falando num urso divino, um urso que se transforma em Jesus Cristo, em Alain Delon e em Francisco Cuoco, um urso que está fazendo milagres: os mudos falam, os cegos enxergam, os paralíticos andam, a um simples toque da mão dele, um urso que 15 mil soldados armados não conseguem prender e que é à prova de bala como o Superman e onipresente como Deus: aparece em Recife e em Porto Alegre quase ao mesmo tempo, logo surge em São Paulo, faz um milagre e vai para Belo Horizonte, aparece triunfalmente em Ipanema, no Rio de Janeiro, é abraçado e beijado pelas mulheres, assume a figura de Che Guevara interpretado por Omar Sharif. Mas ele, o Camaleão Amarelo, não se preocupa com o urso. Está na fila, pensando: os amigos pegaram em arma, assaltaram bancos, seqüestraram embaixadores, desviaram aviões para Cuba, foram presos, torturados, mortos, exilados, banidos, condenados à prisão perpétua, mas ele ia amando as mulheres, escrevendo os nomes delas em cadernos espirais. Lembra da amiga Maria Lúcia Petit, a cara de menininha, ela que morreu na guerrilha do Araguaia, convidando-o para pegar em armas.

— Você morreu tão nova, Lucinha!

Respira o lança-perfume: fica parecendo que alguma coisa vai acontecer, como no Colégio do Bosque ficava sempre parecendo.

27
(Jornada esportiva)

Muito boa tarde, amigos ouvintes de todo o Brasiiiiiiilllllll! Passamos a falar neste exato momento, sob a égide e a proteção de

Nossa Senhora Aparecida, diretamente do ginásio Padre Coqueirão, que será palco, dentro de alguns instantes, da seeen--sa-ciii-o-nalll luta de boxe, reunindo: de um laaaado: Esther Williams!, o desafiante, do outro lado: o saaaargennnto Marceliiiino! Tempo bom, amáveis ouvintes, para a prática do boxe: eis que sopra uma brisa perfumada de eucalipto e urina no ginásio Padre Coqueirão, que está aba-rro-taaa-do, não há lugar para mais uma viv'alma, estimados ouvintes, e mesmo as moscas têm dificuldade em voar no recinto do maior ginásio coberto do hinterland das Alterosas.

E atenção, muita atenção Brasiiilll!, atenção torcida amiga, que vai ter início a luta do século: soa o gongo! Começa a luta do século! Como dois galos de briga, os dois lutadores se estudam: o sargento Marcelino com seu rosto quadrado, sua pele cor de charuto, o cabelo à escovinha, o nariz de buldogue! Esther Williams se movimenta, e, a este vosso criado, lembra alguém que dança um bolero, estimados ouvintes. A torcida está evidentemente ao lado de Esther Wiliams, apupa o sargento Marcelino, que tenta um jab de esquerda, desvencilha-se es-pe-ta-cu-larrrrrmente Esther Williams e tenta um golpe de esquerda, tem ótimo jogo de pernas, foge dos golpes daaaançando, amigos ouvintes...

Momentos de emoção, Brasiiiillll: até o presente momento, os dois lutadores estão de igual para igual, de per si, estimados ouvintes do Oiapoque ao Chuí, nenhum dos contendores leva a vantagem. Ataca o sargento Marcelino, acerta um jab de direita, Esther Williams reage, ataca novamente o sargento Marcelino, acerta um jab de direita, Esther Williams reage, ataca o sargento Marcelino e Esther Williams sai fora dançando, minha Nossa Senhora Aparecida!, e acerta um jab no nariz do sargento Marcelino! Vibra a torcida! O sargento Marcelino está grogue! Atenção, Brasiiilll!!!, o sargento Marcelino pode cair, beijar a lona... Mas soa o gongo, o sargento Marcelino é salvo pelo gongo...

(comentário no intervalo)

— Cabe a este comentarista vos dizer, ouvinte amigo da Cadeia Verde-Amarela, que cobre o Brasil de Norte a Sul, que no primeiro assalto, Esther Williams levou nítida vantagem, conseguindo sobrepujar, valentemente, o sargento Marcelino, que era o franco favorito na bolsa de apostas. A crer nas informações que chegaram ao conhecimento deste analista, que aqui está, para dizer, fiel a seu slogan "Coragem para dizer a Verdade", doa a quem doer, que o sargento Marcelino foi vi-si-vel-mente prejudicado, porque seu corpo está aqui, lutando, mas seu coração está longe, amigos. Isto porque, tendo o lutador Esther Williams o costume de lutar como se dançasse um bolero, dois passos pra lá, um passo pra cá, dois pra frente, dois passos pra trás, um passo para lá, isso perturbou visivelmente o sargento Marcelino, que é habitué das horas dançantes do Clube do Bosque, onde dança o bolero "Olhos Verdes" com Anita, que masca chicles enquanto dança e é conhecida como Anita Palito, de tão magra que é. Mas soa o gongo: segue Marcondes!!!

(volta o narrador)

— Mo-men-tos de emoção: a primeira ação pertence ao sargento Marcelino, escapa Esther Williams como se daaançaaasse um bolero, o sargento Marcelino se imagina dançando o bolero "Olhos Verdes" com Esther Williams, manda a verdade, Brasiiiiil, que este amigo de vocês diga que o sargento Marcelino perde o sono pensando em Esther Williams e quando dança de rosto colado com Anita, que é magra e não tem olhos verdes, o sargento Marcelino pensa em Esther Williams, nos olhos verdes translúcidos e serenos de Esther Williams, aqueles verdes que parecem dois amenos pedaços de luar e têm a miragem profuuunnda do oceano, jab de esquerda de Esther Williams atinge o supercílio do sargento Marcelino que está san-graaaan-do, amigos ouvintes, vibra a torcida, verdadeiro delírio, Brasiiiill, o sargento Marcelino sangra no supercílio e tenta um jab de direita, mas Esther Williams escapa dançando bolero, o sargento Marcelino mira os olhos verdes de Esther Williams, aqueles olhos verdes, Brasiiil, que inspiram tanta calma e entraram em su'alma, encheram-na de dor, Esther Williams ri com os olhos verdes, o sargento Marcelino parte para a ofensiva, minha Nossa Senhora Aparecida, que jab esspe-ta-cu-larrrr o sargento Marcelino acaba de acertar na boca de Esther Williams, que sente o golpe: expectativa em Estádio Coqueirão, estimados ouvintes, mas eis que soa o gongo, parece ter havido um engano, pelo meu cronômetro, ainda faltam 50 segundos para o término do segundo round. Com vocês, o comentarista que tem "Coragem pra dizer a Verdade!"...

(fala o comentarista)

— Escândalo! Escândalo! Sabe todo o Brasil, do Oiapoque ao Chuí, e sabeis todos vós, amigos ouvintes, que o comentarista que vos fala jamais mediu as palavras, quando se trata de dizer a verdade, daí o slogan que adotei, desde os primórdios da minha carreira: "Coragem para dizer a Verdade". E manda a verdade que eu diga, alto e bom som: o sargento Marcelino está entregando a rapadura, por razões inconfessáveis, estimados ouvintes do meu amado Brasil. É visível que o sargento Marcelino, franco favorito da contenda, se recusa a atacar Esther Williams porque, dizem os Filhos da Candinha, o sargento Marcelino está irremediável e incuravelmente apaixonado por Esther Williams, esta é a verdade, Brasiiiiil. Mas soa o gongo: volta, Marcondes!!!

(fala o narrador)

— Vantagem níííítida, clara e insofismável para Esther Williams, que dança na frente do sargento Marcelino, dança como se dançasse o bolero "Olhos Verdes", o sargento Marcelino mira aqueles olhos, que eles pegaram tristeza, deixando-lhe a crueza de tão infeliz amor, minha Nossa Senhora do Perpétuo Socorro, agora Esther Williams acerta um violento punch no nariz do sargento Marcelino! Delírio em Estádio Coqueirão, Brasiiilll! O sargento Marcelino está grogue, pode cair, atenção Brasiiiil: na escuridão do seu quarto de solteiro, ele apaga a luz e fica vendo aqueles olhos verdes translúcidos serenos, fica virando na cama, estimados ouvintes, escutando o canto dos pássaros noturnos que aqui gorjeiam, escutando o ladrar dos cães, a tosse de um vizinho, começa o sargento Marcelino então a contar carneirinhos... Está grogue o sargento Marcelino, pode cair, Brasiiillll, atenção Brasilll, o sargento Marcelino conta 500 carneirinhos pulando a cerca, mas o sono não vem, Brasiiiilll, anda jururu pelos cantos, o que há que há com o teu peru, sargento Marcelino?, todos perguntam, está grogue o sargento Marcelino, mas agora acerta um punch, outro punch, Esther Williams sente, está grogue, momentos de expectativa, Brasiilll, o sargento Marcelino bate im-pi-e-do-sa-men-te, bate repetindo: eu te bato, mas eu te amo, eu te bato, mas eu te amo, Esther Williams cai, Brasiiilll e beija a lona e o sargento Marcelino ergue os braços como um campeão e olha Esther Williams beijar a lona e sente inveja da lona...

28

"Tristeza
por favor vá embora
minha alma que chora
está vendo o meu fim..."

Tu cantas no Brazilian Follies: fantasiado de Pierrot, tu cantas, mas a guerrilheira de olhos verdes aponta a Máuser para o teu coração e, ao lado dela, estão os outros dois, o sem cabeça e o de óculos escuros e algas nos cabelos: tu voltas à realidade.

— Quem és? — perguntas ao sem cabeça. — Cadê a tua cabeça?

— Foi cortada, general...

— Cortada? Eras, por acaso, do bando de Lampião e Maria Bonita?

— Não, general. Eu era guerrilheiro do Araguaia...

— E te cortaram a cabeça? — tu perguntas, como se não soubesses.

— Cortaram, general. Eles me pegaram numa emboscada no Araguaia. Me fuzilaram na hora e cortaram minha cabeça e depois amarraram minha cabeça com uma corda de bacalhau e saíram voando com minha cabeça pendurada do lado de fora de um avião pelo Araguaia e um alto-falante berrava: — Vejam o que acontece com os terroristas e os amigos dos terroristas...

— Por que me procuras? Devias falar com o Geisel. Melhor, com o Médici. A culpa toda foi do Médici. Eu queria fazer alguma coisa por você. Posso?

— Não, general...

— Eu posso ser a sua boca. Posso falar por você. Alimentar por você. Cantar, rir, gritar, beijar por você. Posso ser os seus olhos...

— Não, é tarde, general — responde a ti o guerrilheiro sem cabeça.

— E você, quem é? — perguntas ao de óculos escuros.

— Eu sou o deputado Rubens Paiva...

— E o que fizeram com você? — tu perguntas, como se a história do deputado não fosse do teu conhecimento.

— Me puseram dentro de um avião, general. Eu amarrado com uma corda de bacalhau, general. E o avião levantou vôo. Quando estava longe, em cima do mar, eles começaram a me interrogar, general. Gritavam: Fala, terrorista imundo! Fala, cão filho da puta! Eu não sabia de nada, general, nunca ninguém soube de nada. Eles gritaram: Daqui a pouco você vai falar, cão terrorista! E eles me penduravam do lado de fora do avião, ameaçando soltar a corda de bacalhau. Até que eles soltaram a corda e eu caí no mar...

— Não posso fazer nada por você? — tu perguntas ao deputado Rubens Paiva.

— Nada — ele responde. — Os peixes já me devoraram...

— Agora vamos ao sorteio, general — diz a guerrilheira de olhos verdes, apontando a Máuser para teu coração e segurando o chapéu que foi do teu pai, com os papéis contendo a tarefa que terás que executar.

O Cavalo Albany, que neste momento está te traindo, finge que dorme e o rádio em cima do criado da tua cama, que hoje à noite anunciará a tua desgraça, fala no urso que está andando pelas ruas do Brasil e que é confundido com Robert Redford, Alain Delon, Jesus Cristo, Che Guevara, o urso que, para alguns, é o Libertador da Felicidade no Brasil. Tu levantas, pegas o telefone vermelho, queres decretar o Estado de Sítio no Brasil, por causa do urso, mas a guerrilheira grita:

— Larga o telefone, general!...

Tu largas o telefone, o Cavalo Albany finge que dorme: tu não sabes que ele te filma com uma câmera camuflada, só mais tarde saberás.

— Vamos fazer o sorteio da tarefa, general...

— São só duas mesmo? — tu perguntas, sem a tua voz arrogante, essa voz arrogante com que, mesmo quando falas em liberdade e em democracia, estás sempre ameaçando o Brasil, como se tu fosses dono do Brasil.

— Só duas, general. Fecha os olhos, tira o papel e me dá que eu vou ler...

Tu obedeces: de olhos fechados, tu pegas um papel, tua mão treme, tu abres os olhos ansioso, entregas o papel dobrado para a guerrilheira, esperas com o teu coração galopando, e tua febre te queima. A guerrilheira diz:

— Está escrito aqui: "Viver as tentações e torturas mentais que o demônio, disfarçado no delegado Sérgio Fleury, fez a Frei Tito em Paris...".

29

"Coração quem dera fosse
Lamparina e eterna luz
Pra eu morrer repetindo:
A Santa Coca-Cola
É a única que me seduz..."

Ainda bem que eu, Julie Joy, sou de índole pacífica e ordeira e que o meu coração é um cordeiro do Senhor, e não um urso que no fundo é o demônio que veio tentar o Brasil, porque se na campina verde do meu coração não pastasse um cordeiro, eu, Julie Joy, minha Santa Querida, já tinha soltado um urro de urso contra esse vai pra lá, vem pra cá, nesta fila, eu com medo de meu filho nascer aqui por culpa do urso, porque dizem que tá tudo engarrafado no Brasil, e se esse urso for Jesus Cristo mesmo? Não, não pode ser, ele é Satã, se fosse Jesus Cristo vinha como um cordeiro manso, a lã muito anelada e com uma brancura Rinso, não vinha jogando irmãos contra irmãos e ainda acendendo no meu coração loucuras que eu já sepultei há muito, Santa Querida.

"Coração quem dera fosse
Lamparina e eterna luz..."

Ah, Santa Querida, tem gente que chega pra mim e diz: Julie Joy, você é muito americanófila, Julie Joy, vai ver que na sua veia corre é sangue de Coca-Cola, eu fico ouvindo e sinto pena, entra por um ouvido e sai por outro, porque eu acho que o que é bom pra América é bom pro Brasil e é bom pra mim, mas às vezes, Santa Querida, me perdoe, mas eu fico pensando: e se Mister Jones feder? A Mary Jo já me preveniu que eu tomasse cuidado com o cheiro da riqueza, porque assim como a pobreza fede, como no

Brasil, a riqueza tem uma espécie de C.C. que nada lava nem tira e disse a Mary Jo que não adianta sabão, nem perfume, nem desodorante, não adianta nada e na hora que um americano podre de rico começa a feder, a Mary Jo disse que dá uma saudade do cheiro de jasmim que a brisa do Brasil sopra. Mas se Mister Jones tiver o tal C.C. de milionário velho norte-americano, eu, Julie Joy, não vou pensar no cheiro de jasmim do Brasil, que era antigamente que tinha esse cheiro na brisa, hoje não tem mais.

Se o C.C. de Mister Jones fizer meu coração vacilar e um urso começar a rugir no meu coração, gritando pra mim: Julie Joy, seu lugar é no Brasil! eu vou tampar o nariz com um lenço molhado de Cabochas e vou ficar falando: fique mansinho aí, coração, seja como um cordeiro, e se lembre, coração, do cheiro da pobreza brasileira.

Se lembre, coração, do mau hálito do Tietê em São Paulo, que é um perfume pra urubu, que fica lá rondando e esperando, porque o Brasil é o paraíso dos urubus.

Se lembre, coração, do bafo que sai da garganta das ruas de Belo Horizonte e do bafo pior ainda, com gosto de maresia, que sai da garganta de Salvador.

Se lembre, coração, do cheiro da Zona Norte no Rio de Janeiro.

Se lembre, coração, se você vacilar, do fedor que sai das bocas dos mocambos do Recife, da brisa que fede nas favelas de caixote de São Paulo.

Se lembre, coração, que toda cidade brasileira atrai urubus e a gente pensa que é carniça, mas, não, coração, é o cheiro da miséria brasileira que atrai.

Então, coração, fique mansinho em Nova Iorque ou onde você for fazendo um cruzeiro com Mister Jones: um velho gagá, perdão, Santinha Querida, um bom velhinho como Mister Jones pode feder, mas o perfume da América é a esperança do mundo e eu quero que meu filho tenha dupla cidadania, que seja americano e brasileiro, que seja bilíngüe, e que meu filho, Santa Querida, cresça e possa rir tranqüilo como um americano ri: que ele se sinta um

Rockefeller, um Ford, um Kennedy e ria sempre como se tivesse fazendo um anúncio do Kolynos, e se depois de tudo, coração, você ainda ficar querendo urrar como um urso, eu te direi, coração: Sabe a que o Brasil cheira? Eu mesmo responderei, coração: o Brasil cheira a bosta, é a bosta que o Brasil cheira...

30

Alô, alô, Conceição, que quando sorria clareava o mundo: muita coisa mudou desde que você se fantasiou de Chiquita Bacana no carnaval de 1950 e fugiu de casa num caminhão de transportar gado, e você até, lembra-se, Conceição?, dormiu em pé na carroceria do caminhão, dormiu como gado dorme, e sonhou que estava indo para o matadouro, alô, alô, Conceição, seu pai Francisco perdeu toda a terra que tinha, perdeu a lavoura de café, perdeu o gado, perdeu o dinheiro, só não perdeu o orgulho, Conceição, e nunca abaixou a cabeça, mas foi perdendo tudo na hipoteca, desde que você fugiu de casa no carnaval de 1950, seu pai já não era o mesmo e a mão dele que segurou o chicote vivia doendo, Conceição, seu pai agarrou a ficar conversando com a vaca Copacabana, e contava a ela o que tinha feito com você, Conceição; e foram tomando a fazenda do seu pai na hipoteca do Banco do Brasil, seu pai foi ficando sem nada, Conceição, ficou só com a casa da fazenda e um quintal com o bambuzal e uns pés de banana e aquela velha parreira, lembra-se dela, Conceição?, e das cabeças de gado todas só ficou a vaca Copacabana, pastando numas poucas touças de capim, e suas irmãs e seus irmãos foram saindo de lá, Conceição, só ficou a sua irmã Silvinha e sua mãe Suzana e seu pai não dormia fazendo planos para recuperar a fazenda, partindo daquele quintal que virou a fazenda dele, plantando café naquele quintal, falando pra sua mãe nas noites de insônia: Ainda vão voltar a tirar o chapéu pra mim e falar: bom dia, coronel Francisco do Morro Escuro, alô, alô, Conceição, onde você estiver: a vaca Copacabana foi emagrecendo e seu pai contava os planos pra ela, diziam que estava ficando ruim da cabeça, porque conversava com uma vaca, seu pai dizia que a vaca Copacabana era uma criatura de Deus, uma vaca de Deus, uma noite, Conceição, seu pai e sua mãe Suzana acordaram com um berro longo e triste, como um adeus, e quando clareou o dia, seu pai Francisco se levantou e a vaca Copacabana estava morta, então seu pai Francisco disse pra sua mãe Suzana: — Suza, a vaca Copacabana vai ter um enterro de criatura de Deus, e seu pai resolveu enterrar a vaca Copacabana no cemitério de Sete Cachoeiras, mas o padre José proibiu e quando seu pai chegou com o enterro da vaca, Conceição, com um acompanhamento de homens e mulheres que rezavam e choravam, os soldados tinham ocupado o cemitério, e o capitão Procópio, delegado de Ferros e que era primo do seu pai, disse: — Se considere preso, primo Francisco!, ao que seu pai Francisco disse: — Só morto, primo!, então começou o tiroteio e quando os tiros cessaram, seu pai, já sem munição, foi preso e levado amarrado em cima de um burro para a cadeia de Ferros, todos chegavam na janela ou olhavam pela veneziana para ver seu pai Francisco atravessando a cidade, preso, mas sem abaixar a cabeça, e seu pai ficou trancado na cadeia de Ferros, perto do campo de futebol, abandonado pelos parentes e amigos e repetindo num canto da cela: parente, é carne de dente...

31

São 4 e 5 da tarde no Brasil e o urso vai fazer seu 9º milagre: numa favela de São Paulo, onde as casas são feitas com caixote e lembram casas de cães, onde o vento sopra o mau hálito do Tietê, mas hoje sopra perfumado de lança-perfume, o urso aparece e toma a forma do cantor Roberto Carlos, puxa um pouco de uma perna, como Roberto Carlos, e se curva para poder entrar numa casa de caixote, e fora do barraco os favelados se ajoelham, cantam:

"Jesus Cristo
Jesus Cristo
eu estou aqui..."

Dentro do caixote que é o barraco, onde se vê um aparelho de televisão, num colchão que parece um ninho de rato, está deitado, muito pálido e magro, o menino Jerry Adriani de Freitas, que só se alimenta de rosas. Quando recobra a voz, depois de ver o urso que assumia a figura do cantor Roberto Carlos, a mãe de Jerry Adriani diz:

— Se pra comprar leite e pão o salário não tá dando, quanto mais pra comprar rosa todo dia...

— E quantas rosas ele come por dia? — pergunta o urso, a voz igual à voz do cantor Roberto Carlos.

— Duas dúzias, e se a gente não dá rosa, o coitadinho chora...

O urso põe a mão nos cabelos encaracolados do menino Jerry Adriani, canta a música "Debaixo dos Caracóis dos Teus Cabelos", transforma uma rosa num pão e o menino Jerry Adriani come o pão, e, logo, queixa-se à mãe:

— Mãe, tou com saudade de arroz e de feijão...

32

Lá vai Terê na frente da multidão, das janelas dos edifícios jogam papel picado, as bombas explodem ao longe, sirenes latem, um helicóptero voa às vezes tão baixo que Terê sente a ventania da hélice nos cabelos, gritam para o helicóptero:

"Aço, aço, aço
tem cachorro no espaço..."

A voz rouca de Terê também grita, ela vai alegre, a margarida na mão, se um dia a televisão fizer com ela um programa do tipo "Esta é a sua Vida" e Marisa Raja Gabaglia perguntar "Valeu a pena, Terê?", ela dirá que sim, valeu a pena esperar tanto. Quanto sábado jogado fora, quanto domingo, quanta noite de lua que Terê atirou pela janela, sempre vivendo para promessas e orações, visitar creches de meninos deixados pelas mães solteiras, fazer teatrinho para eles, visitar os velhos da Casa dos Artistas, comovia-se com Iracema Vitória, com os velhos atores e atrizes sem glória, pobres, sem ninguém. Terê canta:

"Nos quartéis lhe
ensinam
uma antiga lição
de morrer pela Pátria
e viver sem razão..."

Diziam que Terê tinha coração de gelo, começava a namorar, mas sete, dez dias depois, sentia que não estava amando, o coração estava mesmo reservado para o Libertador... Seria um novo Jesus Cristo? Pela previsão da vidente M. Jan, seria um Jesus Cristo com um disfarce, que chegaria com a dupla missão de libertar a felicidade no Brasil e, ao mesmo tempo, libertar o coração de Terê, aquele coração que enlouqueceu os homens — um deles se suicidou por causa dela, chamava-se Fernando, Terê entrou em crise, começou a ir à igreja todos os dias, a se confessar todos os dias, por causa do suicídio daquele Fernando tímido, que era um rapaz do interior e queria levá-la para uma fazenda, onde ela sentiu que ele ia aprisioná-la num casarão com varandas. Quando Fernando se suicidou, tomando Coca-Cola com formicida, Terê chorou e sofreu, mas sentiu também uma certa alegria, uma vaidade, degustou como um vinho o suicídio de Fernando, o bilhete que ele deixou para ela e que os jornais publicaram:

"Terê:
Perdoa, meu amor, por te amar tanto.
Fui obrigado a este tresloucado gesto, porque a vida
não tinha razão de ser sem você.
Saiba que meu último pensamento foi para você.
Daquele que estará sempre pensando em ti,
Fernando."

Então Terê procurou os asilos, os hospitais com doentes de fogo selvagem, achava que tinha que respirar aquele cheiro, se penitenciar, já não ia ao cinema, nem dançar, como gostava, se cobriu de promessas, e os homens que a acusavam de coração de pedra, coração de gelo, os homens que faziam sambas e poemas acusando-a, ali, os homens agora riam, então, Terê, resolveu amar somente a Jesus Cristo, e os homens riam, quá, quá, quá.

Agora, na frente da multidão em festa, na passeata que é carnaval e é procissão, a fome de Terê aumenta, aumenta junto daquela sensação de que, hoje, encontrará seu amor, um amor parecido com ator de cinema, um Fidel Cristo Brando, um santo revolucionário que libertará seu coração e a felicidade no Brasil. Não, a fome não impressiona Terê, M. Jan disse: "Terê, tem cuidado com a tentação do demônio, ela virá sob a forma de fome, cuidado pra não capitular, porque o demônio vai te tentar pelo estômago, mas tu tem que oferecer tua fome, Terê, ao libertador que libertará o Brasil e você".

Terê canta:

"Jesus Cristo
Jesus Cristo
eu estou aqui..."

Tenta esquecer a fome cantando, M. Jan preveniu, mas por que M. Jan não falou nessa sensação que resseca a boca de Terê e ao mesmo tempo orvalha seu lábio com a ponta da língua molhada, a sensação de que o Libertador a beijará como nenhum homem a beijou e que a amará como um Fidel Cristo Brando, revolucionário, santo e pecador ao mesmo tempo?

"Olho pro céu e vejo
uma nuvem branca
que vai passando..."

As vozes cantam e se misturam com os latidos das sirenes e as bombas explodem mais perto, será onde que explodem? Então, numa esquina, a tentação do demônio aparece para Terê: aparece fantasiada, Terê a vê como uma assombração, como sua irmã Benta vendo alma penada: era uma perua de fazer entrega de peixe, tinha um mar azul pintado, com ondas, e um peixe nas águas azuis do mar, Terê olha: sente-se faminta e cansada, ah!, fazia quanto tempo que não comia um peixe e nem ia à praia? Imagina-se na praia, passa óleo de bronzear, vê um navio passar ao longe, pra onde é que aquele navio vai? A vontade de ir para a praia se mistura com a vontade de comer peixe num restaurante, há quanto tempo também não comia num restaurante? Pensa num surubim de água doce, uma voz fala com ela, uma voz bonita de radionovela:

— Você é minha convidada especial, Terê, para o Brazilian Follies...

Terê bebe água, sabia que água enganava e fantasiava a fome, depois segue marchando na frente da multidão, com vontade de deitar na praia, depois comer um peixe e ficar esperando a hora do Brazilian Follies, com aquela emoção de esperar uma festa, a primeira festa dos 15 anos, quando fez papelote e sentiu o coração disparar, Terê tem vontade de largar tudo, canta:

"Jesus Cristo
Jesus Cristo
eu estou aqui..."

A perua de entregar peixe desaparece como um fantasma, numa esquina atiram bombas de lança-perfume na multidão, as bombas explodem, dão vontade de cantar:

"Ala, la, ô
Ô, ô, ô,
Mas que calor
ô, ô, ô, ô..."

Cantam "Jardineira", cantam "Chiquita Bacana", cantam "Máscara Negra", depois o carnaval vai cedendo aos poucos à música "Caminhando" de Geraldo Vandré, Terê ainda pensa no Brazilian Follies, em parar ali, desistir, mas molha a boca com a língua e espera o Fidel Cristo Brando que vai beijá-la, como nenhum homem a beijou, e matar todas as suas fomes.

Terê canta como as beatas loucas nordestinas cantando:

"Vem, vamos embora
que esperar não é saber
quem sabe faz a hora
não espera acontecer..."

É então que o General Presidente do Brasil começa a se transformar em Frei Tito.

33

*(Tentações e torturas mentais
a que o Demônio, disfarçado no delegado
Sérgio Fleury, submete Frei Tito em
Paris, como são vividas no delírio do
General Presidente do Brasil)*

Você está em Paris à noite, Paris feericamente iluminada, uma multidão canta e dança nas ruas e os foguetes de lágrimas choram alegrias no céu de Paris e uma névoa azulada, como um fog londrino, submerge Paris, você pensa que é festa de Ano-Novo, vê a iluminação de Natal nas ruas de Paris, mas você sabe, Frei Tito, que Hitler ressuscitou e ocupou Paris e os maquis e os aliados também ressuscitaram e hoje libertaram Paris, por isso todos cantam e beijam e abraçam e carregam os maquis pelas ruas de Paris.

Escutando as canções da Resistência, junto ao Arco do Triunfo, você quer cantar e dançar e gritar e chorar, mas você só consegue latir, Frei Tito, latir como um vira-lata brasileiro, como os que você via em São Paulo disputando o lixo dos ricos com os mendigos: você só consegue latir porque Satanás, disfarçado no delegado Sérgio Paranhos Fleury, que o persegue mesmo em Paris, transformou você num cão.

— Convença-se de uma vez por todas — falou o Satanás Fleury com você, — você, Tito, é um cão. Lembre-se disso: um cão!

Mas nem Satanás nem o delegado Fleury impedem que haja festa no seu coração, Frei Tito, não impedem que a festa dessa Paris flutuando na neblina azul seja sua, e você sobe em cima de um jipe que cheira a fim da Segunda Guerra, e, agora em cima do jipe, como mascote de um grupo de jovens maquis que desfilam pelo Arco do Triunfo, você participa da festa, Frei Tito.

— Seu cão traidor! — grita então Satanás, como se fosse o delegado Fleury falando por um megafone. — Desça desse jipe, cão traidor!

E você salta do jipe e corre, e você tenta se refugiar no Convento dos Dominicanos em Saint Jacques. Mas na entrada na Rue des Tanneries, você encontra uma placa onde está escrito em português: "Proibida a entrada de cães".

Você foge outra vez, Frei Tito, sente atrás de você os passos de Satanás, que são os passos do delegado Sérgio Fleury. E eis que você atravessa a Pont Neuf, sobre o Sena, você não sabe se pula no Sena ou se guarda para se enforcar numa árvore de um bosque em Arbresle, perto de Lyon, que fica no seu coração. Você prefere fugir, perseguido pelo delegado Fleury, você escuta os rumores da libertação de Paris, que bem podia ser a sua libertação, Tito, e você tenta se refugiar na Catedral de Notre Dame. Mas também lá está escrito na porta, em português:
"Proibida a entrada de cães!"

Com um megafone, a voz do delegado Sérgio Fleury, usada por Satanás, grita como gritava nas noites da Oban no Brasil:

— Seu cão traidor! Eu te faço uma proposta, cão traidor. Eu tiro o seu encanto, você volta a ser um frade terrorista, você quer?

Você continua calado e Satanás Fleury amacia a voz e diz:

— Olha, Tito! Vamos fazer uma troca. Você grita: Viva o Governo do Brasil! e eu tiro o seu encanto, Tito, e você pode acompanhar a festa da libertação de Paris, porque a libertação do Brasil, Tito, essa você morrerá sem ver: você ficará pendurado numa árvore em Abresle, seu corpo girando levemente, ao sabor da brisa, e nem no delírio da sua morte, o Brasil se libertará...

Você reza, Frei Tito: está transformado num cão e, no entanto, você reza.

— Vamos, Tito, vamos — diz Satanás pela boca do delegado Fleury. — Não tem ninguém vendo aqui em Paris. Grite, Tito: Viva o Governo do Brasil! e eu te desencanto, grite...

Você reza.

— Olha, Tito, não tem ninguém vendo. E, depois, Tito, ninguém sabe português em Paris, vão pensar que você está gritando: Abaixo a Ditadura no Brasil!

Você se ajoelha, Tito, na rua de Paris.

— Olha, Tito, eu sempre fui seu amigo — diz Satanás Fleury — lá no Brasil, eu cumpria ordens superiores. Eu, o capitão Albernaz, o capitão Maurício, todos nós. Você pode confiar em mim, Tito. Como prova de boa vontade, vou transformá-lo em Marlon Brando...

Você tira um espelho do bolso e olha: em vez do seu rosto, a que já se acostumara, vê o rosto de Marlon Brando, como Marlon Brando aparece em *O Último Tango em Paris*.

— Agora, Tito, perdão, Marlon Brando, se você gritar "Viva o Governo do Brasil!", eu te ofereço Maria Schneider nua pra você fazer com ela tudo que Marlon Brando fez no *Último Tango em Paris*...

Como Marlon Brando, Frei Tito, você sai andando por uma rua de Paris. Você sempre teve um fraco por atrizes de cinema. Lembra-se da sua paixão por Ava Gardner, Frei Tito? Lembra-se de quando você comprava bala com figurinha dos artistas de Hollywood e seu coração disparava, quando você abria a bala e encontrava Ava Gardner, companheira das suas noites no Brasil? Quantas vezes você, Frei Tito, teve que se sentar diante do padre confessor e confessar que pecou um pecado horrível, por causa de Ava Gardner?

Quantas cartas sem resposta você mandou para Ava Gardner, Frei Tito?

Quantas juras de amor você pôs no correio esperando uma resposta de Ava Gardner?

No seu tempo, Tito, os meninos do Brasil se apaixonavam, por 9 entre 10 estrelas de Hollywood, você não foi o único, Frei Tito, o primeiro amor dos meninos do Brasil era Esther Williams, Ava Gardner, mais tarde era Elizabeth Taylor.

189

Lembra-se, Frei Tito, quando você era menino e ficava tentando andar como Gary Cooper: você ensaiava o andar de Gary Cooper, queria ser arrogante com as mulheres como Humphrey Bogart com Ingrid Bergman em *Casablanca,* e você queria rir como John Wayne ria, queria ter cabelos cacheados como os cabelos de Burt Lancaster.

— Agora, Tito, eu o transformei em Marlon — diz a você Fleury Satanás, nessa Paris que você ama. — O que mais você quer?

Você anda por Paris: param você e pedem autógrafo, você é Marlon Brando, Frei Tito.

— Você pensa que eu não vi. Eu vi — fala Fleury Satanás —, eu vi quando você parou diante da bilheteria do cinema e comprou um ingresso para assistir *O Úitimo Tango em Paris*. Você olhou para os lados, para ver se, nessa Paris tão grande, não havia um agente do governo brasileiro vigiando você...

Você é Marlon Brando e anda por Paris: uma Paris de abril, Frei Tito.

— Você se esqueceu, Frei Tito, que eu entrei na sua alma, me asilei lá, e vi quando você comprou o ingresso e entrou no cinema: entrou com o coração pulando, porque a sua última paixão, Frei Tito, eu não precisarei torturá-lo mais para saber, é Maria Schneider. Na escuridão do cinema, você teve medo, Frei Tito, e saiu correndo: medo da tentação de Maria Schneider...

Já não está havendo a festa da libertação de Paris, só ficou a névoa azulada, como um fog londrino, submergindo Paris e, como Marlon Brando, Frei Tito, você vai andando como numa cena de *O Último Tango em Paris*. Você entra numa boite de terceira categoria, perto do Lido, que lembra a você um antigo bordel de Fortaleza, está havendo um concurso de tango e todos dançam nus.

Lembra-se, Frei Tito, como você era inibido no Brasil?

Lembra-se das horas dançantes nas quais você ficava apenas bebendo cuba libre, porque não sabia dançar bolero, nem chá-chá-chá, nem mambo?

Lembra-se da sua frustração de não dançar o mambo dando aquele chute no ar que todos davam?

Lembra-se, Frei Tito, quando chegou o rock com Bill Halley e seus cometas e você não sabia dançar o rock?

Agora, na boate de terceira categoria que lembra a você, cada vez mais, um bordel do Brasil, Maria Schneider está nua a meio metro de você: você sente o hálito de Cointreau dela e ela abraça você, Tito, você que é Marlon Brando, beija a sua orelha, e com ela esfregando os seios nus no seu peito, vocês dançam o tango, sua mão pega a carne de Maria Schneider nua, você diz em voz baixa:

— Antão, meu irmão, me ajude, meu irmão, Antão!

— Você não é um irmão de Santo Antão — grita Fleury Satanás. — Sua Rainha de Sabá, Frei Tito, se chama Maria Schneider, e está nua e tem cabelos encaracolados, no seu lugar, Santo Antão também ia capitular...

Maria Schneider beija o seu pescoço, você invoca Santo Antão.

— No Brasil, eu quebrei você, Tito — diz Fleury Satanás, parando a orquestra —, dei choque na sua alma, Tito. Instalei a morte no seu coração. Mas não arranquei de você uma confissão de amor ao governo brasileiro...

Maria Schneider, nua e amedrontada, se encolhe em você, Tito.

— Agora, Frei Tito, de dentro da sua alma, eu proponho: Ofereço Maria Schneider nua, dançando o último tango em Paris, com você, em troca de uma confissão de amor ao governo brasileiro...

— Não! — você grita e aparecem dez Maria Schneider nuas e cercam você.

— Frei do Demônio! Frei Vermelho: ofereço dez Maria Schneider nuas...

— Não! — você grita e se ajoelha.

— Frei Terrorista! Ofereço dez Maria Schneider nuas, Brigitte Bardot nua, Rachel Welch nua!

— Não, Satanás! — você grita, vendo Brigitte Bardot nua e Rachel Welch nua.

— Frei, Filho da Puta: ofereço dez Maria Schneider nuas, Brigitte Bardot nua, Rachel Welch nua, e Ava Gardner nua, nova como era antes e nua...

— Não, Satanás! — você grita vendo também Ava Gardner nua.

— Ofereço a sua vida, Frei Tito, em troca de uma só palavra de amor ao governo brasileiro...

— Não, Satanás! — você grita e faz uma cruz com as mãos.

Um cheiro de enxofre percorre as ruas de Paris, desaparecem as dez Maria Schneider nuas, desaparecem Brigitte Bardot, Rachel Welch e Ava Gardner nuas, que tentavam você e, novamente Frei Tito, você cai de joelhos e beija o chão de Paris: em volta de você, os Beatles cantam "Sun King"...

A pausa
que refresca

Qual é o seu último desejo?

Olhem —
decapitaram mais estrelas
ensanguentaram o céu como um
matadouro.

MAIAKOVSKY

—— Fala tudo, pô. Você tem que exorcizar seus demônios, botar pra fora uma pá de coisas...

—— Eles me mataram, Elisa...

—— Isso é encucação sua, porra. É bode seu...

—— Não, Elisa...

—— Pura encucação...

É um fim de tarde no Brasil e sopra uma brisa fresca, dá um calafrio na pele deles, será o inverno chegando ou alguma gripe? Se não fosse pelos aviões trovejando no céu, os dois iam achar que o Brasil está em paz, tiraram o telefone do gancho, não ligaram o rádio, e almoçaram no apartamento mesmo, arroz, ovo e lingüiça, ele ajudou Elisa na cozinha. Agora conversam na sala e o gosto de lança-perfume no ar chega com a brisa, Elisa se alegra, mas ele, não, ele fuma, as mãos trêmulas.

—— Sabe o que me bate certas horas, Elisa?

Elisa risca um fósforo, acende um cigarro, ele se vê refletido, preso dentro dos olhos dela, Elisa solta a fumaça e passa a língua na boca. Quantas noites ele não dormiu pensando naquela língua passando na boca, molhando a boca? E, hoje, ele evita beijar Elisa, desde que ela chegou ao apartamento, vindo de Lima com a seleção brasileira de vôlei feminino, ele foge de Elisa.

—— O que é que te bate? — diz Elisa. — Se abre comigo...

—— Às vezes, Elisa, eu quero ir ao cinema e fico sem saber se posso ir. Fico achando que tenho que pedir licença a alguém pra ir ao cinema...

—— Meu Deus! Cê tem que reagir, não pode permitir que eles controlem sua alma...

—— Eles já controlam, Elisa...

—— Não. Oh, não! — diz Elisa e o abraça. — Não, não...

Ficam abraçados, um pode se queimar no cigarro do outro, os aviões trovejam sobre as cabeças deles, meu Deus, o que estará acontecendo com o Brasil? Eles se afastam, Elisa segura a mão dele, e quando ela fuma o cigarro ele se vê preso no presídio verde dos olhos dela.

— Você saca como é, Elisa, de repente pintam uns troços que, porra, mudam a vida da gente. No dia 1º de abril de 1964 você comeu torta de chocolate, um troço ingênuo pra caralho, né?

— Isso mesmo...

— Pois no dia 1º de abril de 1964, Elisa, de tarde, eu fui pro quintal da casa da minha mãe lá em Belorizonte. No quintal da casa da minha mãe tinha uns pés de manga e galinhas ciscavam a terra debaixo dos pés de manga, pouco cagando pra sorte do Brasil. E uma lavadeira cantava um samba e batia roupa num tanque. E eu tava lá no quintal, Elisa, tava descalço, achando bom sentir a terra na sola do pé, e eu olhava as galinhas ciscando a terra e pensava: meu Deus, vendo estas galinhas ciscando a terra, parece que o Brasil tá em paz, parece que não está acontecendo coisa alguma com o Brasil. E eu deitei num banco debaixo dum pé de manga e fiquei lá até o anoitecer...

— Fala, fala — diz Elisa.

— E eu vi a noite surgir, Elisa. Vi a estrela Vésper, porque tava um dia bonito como hoje. E eu pensava: se meu pai estivesse vivo, daqui a pouco a gente ia comemorar. E eu sentia na boca o gosto do frango assado que minha mãe sempre fazia no aniversário do meu pai. Sentia na boca, caralho, o gosto do vinho, Elisa, porque 1º de abril pra mim tinha gosto de vinho, como ficou tendo pra você gosto de torta de chocolate. E eu dormi, Elisa, conversava com meu pai no sonho quando alguém me sacudiu, e eu escutei a voz do Dico, meu irmão, me falando: — Vai ser alienado no cu do Judas. O Brasil tá pegando fogo, merda, e você tá aí dormindo...

Ele apaga o cigarro e olha para Elisa.

— Então, Elisa, eu acordei com o Dico me gozando. Aí o Dico ficou sério e falou: — Tão prendendo todo mundo, acho que vai sobrar pra mim. E eu virei pra ele e disse: — E por que você não dá no pé? — Dá no pé?, o Dico respondeu. — Essa gorilada não é de nada, a gente vai pôr essa gorilada pra correr a chute na bunda. Pois é, Elisa, o Dico falou assim e agora o Dico tá morto...

— O Jorge me contou como mataram o Dico — disse Elisa.
— Meu Deus!

— Te contou como foi a história do trem de ferro?

— Contou...

— Te contou que soltaram o Dico de madrugada e falaram: Foge! E o Dico não quis fugir, então eles amarraram o Dico no trilho do trem do subúrbio no Rio de Janeiro?

— Não, isso o Jorge não contou, não...

— Pois foi assim, Elisa, amarraram o Dico nos trilhos de madrugada. Estava amanhecendo quando o trem veio e o maquinista viu o Dico, ficou apitando, apitando...

— Que loucura, meu Deus!

— Sabe, Elisa, costuma me dar uma coisa e eu fico pensando: caralho, eu tou vivo e o Dico, que era bom, de quem todo mundo gostava, tá morto...

— Mas se você tivesse morto, pô, o Dico não ia voltar a viver! — ela disse.

— Eu sei, Elisa, eu sei...

— O Jorge me disse que o Dico era ma-ra-vi-lho-so! Pô, eu queria ver um retrato dele, cê me mostra?

— Mostro, claro. Do Dico, Elisa, todo mundo gostava. Parentes, vizinhos, as empregadas lá de casa, colegas da faculdade, até os professores mais reaças gostavam do Dico. Porra, eu era uma espécie assim de ovelha negra da família. Caralho, eu nunca fui um cara simpático, eu sei...

— Bobo — ela disse e riu — você é um bobo...

— O Dico, Elisa, todos adoravam. As tias, os tios, os primos, todo mundo. Os padres gostavam dele. Todos, porra, o Dico, tão novo, ele tava fazendo o 3º ano de Medicina em 64, tinha uma pilha de afilhados de batismo...

— Cê tava contando que no dia 1º de abril de 64 o Dico te acordou, te chamou de alienado e falou que tavam prendendo...

— O Dico era o presidente do D. A. de Medicina, muito ligado ao pessoal da UNE, era do Partidão. Pra você ver, Elisa, o Dico falava com as tias e as primas do interior que era do PC e sabe o que elas diziam? Diziam: Que é isso, Dico, você comunista? E arregalavam o olho com o dedo, não acreditavam...

— Não brinca! Era assim?

— Era...

— Mas continua...

— Fomos pra dentro de casa, eu e o Dico, e minha mãe estava muito assustada, todo mundo assustado por causa do Dico. E aí fomos pro quarto do Dico, eu e ele, e eu falei de novo: — Dá no pé, Dico, tá tudo perdido, não tá? E o Dico falou: — Perdido, uma ova, sô. O Brizola tá resistindo no Rio Grande do Sul. O general Ladário Pereira Telles, que é legalista, assumiu o comando do III Exército. E o Dico pegou o transistor dele e ligou, querendo sintonizar na rádio do Brizola. Demorou muito e o Dico conseguiu, mas a voz do Brizola tava longe, só deu pra ouvir o Brizola falando: — general Oromar Osório: pegue esses gorilas pelo rabo... Aí o Dico começou a pular e a gritar: — Esse Brizola é bom mesmo!!!

— Quem era o general Oromar Osório?

— Foi o que eu perguntei ao Dico na hora. E o Dico disse: — É um general legalista, comandante da Vila Militar no Rio de Janeiro. Mas a voz do Brizola, Elisa, foi ficando longe, longe, virou só uma chieira no rádio. Então eu e o Dico fomos pra sala da casa e a televisão tava ligada numa tal "Cadeia da Liberdade" e tava falando o Magalhães Pinto num comício diante do Palácio da Liberdade em Belo Horizonte e já falava na vitória da Redentora. No outro dia, Elisa, prenderam o Dico. E não deixaram o Dico em paz, até matarem ele. Sabe quantas vezes prenderam o Dico do dia 2 de abril de 64, até a decretação do AI-5, em 69? Prenderam o Dico 23 vezes. Mas quando o Dico saiu da prisão, depois do AI-5, entrou pra luta armada e aí eu também já tava na luta armada. E a Lucinha minha irmã também tava...

— Mataram o Dico no governo do Médici? — ela perguntou.

— Foi. No governo do Médici...

— Já tinham matado o Dico quando você foi preso?

— Já. Quando eu caí tinham matado o Dico e tinham matado os amigos do Dico. E também as amigas do Dico. Muitos companheiros nossos. Puta merda, Elisa, eu não me sentia bem vivo, nem livre, sabe?

— Não brinca!

— É, eu tinha participado de várias ações armadas. E eu pensei: merda, eu só tenho dois caminhos, ou eu caio fora do Brasil, ou eu fico e tou sujeito a ir em cana e eles me matam. Resolvi correr o risco, porque, sabe, Elisa, eu sou um cara que não tem pátria, esse negócio de pátria pra mim é merda, fascismo de direita ou de esquerda. Mas eu pensei: mesmo com a barra pesada, eu prefiro ficar no Brasil...

— Eu sei como é...

— Pois é. Mas agora que eu tou te falando, pintam uns lances que eu não tava sacando antes. É que eu me sentia mal de estar vivo quando já tinham matado tantos. Tinham matado o Stuart Angel, filho da Zuzu Angel, saca a Zuzu Angel, Elisa?

— Conheci a Zuzu Angel! Meu Deus, que mulher aquela! — Elisa parece fazer um comício. — Lembro da Zuzu Angel vestida de negro, numa vernissage no Museu de Arte da Pampulha, lá em Belo Horizonte. Lembro dela de negro, os olhos grandes, pô, distribuindo o xerox de um poema sobre o filho dela que mataram, o Stuart...

— Pois é, Elisa, eu era amigo do Stuart e já tinham matado o Stuart também. Eu tava muito só e não tava querendo sair do Brasil e eu caí, sabe como? Eu tava na clandestinidade, muito visado e caçado, e imagina, Elisa, eu dei sopa na Rua Santa Clara, em Copacabana, às 5 da tarde, Elisa. Fui em cana andando na Rua Santa Clara, foi a maior confa, e eles me levaram pro DOI-CODI do Rio de Janeiro e aí, Elisa, eu caí nas mãos do capitão Portela...

199

Ele cala: acende um cigarro e cala.

— Fala, pô, fala...

— Eu posso viver 200 anos, Elisa, que eu não vou esquecer o capitão Portela. Agora mesmo eu fico vendo o capitão Portela entrar na sala de tortura do DOI-CODI onde eu tava algemado. Ele muito branco, com um bigodinho, rindo com os olhos pra mim e falando: — Você deve me conhecer de nome, não é? Ele me olhava como se quisesse flertar comigo, Elisa, dava um troço. E ele dizia: — Então, não sabe quem eu sou? Seu irmão, o Dico, me conheceu muito. Você deve saber quem eu sou. Eu tava cansado de saber, Elisa, quem ele era. Sabia que ele gozava torturando, que ele sentia prazer torturando. E eu sabia que ele que tinha amarrado o Dico no trilho do trem. Então, Elisa, eu resolvi encarar o capitão Portela, era como se o Dico estivesse ali comigo, falando: Enfrenta esse filho da mãe...

— Meu Deus!

— Ele acabou me matando também, Elisa, me transformou, porra, eu nem quero lembrar... Me transformou no que eu sou, Elisa, mas eu resolvi encarar ele. E ele chegou pra mim me olhando nos olhos e perguntou:

— Não sabe quem eu sou?

— Não! — gritei.

— Olha, vou dar uma pista pra você: eu sou capitão e tenho o nome da maior escola de samba do Rio de Janeiro...

— Capitão Mangueira! — eu gritei com ele. — Seu nome é capitão Mangueira!

Ele acendeu um cigarro, Elisa, e riu e então ele encostou a brasa do cigarro no meu braço...

— Não! — grita Elisa.

— Foi, Elisa. Eu ainda sinto a dor, Elisa, e sinto o cheiro da minha pele queimando. E o capitão Portela falou:

— Mas não é a Mangueira a maior escola de samba do Rio de Janeiro!

— É — eu gritei com ele — é a Mangueira!

— Não é a Mangueira — ele gritou comigo e chegou a brasa do cigarro na minha mão outra vez.

— É a Mangueira! — eu gritei e urrava de dor.

— Terrorista filho da mãe! — gritou o capitão Portela, e ainda ria pra mim, como se quisesse flertar comigo. — Terrorista filho da puta. Eu vou te ensinar o nome da maior escola de samba do Rio de Janeiro e do Brasil...

— É a Mangueira! — eu gritava. — É a Mangueira!

— Você vai ver, terrorista filho da puta! — ele gritou. — Nem que eu tenha que te levar ao suicídio, como o seu irmão Dico...

— Aí, Elisa, ele tirou minhas algemas e veio um tal de Joe Louis, um mulato que parecia boxeur, e eles me deixaram só de cueca e me penduraram no pau-de-arara! E eu fiquei lá pendurado e o capitão Portela gritava:

— Qual é a maior escola de samba do Brasil?

— Mangueira! — eu gritava.

— Daqui a pouco você vai saber! — ele gritava. — Vai saber sem eu ter que te ensinar...

— Capitão Mangueira! — eu berrava.

Ele saiu um pouco da sala, ficou só o tal de Joe Louis, que resolveu bancar o bonzinho, e me disse:

— Deixa de ser besta, fala logo o que ele tá querendo ouvir...

— Mangueira! — eu gritava. — A maior escola de samba do Brasil é a Mangueira!

Daí a pouco, Elisa, o capitão Portela voltou com a Pianola Boilensen...

— Pianola o quê?

— Pianola Boilensen, era chamada assim por causa do industrial Henning Albert Boilensen, que era diretor da Ultragás em São Paulo, um que financiava a Operação Bandeirantes e que gostava de assistir tortura, nunca ouviu falar nele?

— Não...

— O pessoal lá em São Paulo justiçou ele...

— Trouxeram a tal Pianola Boilensen e aí?

— Aí começaram a me dar choque elétrico. Eu pendurado no pau-de-arara e o capitão Portela me dava choque elétrico, e perguntava:

— Então, não vai dizer qual é a maior escola de samba do Brasil?

— Mangueira! — eu gritava, gritava. — Elisa, achando que o Dico meu irmão tava comigo ali, que o Dico me encorajava — Mangueira! — eu gritava.

— Te dou uma outra pista — falava o capitão Portela. — a maior escola de samba do Brasil tem a cor azul...

— Verde e rosa — eu gritava. — Viva a verde e rosa — eu gritava, falando nas cores da Mangueira.

— Meu Deus! — diz Elisa.

— Verde e rosa! — eu continuava a gritar, achando que o Dico tava lá comigo. — Verde e rosa!

O capitão Portela podia me arrancar uma porção de coisas, Elisa: endereços de aparelhos, nomes de companheiros banidos que tinham voltado. Mas ele ficava perguntando qual era a maior escola de samba do Brasil, com aquilo o pessoal deve ter ganhado tempo, porque até aquela hora eu já tinha perdido dois pontos pra encontro e o capitão Portela insistia:

— Tem a cor azul, diga qual é...

— Mangueira! — eu gritava, sempre com o Dico a meu lado, me encorajando. — Mangueira! — eu gritava.

Eles me torturaram tanto que eu desmaiei, Elisa. Quando abri os olhos, já não tava no pau-de-arara, tava deitado numa maca, numa outra sala, e um cara vestido de médico, que eles chamavam de Francês, tava me dando uma injeção. Eu pensei: não devo estar morrendo; e o Dico, Elisa, tava lá comigo, eu juro, que o Dico tava lá. O tal que chamavam de Francês tirou minha pressão, me examinou todo, e falou com o Capitão Portela, com um sotaque francês:

— Ele está ótimo! Falou e saiu, Elisa. E o capitão Portela começou a me olhar e a rir pra mim, ria como uma bicha louca, querendo flertar comigo e ele disse:

— Vamos dar um passeio...

— Nossa! — diz Elisa.

— Já devia ser mais de meia-noite, Elisa, pelo meu cálculo. Então o tal Joe Louis me algemou. E foi me levando: me dava tostão na perna e ia me levando, até um jipe num pátio. Lá eu entrei no jipe e o capitão Portela me encapuzou e o jipe começou a rodar pelo Rio de Janeiro. Sempre a rodar. Ninguém falava dentro do jipe. Depois o jipe deixou a cidade, Elisa. Eu tive um pressentimento que eles iam me matar. Ou que eles iam simular uma fuga ou um suicídio, como fizeram com o Dico. E eu tava com uma vontade de urinar doida. E eu fui sentindo que o barulho da cidade diminuía, que a gente já tava no subúrbio. Quando o único barulho era o barulho do jipe em que a gente ia e de mais um outro jipe que vinha atrás, o capitão Portela me tirou o capuz e disse:

— Quando a lua surgir, você vai se encontrar com seu irmão...

— Meu Deus! — grita Elisa.

— A gente tava numa estrada de terra, parecia a Baixada Fluminense. E a minha vontade de urinar aumentava. E eu tinha medo de urinar na calça na hora que eles fossem me fuzilar. O jipe parou num lugar que cheirava a mato e a gasolina e eu vi soldados com seus fuzis. Eram cinco soldados. Todos com fuzil. Aí eu pensei: tenho que fazer tudo pra não urinar na calça na hora. E aquilo passou a ser questão de honra pra mim. Desci do jipe e o capitão Portela falou:

— Quando a lua surgir atrás daquela serra, está vendo lá?, você será fuzilado! A menos que você diga qual é a maior escola de samba do Brasil...

— Que loucura — diz Elisa, mordendo a boca. — que loucura!

— E aí o capitão Portela me perguntou:

— Qual é o seu último desejo?

— Eu tive vontade de responder: Meu último desejo é urinar. Mas eu fiquei calado. Calado e esperando a lua nascer, eu suava frio de vontade de urinar. E não queria pedir àqueles putos pra urinar. Então, Elisa, surgiu a lua. O capitão Portela gritou:

— Pelotão, preparar!

— E o pelotão preparou, eu em pé, perto de uma árvore, olhando pros soldados. Eu só queria não urinar na hora. E tava uma noite linda, Elisa. E o pelotão apontou os fuzis. E o capitão Portela gritou:

— Pelotão, atenção!

— E eu vi aqueles cinco soldados apontando o fuzil pra mim. E eu sentia o Dico a meu lado, Elisa. E me deu um troço: eu comecei a cantar um samba da Mangueira que o Jamelão cantava:

"Todo mundo
te conhece ao longe
pelo som do teu tamborim
e o ruflar do teu tambor
chegou
ô, ô, ô
a Mangueira chegou
ô, ô, ô..."

— E o capitão Portela gritou:

— Pelotão! Disparar: Fogo!

— E eu escutei os tiros e vi um clarão sair das bocas dos fuzis. Depois eu caí e fiquei rolando no chão e eles começaram a rir e o capitão Portela, ainda rindo, me levantou do chão e disse:

— Por enquanto, foi só um aviso...

— Nó! — fala Elisa. — Meu Deus!

— E ele ficou me olhando, falando tão perto de mim que eu sentia o hálito dele: um hálito de quem tinha tomado licor de cereja. Mas o pior, Elisa, veio depois.

1

No fim da tarde começaram os primeiros rumores de guerra civil e corria o boato de que o General Presidente estava preso, militares ultradireitistas tinham assumido o poder e pediram ajuda americana, e o urso, confundido com Jesus Cristo, desmoralizava o exército brasileiro, falavam que tropas americanas, com veteranos da Guerra do Vietnã, já estavam a caminho, e havia luta em várias partes do Brasil, dois governos em Minas — um, o da situação, sitiado no Palácio das Mangabeiras, o outro, o rebelde, da Frente de Libertação da Felicidade, a F. L. F., no Palácio da Liberdade, e corria a notícia, logo desmentida, de que São Paulo também caiu em poder dos rebeldes partidários do urso, e uma presença inquietadora surgia nas ruas do Brasil, tomadas por passeatas e procissões: a presença dos cavalos, eram uns cavalos lindos como os cavalos de parada e arredios, e surgiram nas ruas de São Paulo, Recife e Rio de Janeiro.

A última aparição do urso, agora caçado por 45 mil soldados, que atiravam uns nos outros, debandavam e se ajoelhavam aos pés do urso, foi em Recife: barbudo, lembrava, ao mesmo tempo, Jesus Cristo, o Jovem Prestes da Coluna e o líder sindical Lula, e transformou as águas do Capibaribe em águas azuis, onde os peixes pulavam em festa, fez três cegos enxergarem e quatro paralíticos andaram ao vê-lo.

O Brasil estava parado: ninguém ia para casa, o trânsito engarrafado, um leve cheiro de pólvora se misturava ao cheiro de lança-perfume. Quando o Homem do Sapato Amarelo entrevistou o General Presidente, que desmentiu os rumores de golpe ultradireitista, e disse que reinava completa tranqüilidade em todo o território nacional e que ele não via razões para desassossego, todos começaram a perceber que a situação era grave. Corriam rumores de que o Deus ia assumir a Presidência da República, apoiado pelo governo dos EUA, e o Homem do Sapato Amarelo, conseguindo uma audiência, calculada pelo Ibope, em 75 milhões de brasileiros, anunciou que a 7ª Frota dos EUA, em visita de amizade à América do Sul, se dirigia para o Rio de Janeiro. Logo a Casa Branca distribuiu uma declaração dizendo que o urso era uma ameaça à Segurança Hemisférica, e que, dados em poder do governo dos EUA, levavam a crer que ele podia se transformar no Fideltolah do Brasil.

— O Presidente da República do Brasil — disse a nota da Casa Branca — parece sem pulso para segurar as rédeas dos acontecimentos...

Exatamente às 5 e 45 da tarde, quando o Brasil era uma mistura de festa e de guerra, o Governo dos EUA pediu uma reunião de emergência da OEA para examinar a situação brasileira. Às 5 e 55, a reunião da OEA começou em Caracas e o Secretário de Estado americano propôs o envio de uma Força Interamericana de Paz ao Brasil. No meio da onda de boatos cada vez maior, o carnavalesco Joãozinho Trinta, ideólogo da Revolução da Alegria, declarava à Cadeia da Felicidade:

— O Brazilian Follies vai começar às 10 da noite, aconteça o que acontecer...

2

— Helicóptero nº 3 na escuta...

— Caramba, você ficou lelé da cuca, caramba? O Brasil tá na beira do abismo, caramba, e o que você me apronta desta vez, santo Deus? Juro que não acreditei...

— Mas o que foi, sargento?

— Ainda vem tirar onda de santinho? Eu não sei onde que eu estou que não te entrego pro capitão. Aí, caramba, sabe o mínimo que ia acontecer com você? Sabe, caramba?

— Eu sou inocente, sargento...

— Inocente uma ova. Se eu te entregasse ao capitão, o mínimo que ia te acontecer era uma Corte Marcial. Estamos em tempo de guerra, caramba!

— Mas sargento...

— Pára de falar com essa vozinha de santo do pau oco, caramba! O Brasil tá à beira da guerra civil, caramba! Um passo em falso e o Brasil cai no abismo e, numa hora dessas, caramba, o que você me faz? Fica dando adeusinho pro pessoal da passeata, logo pra quem, caramba!?! Pro pessoal que quer empurrar o Brasil no abismo...

— Juro pela alma da minha mãe que eu não dei adeusinho pra ninguém...

— Pára de jurar sob falso testemunho, caramba! Você não só deu adeuzinho, como fez pirueta com o helicóptero pra divertir os agitadores que tavam na janela atirando garrafas nos soldados. Caramba, estou esgotando a paciência!

— Mas sargento...

— Olha, caramba, vou te dar mais uma chance. Mesmo porque você ainda pode reabilitar no meu conceito e no conceito da Pátria, caramba! Põe uma coisa nessa sua cabeça de vento: uma missão muito importante está reservada para você, caramba! Põe isso na cabeça, caramba! E de agora em diante, você não fica fazendo firula com o helicóptero, que nem jogador de futebol mascarado, caramba! Eu não sei onde que eu estou com a cabeça que eu ainda te dou asa, caramba, juro que não sei...

— Eu não vou decepcionar a confiança do senhor, sargento...

— De agora em diante, você não perca de vista o tipo de sapato amarelo...

— Mesmo quando anoitecer, sargento?

— Anoitecer? E pra que que o helicóptero tem dois faróis, caramba? Você não sabe que o helicóptero é como um pássaro noturno? A noite é mesmo que o dia pro helicóptero, caramba! O helicóptero é irmão do vaga-lume, da coruja, caramba! Você não sabia disso? Eu, hein? Você só tem que ter cuidado com os fios de alta tensão. E, olha, o serviço secreto acaba de informar que vai ter lua cheia. Fica na escuta pra qualquer emergência, caramba! *E esse cheiro de lança-perfume, caramba? O Brasil pegando fogo e eu com vontade de cantar, caramba! Cantar e pensar em Bebel, caramba!*

3

No ABC paulista 180 mil metalúrgicos fizeram uma greve-relâmpago de solidariedade ao urso, logo que foi anunciada a entrada em ação, na grande caça, das tropas usadas no combate à guerrilha do Araguaia. Em frente da fábrica da Volkswagen, em São Bernardo do Campo, apareceu uma faixa que dizia "Urso também é explorado". Numa entrevista ao Homem do Sapato Amarelo, pouco depois da recepção triunfal que o urso teve em Ipanema, quando assumiu a figura de Che Guevara interpretado por Omar Sharif e foi abraçado e beijado pelas ursetes e assistiu a três topless, o líder metalúrgico Luís Inácio da Silva, o Lula, declarou:

— Se o nosso irmão urso, que é um trabalhador como nós, pois é um urso do Gran Circo Norte-Americano e é explorado por um patrão multinacional, como quase todos nós, se o nosso irmão urso aparecer no ABC paulista, encontrará abertas para recebê-lo as portas dos nossos sindicatos, as portas das nossas casas e as portas do nossos corações...

Na boate-terreiro da Cidade de Deus, a voz rouca da ayalorixá Olga de Alaketo puxa a saudação a Obàlúaiyé, ao som dos atabaques e dos agogôs, o Deus Biônico dança e tem medo de um incêndio, a voz de Olga de Alaketo abafa as outras vozes, canta em nagô na temperatura febril da boate transformada em terreiro:

"Abaluaê talabô
Abô e mourô
No arê olodó
Coa-nan ou lodó..."

O que vai ser do Brasil, Obàlúaiyé, se o som dos atabaques arrasta Olga de Alaketo para a tarde de Salvador em que a cachorra Mãe Celeste morreu? Lá vão as duas, Obàlúaiyé, pela Ladeira do Pelourinho, a menina Olga e Mãe Celeste, Olga conversa com Mãe Celeste, fala alto, gritado, porque, como herança do pai dálmata, além das pedras nos rins, que a deixam ganindo, agora Mãe Celeste escuta pouco, não escuta a buzina do caminhão em disparada, que soltou a barra da direção: a menina Olga salta, se abraça num poste, mas Mãe Celeste não escuta, os pneus do caminhão esmagam suas patas traseiras.

"Abaluaê talabô
Abô e mourô
No arê olodó
Coa-nan ou lodó..."

A menina Olga olha a cachorra Mãe Celeste e chora, não, Mãe Celeste não pode morrer, Mãe Celeste sangra muito, muita gente fala ao mesmo tempo, o caminhão matou um menino e depois capotou, alguém tem a idéia de levar Mãe Celeste para o Pronto-Socorro, mas não atendem cão lá, atendem?

Mãe Celeste não gania, apenas olhava para a menina Olga, olhava como se quisesse falar alguma coisa, a dor vai passar, Mãe Celeste, vai passar a dor, no Pronto-Socorro vão fazer um curativo, você vai ficar boa, Mãe Celeste.

A menina Olga e Mãe Celeste chegam ao Pronto-Socorro, era de tardinha, Obàlúaiyé, uma tarde bonita como hoje faz no Brasil, mas o soldado parado na porta do Pronto-Socorro disse:

— A vira-lata não pode entrar!

A menina Olga fala:

— Ela é Mãe Celeste...

O soldado diz:

— Oxente, menina, aqui não entra animal...

A menina Olga fala:

— Mãe Celeste é gente...

O soldado se irrita, a menina Olga se senta no passeio com Mãe Celeste e fica chorando baixinho, com medo do soldado, e Mãe Celeste olhava para ela como se quisesse falar alguma coisa.

"Abaluaê talabô
Abô e mourô
No arê olodó
Coa-nan ou lodó..."

O que vai ser do Brasil, Obàlúaiyé, se Olga de Alaketo deixa o Deus Biônico assim livre, para servir de cavalo a qualquer espírito mau?

4

Agachado perto da janela do apartamento no 8º andar, Tyrone Power pensa: e se ele errar o tiro? O walkie-talkie de Tyrone Power está mudo, ainda não o chamou, mas ele sabe que é uma mulher de olhos verdes que ele vai matar quando a lua surgir: sabe por causa do arrepio que já chegou à sua barriga, aquele arrepio que veio subindo como uma febre ou uma língua, por seu pé, sua perna, seu joelho, sua coxa, sempre subindo.

— Com Sissi, também foi assim...

Escuta um rumor que vem se aproximando, antes era como um barulho de mar, depois veio crescendo, agora parece uma escola de samba que vem vindo cantando, imensa, com 50 mil figurantes, 100 mil ou mais. Tyrone Power achou um transistor no apartamento, liga o transistor para saber do urso, e se o urso fosse mesmo Jesus Cristo? O Homem do Sapato Amarelo está falando:

— Ateençãããão, Brasiiilll, mais uma vez atenção: a proposta norte-americana de envio de uma Força Interamericana de Paz para o Brasil, por causa da presença do urso que parou o País de Norte a Sul, começa a ser discutida na reunião da OEA em Caracas. E atenção, Brasiiiiilll: o chanceler da Venezuela pronuncia-se contra a proposta ameriicaanna...

Tyrone Power desliga o transistor, está anoitecendo no Brasil, e seu walkie-talkie faz um ruído e uma voz diz:

— De agora em diante, fique atento: aguarde mensagem, câmbio...

— O.K. — diz Tyrone Power no walkie-talkie.

Excita-se: pega o fuzil, fica na janela atrás da cortina, o fuzil na mão e aquele barulho, que parecia mar, escola de samba, procissão, aumenta, é gente vindo, naquela praça, ali embaixo, sempre houve manifestações, por ali passam os desfiles de escola de samba, as passeatas, as procissões, será que? Lembra-se de Sissi, a Imperatriz, que assumia a pele também de vidente M. Jan, falando com ele:

— Você não passa de um leão de chácara do governo brasileiro...

Entra mais lança-perfume pela janela do apartamento, Tyrone Power lembra dos tempos em que trabalhava como isca do Doutor Juliano do Banco em Belo Horizonte, não, nunca devia ter saído de lá, quando o Doutor Juliano do Banco lhe deu o chute na bunda, melhor era ele ter procurado o Doutor Juliano no dia seguinte, quem sabe de cabeça fria podia mantê-lo lá? Nos primeiros tempos em São Paulo, quando era o segurança da Ternurinha da Jovem Guarda, era bom, viajava muito, Júlia estava feliz, ria, numa viagem a Porto Alegre ele a levou. Depois é que tudo complicou: nasceu o quarto filho, com 9 anos de diferença do terceiro, a raspa do tacho, Fleury batizou-o, e logo surgiu a Operação Bandeirantes, mas na Oban Tyrone Power não quer pensar.

— Como será que vai indo o Doutor Juliano do Banco?

Fica vendo o Doutor Juliano do Banco sentado na cadeira junto ao birô na sala que cheirava a porra e olhando o retrato grande do Ministro da Agricultura lá na parede, o Doutor Juliano falava com o retrato:

— Seu comunista filho da puta!

Tyrone Power ri: o Doutor Juliano do Banco xingava a fotografia do Ministro da Agricultura, que desapropriou uma das 60 fazendas dele, gritava:

— Comunista! Corno! Filho da mãe! Bolchevista filho da puta!

Uma tarde, tendo perdido a cabeça, o Doutor Juliano do Banco descarregou o revólver na cara do Ministro da Agricultura pendurada na parede.

— Toma, comunista duma figa — gritava o Doutor Juliano —, toma pra você aprender...

Tyrone Power dá uma gargalhada lembrando.

5

Tua febre sobe para 41 graus e estás num Buick negro, à prova de bala, que roda por uma rua de Salvador, na Bahia, essa Salvador que sempre te deprime porque a brisa sopra o cheiro da miséria brasileira, um cheiro tão forte que nem o perfume Vivara que carregas no bolso do paletó consegue disfarçar. Enquanto o Buick negro roda lentamente, tu escutas o hino da tua tirania: tu escutas essas sirenes dos batedores e vozes das crianças que cantam e tantas salvas de canhão que é como se Salvador estivesse sendo bombardeada. Tens a sensação de que estás em 1971, mas as inscrições a spray já meio desbotadas nos muros de Salvador, pedindo anistia ampla, geral e irrestrita, te fazem suspeitar de que estás, pelo menos, em 1979, e tu mesmo te interrogas:

— Afinal, eu sou Humberto, Artur, Emílio, Ernesto ou João? Ou eu sou todos eles?

Ocupas o banco de trás do Buick negro, esse Buick negro responsável por todo mal que aconteceu aos ex-presidentes Jânio Quadros e João Goulart, e tens a teu lado o governador da Bahia. Bandos de helicópteros, como abutres de barriga vermelha, voam nesse céu muito azul de Salvador, para evitar os atentados e tu olhas as crianças uniformizadas e enfileiradas na rua e que te recebem agitando bandeirolas verde-e-amarelas e cantando a música "Eu te amo, meu Brasil", e, ao mesmo tempo em que cantam, elas mascam chicles de bola. Tu olhas as crianças e choras.

— Não, não sou Humberto — tu dizes a ti mesmo. — Estou chorando e Humberto é duro, Humberto não chora. Devo ser Artur...

No banco da frente do Buick negro, o capitão-médico que te acompanha por onde fores, porque tens medo de morrer, como o marechal Costa e Silva morreu, tira do bolso um lenço perfumado e enxuga tua lágrima. Respiras o perfume do lenço e te lembras da bailarina Norma, que conheceste em 1956, em Porto Alegre, e ficas querendo cantar:

"E vem ouvir
a luz do riso
amor..."

As crianças gritam "Viva o Presidente! Viva o Presidente!", gritam com as bocas nas quais percebes restos coloridos de chicles de bola. Tu abres a janela do Buick negro e acenas para as crianças e ficas a sorrir, mas choras por dentro, choras por dentro porque esse céu de Salvador, assim como o céu de Belo Horizonte, te deixa feliz e, feliz, tu choras. Chorando, tu sentes que não és Artur, és Emílio: és Emílio e choras porque te lembras do marechal, cujo lugar na Presidência da República do Brasil tu assumiste, quando ele ainda estava vivo, abobalhado numa cama e com medo de ter que responder pelo AI-5 depois da morte.

— Perdão, marechal — tu falas contigo mesmo, como se falasse com ele. — O que fiz foi para evitar o caos da Junta Militar...

Começas a punir a ti mesmo com a morte e imaginas que de uma dessas janelas de Salvador surgirá o teu Lee Oswald: Salvador será a tua Dallas. Mas não morrerás, ficarás entrevado para o resto da vida, mudo como o marechal ficou, olhando com uma lágrima nos olhos, como o marechal ficou. E hás de molhar o pijama de urina, porque não poderás dizer que tens vontade de urinar e terás que usar cinco pijamas por dia. E o cheiro da tua urina será espalhado pelo vento do Brasil afora, afogando lembranças do cheiro de jasmim de outrora. O capitão-médico enxuga o suor no teu rosto.

— Calma, Presidente — diz a ti o capitão-médico. — É o calor da Bahia...

Chegas, enfim, ao palanque pintado de verde, a tua cor preferida. Estás vivo e sobes ao palanque protegido pelos teus agentes de segurança que te acompanham por todo Brasil e que puxam as palmas para ti, quando estás no Maracanã, num Fla-Flu. Sentes o mau hálito dos agentes, esse mau hálito que já te obrigou a olhares com o teu olhar cinza, o da raiva, para o general-chefe do SNI e exigiste um inquérito para apurar por que teus guarda-costas tinham tanto mau hálito, um mau hálito que desafiava os dentifrícios, os chicletes, o bafo de cachaça, as gotas mágicas e a tua paciência, até que o SNI descobriu que a causa era a má alimentação dos teus agentes de segurança: eles passavam fome e não sabias.

No alto do palanque, com a Bahia a teus pés, tu te sentes o pai do Milagre Brasileiro: é uma sensação de que podes voar. És o pai do Milagre Brasileiro e, daqui a pouco, no discurso feito por um membro da Academia Brasileira de Letras que decoraste, tu falarás: tu hás de fazer o que os jornais de amanhã chamarão de "brilhante improviso".

Rememoras teu discurso e sopra a brisa de Salvador, essa brisa morna que estranhamente te faz pensar na ex-miss Brasil Martha Rocha, e a brisa sopra e sopra e tu sentes o cheiro da pobreza brasileira, tão forte na Bahia, e tiras do bolso do paletó o vidro do perfume Vivara e aspiras o perfume. E, então, no alto-falante, anunciam que a menina Andréa C. Colen, de 9 anos, vai entregar a ti as mais belas rosas vermelhas que alguma vez se colheram no Brasil.

Olhas Andréa C. Colen: ela é loura, olhos cor de miosótis e lembra uma boneca. Teus agentes de segurança já examinaram o buquê, em busca de alguma bomba, mas tu pegas as rosas e sentes um frio na espinha, como se elas anunciassem, numa explosão, o teu aguardado encontro com Candice Bergen. Diz o cartão de prata que acompanha as rosas:

"Que Deus agradeça ao artífice do Milagre Brasileiro em nome da Bahia e do povo da Bahia".

Olhas o cartão de prata que acompanha as rosas, depois procuras Andréa C. Colen para beijares aquele rosto de boneca que te recorda as maçãs argentinas que mordias em Porto Alegre. Não a vês. Então, quebras o protocolo, burlas teu esquema de segurança e desces do palanque: caminhas até Andréa. C. Colen, agachas na frente dela, dizes que queres abraçar a mais linda boneca do Brasil: abraças Andréa. C. Colen e, quando beijas o rosto de boneca, ela diz no teu ouvido:

— "Assassino".

Teus agentes de segurança prendem Andréa C. Colen e, em poucas horas, 183 pessoas foram presas em Salvador, acusadas de um complô para te assassinar. Foi aberto um IPM, que ficou conhecido como "Lista Telefônica", porque em 48 horas indiciou 4.978 pessoas.

Tu acordas gritando:

— Quem sou eu? Quem sou eu?

— És o General Presidente do Brasil — diz a ti o Cavalo Albany.

— Não — tu respondes —, eu sou Frei Tito...

Tu não sabes o quanto essa tua confissão pesará contra ti e o rádio na cabeceira e que hoje, não te esqueças, anunciará a tua desgraça quando a lua surgir, anuncia:

— O Brasil está parado por causa do urso divino...

6

Explodem as bombas e a multidão canta, latem as sirenes, aparecem mais tanques nas ruas e os cavalos tomam posições estratégicas, agora todos falam na guerra civil no Brasil e está anoitecendo, vai ficar uma noite linda, com lua, será que quando a lua surgir, ela, Terê, vai ver o Libertador? Na frente da multidão que canta "Caminhando", Terê está cansada e faminta, mas a fome Terê vence, não sabe se vence é aquela sede de abraçar e beijar o Libertador.

"A certeza na mente
a História na mão
caminhando e cantando
e seguindo a canção
somos todos iguais
braços dados ou não..."

Sobre a cabeça de Terê voa um helicóptero e pisca os faróis como se piscasse os olhos, a multidão grita:

"Aço, aço, aço
tem cachorro no espaço...

E vão aparecendo mais cavalos nas ruas do Brasil, Terê os olha, tão lindos, sente um arrepio vendo aqueles cavalos, parecem inofensivos como cavalos de parada. Daqui a pouco ela vai se acostumar com eles, como se acostumou com o helicóptero com sua metralhadora sempre apontada para ela. A multidão grita em coro:

"Eu, eu, eu
o governo se fodeu!"

Terê grita também, grita com a boca, mas o coração se inquieta, ela quer saber se o Libertador também vai amá-la como o ama. Então, Terê começa a desfolhar a margarida que tem na mão, tira uma pétala e diz: ele me ama, tira outra pétala, diz: não ama, ama, não ama, foi M. Jan quem disse a Terê para, sempre que quisesse tirar alguma dúvida, fazer o jogo da margarida, ama, não ama, ama, não ama, ama, as sirenes estão latindo ali perto, cada vez mais perto, e as bombas explodem a poucos quarteirões dali, ama, não ama, surgem soldados montados em cavalos na esquina, avançam com seus cavalos em cima do povo, há um clarão no meio do povo, uns caem, outros correm, Terê aponta a margarida para os soldados da cavalaria, grita como uma beata louca nordestina:

— Ajoelhai-vos, soldados do demônio! O Libertador chegou pra repartir a felicidade, até mesmo para os soldados. Sois os cães de guarda dos donos da felicidade no Brasil, mas eu vos pergunto: Por quê? Por quê? Vinde, vinde, soldados de Deus, juntai-vos ao povo do Brasil que é o povo de Deus...

Alguns soldados descem dos cavalos, entregam suas armas a Terê, depois se ajoelham e beijam a mão de Terê, que continua bela como uma Miss Brasil, mas os cavalos fogem, fogem e juntam-se a outros cavalos, a multidão agora canta:

"Jesus Cristo
Jesus Cristo
eu estou aqui..."

Canta e grita Viva o Libertador! Terê pensa num jantar com carne de carneiro, sai andando na frente da multidão, que agora, como o ar ficou mais carregado de lança-perfume, canta uma música de carnaval:

"É hoje
que eu vou me acabar

amanhã eu não sei
se eu chego até lá..."

Terê desfolha a margarida, faltam três pétalas, o Libertador me ama, não me ama, me amaaaaaaaa!!! e Terê salta e grita no meio da festa e da guerra.

7

Alô, alô, Conceição, onde você estiver: seu pai Francisco está nas últimas no hall do edifício Palácio de Cristal, venha com urgência, antes que seja tarde demais, seu pai Francisco manda dizer, Conceição, que ele perdeu tudo que tinha, Conceição, só não perdeu o orgulho e pede pra contar que ficou cinco dias preso incomunicável, acusado de desacato à autoridade e de ferimentos leves em dois soldados, durante o tiroteio na entrada do cemitério das Sete Cachoeiras, onde ele queria dar uma sepultura cristã à vaca Copacabana e, quando seu pai saiu da cadeia e voltou para a casa com quintal que era o que restava da Fazenda Morro Escuro, ele começou a escutar o berro da vaca Copacabana, noite alta, e correu o boato que a vaca Copacabana era sagrada, que a alma dela estava aparecendo de noite, e logo, Conceição, a vaca Copacabana passou a fazer milagre e curas e começou uma romaria na casa do seu pai, chegavam aleijados, cegos, surdos, mudos, loucos, políticos, beatos e beatas, todos querendo uma graça da Santa Vaca Copacabana, que diziam que era Nossa Senhora que veio ao Brasil disfarçada para saber quem merecia o reino dos céus, seu pai Francisco então deixou crescer a barba, fundou a "Ordem dos Adoradores da Vaca Sagrada", e ficava rezando e pregando noite e dia, Conceição, e os jornais e as rádios de São Paulo, Rio de Janeiro e Belo Horizonte falavam nos milagres da Vaca Sagrada, chegavam caminhões com romeiros de todo o Brasil, e continuavam os milagres, Conceição, e na matriz da Nossa Senhora, em Santana, o padre José acusava os crentes de serem fanáticos, dizia que seu pai Francisco era um enviado do Demônio, alô, alô, Conceição, onde você estiver, seu pai Francisco pede pra contar que no primeiro aniversário da morte da vaca Copacabana chegaram mais de 10 mil pessoas de todo o Brasil para adorar a Vaca Sagrada, pediam graças e eram atendidas, paralíticos andavam, mudos falavam, e na matriz da Igreja de Nossa Senhora Santana o padre José acusava seu pai de ser um subversivo, agente do Demônio e de Moscou, era o ano de 1971, Conceição, e os sermões de seu pai agora reuniam dez vezes mais gente do que as missas de domingo do padre José, a vaca Copacabana começou a falar pela boca do seu pai Francisco, prometia curar não só os males do corpo e da alma, prometia o Reino do Céu aqui na terra, os jornais então acusavam seu pai de ser o novo Antônio Conselheiro, o Fanático do Morro Escuro, com idéias subversivas na cabeça, e na matriz da Igreja de Santana o padre José fazia sermões e abaixo-assinados e denunciou seu pai Francisco ao SNI, alô, alô, Conceição, seu pai Francisco está nas últimas e deseja vê-la, venha urgente, Conceição, antes que seja tarde demais.

8

(Sangue de Coca-Cola)

Ali, naquela sala de ar refrigerado do 53º andar do edifício Palácio de Cristal, onde os retratos dos presidentes militares foram tirados porque correu o boato de que a Revolução da Alegria tinha vencido e decretou o fim da Revolução de 31 de Março de 1964, mas quando se soube que, santo Deus!!!, que foi só um boato, recolaram às pressas os retratos na parede, sendo que, na correria, a fotografia do atual General Presidente do Brasil ficou de cabeça para baixo, ali, naquela sala, o Tamanduá Bandeira recebe o Camaleão Amarelo como se fossem velhos amigos, e lhe dá um abraço apertado de tamanduá, elogia a gravata do Camaleão Amarelo e fala: Como você engordou e está bem disposto, hein? e pergunta pelo pai do Camaleão Amarelo, que responde: Meu pai já morreu, ao que o Tamanduá Bandeira diz: Morreu pra você, filho ingrato, pra mim seu pai continua vivo no meu coração!, e logo perguntou pela mulher, pelo filho, pela mãe, pelos irmãos do Camaleão Amarelo e o Camaleão Amarelo disse: Estão bem e o Tamanduá Bandeira olhou pro céu e ficou repetindo: Deus é grande! Deus é grande! Deus é grande! e então riu um riso que era um riso estudado diante do espelho, um riso mecânico, e apareceu entre os dentes muito brancos um fiapo verde de couve e o Tamanduá Bandeira riu sem libertá-lo do abraço e o Camaleão Amarelo ficou olhando o fiapo verde de couve e se sentindo vingado por aquele fiapo verde de couve entre os dentes do Tamanduá Bandeira e ficou achando que aquele fiapo verde de couve era uma bandeira e que enquanto ficasse ali, entre os dentes muito brancos, havia uma esperança pequena como ele e o Tamanduá Bandeira riu e, pelo bafo, o Camaleão Amarelo sentiu que ele tinha comido uma comida mineira e tinha bebido antes uma cachacinha vinda de Pernambuco, divina, meu Deus!, e o Tamanduá Bandeira dá um risinho e pergunta: E as mulheres, hein?, e o Camaleão Amarelo, sentindo falta de ar, responde: Parei com as mulheres, e o Tamanduá Bandeira fala: Du-vi-d-o-do! e pisca o olho esquerdo e diz: — Você agora é um come-quéto, né?, e aperta mais o Camaleão Amarelo e vai só apertando o abraço e o Camaleão Amarelo sente o cheiro de suor com desodorante do Tamanduá Bandeira e entra uma corrente com lança-perfume na sala e o Tamanduá Bandeira respira e ri e diz: Mas a que devo a honra da sua visita? e o Camaleão Amarelo fica um pouco sem graça de falar que tinha vindo fazer uma reclamação, mas se lembra do urso divino que está aparecendo no Brasil e pensa: Esse filho da mãe, não me engana com esse abraço de tamanduá, e fala: — Vim saber por que cortaram 12 dias no meu salário e o Tamanduá

Bandeira faz um ar assustado e fala: Isso é um sacrilégio!, você duvidar do Computador Eletrônico é um sacrilégio, é como você caluniar o Santo Papa, falar que o Santo Papa tem um caso de amor clandestino com a Sofia Loren, é isso, se eu fosse você retirava o que você disse, e aperta mais e mais o Camaleão Amarelo e então abaixa a voz e fica paternal como fica com as pobres moças classe média que iam lhe pedir emprego e ele era especialista em atender jovens órfãs de pai e, assim paternal, o Tamanduá Bandeira fala com o Camaleão Amarelo: Eu, no seu lugar, punha a viola no saco e tirava o time, porque pesam acusações gravíssimas contra você! e o Camaleão Amarelo se lembra outra vez do urso e diz: — Mas eu sou totalmente inocente!, então, o Tamanduá Bandeira afrouxa um pouco o abraço e o Camaleão Amarelo respira, já suando e sente o hálito de feijão-tropeiro do Tamanduá Bandeira e se lembra de que não tinha almoçado, estava ali desde manhã, seu almoço foi um sanduíche de queijo quente com Coca-Cola, sente uma fome terrível e repete: Sou inocente! e o Tamanduá Bandeira fala: Quer um conselho de amigo? e ele responde: Quero, e o Tamanduá Bandeira diz: Se eu fosse você, eu me entregava à prisão, e o Camaleão Amarelo pensa no filho de 7 anos e na mulher que lembrava Claudia Cardinale e diz: — Me entregar? Mas eu não cometi crime algum!, e o Tamanduá Bandeira aperta o abraço mais e suava, mesmo na sala com ar refrigerado, e amacia a voz e ri e o pedacinho verde de couve nos dentes fica bem visível como a pequena bandeira verde da esperança e o Tamanduá Bandeira diz: — Se entregue às autoridades, que isso vai pesar a seu favor no julgamento e depois de você se entregar, eu posso ajudá-lo a conseguir uma cela com ar refrigerado e um aparelho de televisão a cores e você pode seguir todas as telenovelas, a novela das 8 está sen-sa-ci-onall!, e, na prisão, você pode fazer ginástica toda manhã e plantar flor em vaso, olha, quem conhece uma prisão diz que é melhor que a liberdade, você vai ter cama, comida e roupa lavada, e se você tiver bom procedimento pode receber a visita da sua mulher e, mesmo (ele deu uma piscadinha) de outras mulheres, e o Camaleão Amarelo disse: Mas eu sou totalmente inocente!, e o Tamanduá Bandeira então o aperta mais no abraço e vai apertando e apertando e diz: Vai ser muito melhor pra você se você confessar tintim por tintim e foi apertando com mais força o abraço e disse: — Confessa que você foi o autor único e exclusivo do crime, confessa! e aperta-o como um lutador de vale-tudo apertando e o Camaleão Amarelo dá um tapinha nas costas dele e fica sem ar e quer atirar uma toalha branca mas não tem toalha branca e o Tamanduá Bandeira grita: Confessa que foi você, confessa que é o autor do mais bárbaro crime cometido no Brasil, confessa! e como o Camaleão Amarelo tem sangue de Coca-Cola ele pode confessar e aumenta o cheiro de lança-perfume na sala e o Tamanduá Bandeira diz: Confessa! e respira aquele ar com lança-perfume, e sente uma alegria de ser o Superintendente Geral das Organizações de Deus, com 137 empresas em todo o território nacional, ele, Tamanduá Bandeira, era de uma família de fodidos e aquilo dá nele vontade de gritar de alegria, mas ele aperta mais o abraço e agora sua em bicas e o Camaleão Amarelo também sua e já está morrendo asfixiado, mas o Tamanduá Bandeira vê a fotografia do atual General Presidente do Brasil pendurada na parede da sala de cabeça para baixo e grita: ah, meu Deus! e larga o Camaleão Amarelo e corre e trepa numa cadeira e põe a fotografia de cabeça para cima fica suando frio, pensando: Escapei de boa, se o subgerente entra aqui e vê, me dedurava e o Tamanduá Bandeira avança para o Camaleão Amarelo, mas na hora alguma coisa muda no Camaleão Amarelo e o Tamanduá Bandeira fica amarelo e se senta na cadeira junto à mesa e diz:

— Calma, calma! Muita calma...

E fica mais amarelo e fala com a voz sumida e trêmula:

— Procure a Hiena e diga que eu dei ordens pra resolver seu caso...

9

— Central de Comando chamando urgente helicóptero nº 3. *Caramba! O que que me deu que eu hoje tou um bosta? Eu fiquei um século sem pensar nela, caramba! Fechei o coração como uma torneira, caramba! Nem pingar de noite como uma torneira mal fechada a lembrança dela pingava, caramba! Hoje eu amoleço como um bosta!* Alô, helicóptero nº 3. Chamada urgente para o helicóptero nº 3. *Quando eu preciso dessa zebra quadrada, ele some no mapa. É esse lança-perfume, caramba. É esse filho da mãe de lança-perfume que me fez abrir a torneira. Agoro, fica pingando Bebel. Fica pingando Bebel como uma torneira mal fechada pinga de noite, caramba! E a torneira pode abrir, eu juro que pode. Aí onde eu vou parar, santo Deus? E se eu rezar?* Alô, helicóptero nº 3. Central de Comando chamando urgente helicóptero nº 3. *Eu podia rezar, caramba! De noite ela rezava. Ficava ajoelhada de mãos postas rezando! Por Deus que ela parecia uma menininha que ia fazer 1ª Comunhão, por Deus que parecia! Depois eu apagava a luz e ela me fazia subir na parede, caramba!* Alô, helicóptero nº 3. *Caramba, onde aquele quadrúpede se enfiou? Acho que eu vou rezar. Pra varrer ela como um cisco. Salve Rainha, mãe de misericórdia, vida, doçura e esperança nossa. Tou rezando certo, caramba? Mas o que vale é a intenção. Fico pensando na carta anônima. Eu ia matar ela, caramba! Por tudo quanto é sagrado, que eu ia matar ela. Mas caramba! Ela tinha uma cara de anjo, por Deus que ela tinha uma cara de anjo. E ela tava sempre triste, caramba! Sempre olhando com aqueles olhos tristes, como se o pai e a mãe dela tivessem morrido, caramba, e os irmãos e as irmãs também e, ela não tivesse mais ninguém no mundo, caramba!* Alô, helicóptero nº 3. *Caramba! Eu hoje tou um bosta! Onde tem fumaça tem fogo, caramba! Se ela não tivesse me botando um par de chifre nenhum merda ia me mandar uma carta anônima. Onde tem fumaça tem fogo, caramba! Merda! O Brasil tá na beira do abismo e eu tou aqui como um bosta, caramba. Eu...*

— Helicóptero nº 3 na escuta...

— Tudo O.K., helicóptero nº 3?

— Alô, alô, aqui helicóptero nº 3...

— Tou na escuta, helicóptero nº 3...

— Sargento Garcia?

— Sargento Garcia falando...

— Aconteceu alguma coisa, sargento?

— Eu queria te fazer uma pergunta...

— Pergunta?

— É...

— Mas eu fiz algum troço errado, sargento...

— Não, caramba! Responda com sinceridade...

— Sargento, o senhor jura que tá tudo bem, sargento?

— Caramba! Você vai me responder: você acha, caramba, que onde tem fumaça tem fogo?

— Alô, sargento...

— Responde, caramba!

— Eu não sei o que o senhor tá querendo, sargento, eu sou inocente, desta vez eu estou inocente, sargento...

— Responde, caramba: onde tem fumaça tem fogo?

— Depende da fumaça, sargento...

— O.K.!

— É só, sargento?

— O.K., caramba!

10

— Silvinha...

— Eu, pai...

— Tou com a cabeça entupigaitada, Silvinha, tou alegre, Silvinha...

— Eu também, pai...

— Silvinha...

— Tou ouvindo, pai...

— É pecado ficar alegre, Silvinha?

— Não, pai...

— E é crime ficar alegre, Silvinha?

— Não, pai...

— Num vão chegar aqui e falar "Teje presos!" por conta deu tá alegre, Silvinha?

— Fica sossegado, pai...

— Tou com vontade de cantar, Silvinha...

— Canta, pai...

— Não é pecado cantar, Silvinha?

— Não, pai...

— Num vão me prender se eu cantar, Silvinha?

— Tá todo o povo do Brasil cantando pai. Cantando e rindo e soltando foguete, pai...

— Ah!...

A voz do velho que está morrendo fica mais fraca como um rádio a pilha ligado muito tempo.

— A terra, Silvinha...

— Pra cheirar, pai?

— É, Silvinha...

A filha guarda a maçã no bolso da blusa, pega um pacote de plástico e o aproxima do nariz do velho: o velho cheira a terra, que era um punhado de terra da fazenda e que ele trouxe muitos anos antes, no dia que os soldados o expulsaram de lá. Havia muito lança-perfume no ar naquela hora, o velho começa a cantar é, é, vem cá, vaca cara, é, é, Copacabana, depois conversa com a vaca Copacabana, conta que está morando numa favela de caixote em São Paulo. Depois o velho canta e vê um rio, com garças voando e fica repetindo: Suza, Suza, Suza.

— Tá ouvindo o foguete, Silvinha?

— Tou, pai...

— E o povo cantando, tá ouvindo, Silvinha?

— Tou, pai, tá lindo...

— Tá parecendo virada de Ano-Novo, num tá, Silvinha?

— É, pai...

— Silvinha...

— Eu, pai...

— Será que sua mãe Suzana vai tá lá esperando a gente?

— Vai, pai...

— E a Ceição?

— Também, pai...

— E o Dito?

— O Dito também, pai...

— E a Do Carmo?

— A Do Carmo, também, pai...

— E a Dinorah?

— Também, paí...

— Silvinha...

— Eu, pai...

— Será que a polícia tá atrás do Dito ainda, Silvinha?

— Não, pai, num tá não, pai. Não tem mais polícia no Brasil, não, pai...

— Num tem, mas por conta de que não tem, Silvinha?

— Deus acabou com a polícia...

— Acabou, Silvinha?

— Acabou, pai. Deu no rádio, o decreto de Deus...

— Deu na "Hora do Brasil", Silvinha?

— Não, pai, deu no Homem do Sapato Amarelo...

— E soldado, Silvinha? Tem soldado no Brasil? Os soldados podia tá perseguindo o Dito...

— Não, pai, Deus acabou com os soldados também, agora num tem polícia nem soldado no Brasil...

— Por isso que o povo tá cantando, Silvinha?

— É, pai, e porque Deus tá distribuindo o Brasil pro povo brasileiro...

— Silvinha...

— Tou ouvindo, pai...

— E quem tá policiando as ruas no lugar da polícia e dos soldados, Silvinha?

— Os anjos, pai. O anjo Gabriel é que comanda tudo agora...

— E os anjos tão armados, Silvinha?

— Não, pai, num tão não, agora cada anjo de guarda de cada pessoa toma conta de cada pessoa no Brasil...

— E tá melhor, Silvinha?

— Se tá, pai!

— E se o anjo Gabriel mandar prender o Dito, Silvinha?

— Tem perigo não, pai...

— Num tem perigo pro mode de quê, Silvinha?

— Pro mode que os anjos e os santos tão a favor do povo...

— Se o anjo Gabriel aparecer por aí, cê diz que eu queria ter um particular com ele, Silvinha...

— Digo, pai...

— Sua mãe ia gostá da cortesia desse perfume, Silvinha. Lembra da catinga do Tietê?

— Pior do que gambá, pai...

— Que nem rato morto, sua mãe morreu daquela catinga, Silvinha...

— Mãe num morreu, pai. Mãe tá lá esperando, pai...

— Tá lá?

— Tá, pai...

— E a Ceição também?

— Também, o rádio tá dando o recado pra ela, pai...

— Silvinha...

— Fala, pai...

— Chega o rosto aqui, Silvinha...

— Aqui onde, pai?

— Aqui, perto da minha boca ...

— Chego, pai...

— Silvinha, eu nunca beijei a Conceição, nem o Dito e se a polícia matou o Dito, Silvinha?

— Matou não, pai...

— Silvinha, eu queria beijar ocê, Silvinha...

— Beija, pai...

11

O helicóptero é como um imenso gafanhoto, os olhos esbugalhados piscam no anoitecer do Brasil e cegam como um holofote, e o helicóptero o persegue. Ou ele está delirando, Erika Sommer? Escondido atrás de uma pilastra, ele vê o helicóptero se aproximar, é manso e esverdeado como um gafanhoto, o helicóptero chega tão perto que ele sente a ventania da hélice. O cheiro de lança-perfume aumenta e as explosões também cresciam, parece guerra civil, Erika...

Como um gafanhoto, o helicóptero se afasta, ele atravessa a rua correndo com seu microfone sem fio e chega no hall do edifício Palácio de Cristal, onde sambam e rezam e fazem comício e choram e cantam e onde o velho está morrendo e quer ver a filha Conceição. Aproxima-se do velho: acha o velho mais fraco que antes, entra no ar, manda um novo recado, alô, alô, Conceição, onde você estiver, e por algum tempo, Erika Sommer, ele fica perto do velho, quem sabe o velho começa a morrer daqui a pouco e ele conseguirá entrevistar a morte?

— Eu acho que hoje eu entrevisto a morte...

Em Caracas, a OEA acabava de derrotar, contra os votos dos EUA, do Paraguai, do Chile, do Uruguai e Argentina, a proposta norte-americana de enviar uma "Força de Paz" para o Brasil, mas em Washington, a Casa Branca anunciava:

— Os Estados Unidos não permitirão que um Fideltolah fantasiado transforme o Brasil num novo Irã...

O helicóptero volta, volta como um gafanhoto, ele tranca-se num banheiro da sobreloja do Palácio de Cristal, e pensa em você, Erika Sommer.

— Será que ela está me ouvindo? — ele acende um cigarro. — Deve estar, mas não sabe que sou eu...

Lá de fora chegam murmúrios, os gritos e as músicas se confundem e ele fuma e descansa: está alegre, parou o Brasil, transistorizou o Brasil com o urso, há carnaval e passeatas e agora 278 emissoras do Brasil formam a Cadeia da Felicidade, seguindo a caça ao urso que, para uns, é Jesus Cristo, para outros é um enviado de Moscou. Ele, o Homem do Sapato Amarelo, é o brasileiro mais importante hoje, mas ainda sente medo, Erika Sommer, medo de que, quando tudo passar, o Ibope registre baixos índices para ele, e ele perde o sono, Erika Sommer, com medo do Ibope. É o dono dos melhores índices do Ibope no rádio brasileiro, e, em certos momentos, seu Ibope parece Ibope de televisão. Mas ele tem medo do Ibope, Erika Sommer, e medo das cartas anônimas e medo de que façam com ele o que fizeram com o humorista P. Maia: quando P. Maia lançou o programa "República das Bananas", os colunistas de rádio e tevê de todos os jornais começaram a atacar P. Maia, eram ataques violentos e os jornais davam editoriais contra P. Maia e aquilo foi crescendo, organizaram manifestações de rua contra P. Maia, os jornais publicavam cartas contra P. Maia e a fúria aumentou e P. Maia foi colocado no olho da rua.

Ah, Erika Sommer, ele tem medo, hoje ele parou o Brasil e mesmo assim tem medo. Parou o Brasil, nas ruas há carnaval e guerra, a Revolução da Alegria se transformou numa Revolução de Verdade, todos falam no urso, o urso vai mudar a vida no Brasil, no entanto, em vez de estar alegre, agora, quando ele fuma o cigarro e descansa, Erika Sommer, ele sente medo: medo de que amanhã seja despedido e que volte a ficar desempregado.

Escuta os murmúrios da multidão, junto do latir das sirenes e da explosão das bombas, dá para ouvir músicas de carnaval e hinos e cânticos e as explosões como numa guerra. Ele sai do banheiro, vai para o hall do Palácio de Cristal, para perto do velho que está morrendo, sinais como de um disco voador o anunciam na Cadeia da Felicidade, e ele tira do bolso os bilhetes deixados pelo urso, começa a ler no seu microfone sem fio:

"Para 90% dos brasileiros,
sempre foi ditadura".

Respira o cheiro de lança-perfume, lê outro bilhete:

"Sempre existiu um nazismo
alegre no Brasil, que criou
guetos e campos de concentração
fantasiados".

Lê o terceiro bilhete:

"80% do povo brasileiro
recebe o mesmo tratamento
que é dado aos leões, ursos,
elefantes e onças dos Zoos:
por isso, os brasileiros
são irmãos dos bichos..."

Guarda os bilhetes, imagina que o Sapo Diretor vai chamá-lo amanhã em sua sala, que, lá da fotografia, o general Médici vai olhá-lo como se ainda fosse 1972 e o Sapo Diretor vai falar, como se fizesse o anúncio do Rum Creosotado:

— Considere-se despedido, por justa causa...

Sai andando no meio da multidão, nota a presença dos cavalos nas ruas, uns cavalos em pêlo, belos e estranhos: se surpreende mais com os cavalos do que com os tanques disfarçados de áreas verdes. Numa esquina, como um gafanhoto piscando os enormes olhos, aparece o helicóptero: ele sente a metralhadora dentro do helicóptero apontada para ele.

12

— Oh vós que sempre estivestes atenta ao mandamento de Jesus Cristo que diz: dai de beber a quem tem sede...

Penso nesse urso e, sei lá por quê, Santa Querida, meu coração se aflige e eu lembro das quatro mulheres de vestido lilás: eram quatro urubuas velhas de vestido lilás e meu pai estava morrendo e as quatro urubuas entraram na casa do meu pai e cheiravam a morte e a urubua chefe chegou pra mim e perguntou:

— Quem é a viúva?

E eu disse:

— Aqui não tem viúva nenhuma...

E as urubuas de vestido lilás olharam umas pras outras e eu vi que elas ficaram decepcionadas e a urubua chefe, a mais empetecada e cheia de penduricalho, perguntou:

— Será que demora?

E eu falei com ela:

— Demora o quê?

E a urubua chefe disse:

— A agonia...

E eu disse:

— Não sei...

E a urubua chefe falou:

— Nós vamos esperar...

E as urubuas de vestido lilás foram prum canto da sala e ficaram cochichando como quatro urubuas e eu sentia o perfume delas e nisso o padre Odair saiu do quarto do meu pai e a urubua chefe chegou perto dele e falou:

— Padre Odair, como está o enfermo?

O padre Odair respondeu:

— Está entrando em agonia...

E eu juro que vi uma luz como um vaga-lume acender nos olhos da urubua chefe e a urubua chefe foi lá no canto e cochichou com as outras urubuas e a mesma luz como um vaga-lume acendeu nos olhos das outras urubuas e elas ajeitaram a roupa e se prepararam e nisso eu escutei o grito da minha mãe e todos correram pro quarto e eu também corri pra lá e vi minha mãe abraçada com meu pai e meu pai morto e eu senti que eu tava afundando no chão, afundando, só afundando, só fui dar por mim daí a pouco e eu vi as quatro urubuas de vestido lilás entrando no quarto e abraçando e consolando minha mãe e nisso as quatro urubuas que eu hoje sei que eram enviadas da morte puxaram minha mãe prum outro quarto e eu fui também e vi a urubua chefe falar que elas eram da Associação de Proteção às Viúvas Desamparadas do Brasil e elas tavam ali pra oferecer a solidariedade e os préstimos à minha mãe e nisso veio entrando um carregador, um desses meninos de porta de supermercado que ficam ganhando idade até que um dia a gente vê eles numa fotografia num jornal jogando futebol ou assaltando e matando e morrendo e ele descarregou aquilo no chão e a urubua chefe tirou um papelzinho do bolso e pôs um óculos e começou a conferir assim:

— 5 quilos de arroz Paranaíba...

— 5 quilos de arroz Paranaíba — repetia o carregador, futuro rei do estádio ou rei do gatilho.

— Uma lata de leite condensado marca Moça...

— Uma lata de leite condensado marca Moça — repetia o futuro Pelé ou futuro Mineirinho ou futuro Cara de Cavalo.

E aquilo parecia uma reza e minha mãe chorando, como anestesiada, e a urubua chefe foi pondo aquilo em cima da cama no quarto vizinho do quarto onde meu pai estava morto e depois que acabou aquela ladainha, a urubua chefe deu um recibo pra minha mãe assinar e então as quatro urubuas saíram muito alegres, eu juro que tavam morrendo de alegria, e ficou o cheiro delas me perseguindo até hoje, mesmo no meio desse cheiro de lança-perfume que me dá vontade de cantar, eu sinto o cheiro delas e foi por isso que disse à Mary Jo: Mary Jo, quando me perguntam qual é o cheiro do Brasil, eu penso: é o cheiro das quatro urubuas velhas da Associação de Proteção às Viúvas Desamparadas do Brasil, então se Mister Jones cagar e feder, eu sempre vou achar que é perfume, porque vou me lembrar do cheiro das quatro urubuas, e se falarem: Julie Joy, você é muito americanófila, eu vou responder: Sou mesmo, e daí?, agora esse urso veio pra estragar a festa, dizem que veio testar o povo do Brasil, que é Jesus Cristo, mas e se for o Demônio? Meu filho tá chutando a minha barriga, chuta como um futuro rei do futebol, ele podia ser o novo Pelé, aí nunca as urubuas velhas vão aparecer como quatro assombrações pra mim, porque eu vou ser a mãe do Rei do Futebol, Santa Querida, acho que meu filho vai nascer hoje e eu aqui nesta fila, dizem que nem adianta querer ir pra casa, que tá tudo engarrafado e eu aqui nesta fila sentindo esse cheiro de lança-perfume, me dá vontade de ser alegre, de rir, não como eu rio gravando na claque do Chico City, não, rir às bandeiras despregadas, não pra ganhar Cr$ 260,00 toda quarta feira, não, a fila tá nervosa e eu ainda vou pegar a ficha pra Maternidade e conseguir chegar em casa, mas eu sinto sinal do meu filho, aviso dele que está querendo nascer, eu sinto, me ajuda, Santinha Querida, faz tudo correr bem, pra eu chegar em casa e encontrar carta de Mister Jones falando pra eu ir, aí eu vou cantar com esta alegria que me invade o peito:

— Deus salve a América!

13

As vozes se aproximam cantando, Tyrone Power também tem vontade de cantar e, pela primeira vez, pensa: eu podia tirar o time. Mas pensa na fazenda no Paraguai, ele lá, com a infeliz Júlia, sem medo, e aquele calafrio, que é a sua maldição, aumenta, ele vai ficar, e quando a lua surgir no céu do Brasil, ele vai apontar o fuzil e vai matar. Ou não?

— Caralho, esse calafrio me enlouquece...

No dia em que ele matou Carlos Marighela foi assim como hoje: Tyrone Power sentiu o calafrio, primeiro na sola do pé esquerdo, depois na perna, até que o calafrio chegou ao saco, como boca de mulher. Na hora em que Tyrone Power matou Carlos Marighela foi como um gozo: como amar uma mulher.

— Atira, caralho! — gritou Fleury com Tyrone Power quando Carlos Marighela estava cercado, olhando assustado com os olhos verdes. — Atira, caralho!

E ele olhou o olho verde de Carlos Marighela, sentiu um cheiro de sabonete que também sentiu em 1991 ou 92, quando o enterraram vivo, e, deitado no chão, disparou a metralhadora Ina, que chamava de Isaura, e matou Marighela, e Fleury e os outros pulavam e se abraçavam como num gol do Brasil na Copa do Mundo, e ele, Tyrone Power, continuou deitado no chão e abraçado com a metralhadora Isaura, como se não fosse Isaura: como se fosse uma mulher. Ficou lá deitado e Fleury chegou com a Lugger de Marighela e lhe entregou e disse:

— Pendura na parede, caralho!

Em 1991 ou 1992, quando fecharam a tampa do caixão e ficou aquela escuridão, Tyrone Power sentiu vontade de ver Fleury, de falar com Fleury, a mesma vontade que sente agora, neste anoitecer de 1º de abril. Mas seu compadre Fleury já está morto, caralho, morreu afogado, morrer afogado é como morrer torturado, é pior que morrer queimado em avião, pior só ser enterrado vivo, como em 1991 ou 92 ele, Tyrone Power, foi, para pagar o que fez com a vidente M. Jan, também conhecida como Sissi, a Imperatriz, porque era bonita como Romy Schneider, e tinha os olhos verdes de gata que Tyrone Power viu na escuridão do caixão, em 1991 ou 92.

— Pois é, compadre, mataram você, você sabia demais e te mataram afogado...

Fleury está morto e ele e todos os homens da repressão, que não eram militares, mas pobres e fodidos civis, estavam cagando de medo, medo dos dois lados. Era evitado na rua, já negavam cumprimentos, mesmo policiais negavam, e o puto que é agora chamado de Deus e que encheu o Brasil de cartazes pagos pelos Rockefellers, o puto que vai dar a festa Brazilian Follies, hoje, mandou a secretária, a tal Flor Loura, dizer que só podia recebê-lo daqui a 3 anos, o puto não era Deus porra nenhuma, financiava a Oban e presenteava todos do DOI-CODI e ia assistir tortura, mesmo depois que os terroristas mataram o industrial Hening Albert Boilensen, viciado em torturas, o puto não perdia tortura em mulher. Depois, o puto fez operação plástica e passou a ser chamado de Deus.

— Ah, puto, um dia o Deus de verdade ajuda e o Presidente Médici volta, seu puto! Aí, você vai ver, seu puto...

Tyrone Power encosta o fuzil na parede, chega na janela, abre a cortina e ele sente saudade do tempo em que trabalhava para o Doutor Juliano do Banco.

— A merda toda da minha vida foi a Oban...

Enquanto era o segurança da Ternurinha da Jovem Guarda, sentia saudade de Belo Horizonte, do Buick cheirando a novo que, nos tempos de glória, ele teve, mas era divertido, viajava muito pelo Brasil todo com Vanderléa, convivia com o Rei da Jovem Guarda, achava que também era artista. Ele, Tyrone Power, com seu nome de artista, ele que esqueceu o nome verdadeiro logo que chegou a Belo Horizonte, vindo do interior de Minas, um moço bonito que tinha feito o curso ginasial em Santos Dumont, que brigava quando falavam que a água de Santos Dumont transformava os homens em veados, ele, o moço bonito e pobre, que escrevia sonetos, e que, estando sem dinheiro, foi morar com um sargento do exército que, de noite, se vestia de mulher, e quis matá-lo quando ele, com fama de ser o conquistador nº 1 de Belo Horizonte, aceitou o convite do Doutor Juliano do Banco para ser isca.

— A merda toda foi a Oban, caralho!

Se o compadre Fleury não o tivesse levado para a Oban, Tyrone Power não estaria hoje aqui, com este fuzil na mão. Podia estar lá em Belo Horizonte, talvez ruim de vida, contando a Deus e todo mundo que uma vez teve um Buick cheirando a novo como carro nenhum fabricado no Brasil cheira.

— E este arrepio, caralho, está subindo como uma boca de mulher...

Respira o lança-perfume: lembra-se do Doutor Juliano do Banco, o Doutor Juliano do Banco tinha mania de receitar remédio, obrigava Tyrone Power a tomar vitamina C todo dia, fazia discursos sobre as virtudes da vitamina C e, ele próprio, Doutor Juliano, médico que nunca clinicou, se auto-receitava seis remédios diferentes. Mas, para a tristeza, só havia um remédio: mulher, e se mulher não curava o Doutor Juliano do Banco, altas horas da noite, quando o único barulho de Belo Horizonte, além dos cães latindo, eram os acordes da orquestra Montanhês Dancing, o Doutor Juliano chamava Tyrone Power e iam os dois para o aeroporto do Carlos Prates, lá o Doutor Juliano entrava num Cessna e começava a voar e como um besouro com uma luz vermelha piscando na bunda, o Cessna roncava acima do latido dos cães e da orquestra do Montanhês Dancing que, na verdade, tocava era dentro de Tyrone Power: dentro da sua vontade de estar lá dançando de rosto colado com Xênia o bolero "Vaya con Diós", que o crooner Agnaldo Timóteo, doublé de mecânico e cantor, cantava imitando Cauby Peixoto.

— O Doutor Juliano voava no Cessna, caralho, e lá dentro do meu Buick, eu ficava esperando o Doutor Juliano aterrizar e pensando na Xênia...

Sempre o Doutor Juliano voava só e, depois que aterrizava, sorria, a imagem do pai pobre não o perseguia mais, e ele dava um tapinha no ombro de Tyrone Power, e dizia:

— Será que aquela poldrinha morena está acordada?

— Qual delas, Doutor Juliano?

— A Iara...

— Eu acordo ela, Doutor Juliano...

14

— Alô, Central de Comando. Aqui helicóptero nº 3 chamando...

— *Caramba! Essa zebra vem me chamar logo agora, caramba!*

— Alô, Central de Comando, aqui fala helicóptero, nº 3...

— *O que essa zebra quer, caramba? Por Deus, essa zebra resolve chamar numa hora que eu tava lembrando de Bebel, caramba!* Central de Comando na escuta...

— Alô, sargento Garcia?

— Sargento Garcia, caramba! Que voz de choro é essa, caramba!

— Lembra do Coronel, jogador do Vasco, sargento?

— Epa, já vem você falar nesse tal de Coronel de novo, caramba! Não é o gajo que marcava o Garrincha, não é esse, caramba?

— É ele mesmo, sargento...

— E agora, o que que houve com o Coronel que você tá chorando no horário de trabalho, caramba! Olha, caramba, um homem não chora, está ouvindo bem? Agora, se você quiser chorar como um não sei o quê, tira o time, vai pra casa, caramba!

— Mas sargento...

— *Caramba! Bebel me põe bom com essa zebra.* O que que houve contigo, menininho?

— Lembrei outra vez do meu pai, sargento. Acho que é este lança-perfume e também porque tá anoitecendo, sargento. Eu lembrei do meu pai sentado com um copo de cerveja na mão. Ele ficava sentado perto do rádio, sargento, escutando o Jorge Cury narrando o jogo Botafogo versus Vasco da Gama. E quando o Jorge Cury falava: Lá vai o seu Mané, passa de passagem por Coronel, meu pai ria, sargento. Meu pai ria e, depois, ele ficava tomando a cerveja e rindo e eu era menino, sargento. E no dia seguinte, meu pai ainda lembrava do Jorge Cury falando: Lá vai o seu Mané com a bola, passa de passagem por Coronel e meu pai ria, sargento. E agora meu pai tá morto, sargento, mas eu fico lembrando...

— Chora um pouco, menininho, lava a alma, menininho. *Caramba! Eu lembro da Bebel e meu coração amolece. Será que tem alguém na escuta ouvindo. Será? Caramba!*

— Alô, sargento...

— Fala menininho...

— Eu vou colar no tipo do sapato amarelo de novo, sargento. Vou colar nele como o Coronel colava no Garrincha. Como um carrapato, sargento...

15

"Inan na mojuba ayê ima mojuba
Inan Inan mojuba ayê
Ajo lêlê agôlo nanko
Wa saworó ajo lêlê..."

Pobre do Brasil, Obàlúaiyé, os atabaques tocam e o lança-perfume entra na boate-terreiro e Olga de Alaketo volta pra longe, Obàlúaiyé, volta pra porta do Pronto-Socorro em Salvador, na Bahia, e está escurecendo em Salvador, e a cachorra Mãe Celeste está morrendo e o soldado que guarda a porta do Pronto-Socorro encosta o fuzil na perna da menina Olga e diz: "Sai pra lá com essa vira-lata, menina, que tá ensopando o passeio de sangue".

"Ajo lêlê agôlo nanko
Wa sawaró ajo lêlê..."

A menina Olga se afasta, tem medo do soldado, Mãe Celeste parece que sabe que vai morrer, fica olhando Olga, querendo decorar Olga, Obàlúaiyé, e levar cada lembrança de Olga: da boca que agora treme e que recorda cantos e alegrias, dos olhos que agora choram, Obàlúaiyé, e Mãe Celeste vai revivendo tudo, desde que chegou na casa dos Alagados, e encontrou aquela menina que é agora uma mocinha e que ela vai deixar, só no mundo, entregue a ti, Omulu Obàlúaiyé, só no mundo como só no mundo é o povo do Brasil, protegido apenas por ti e Oxalá e Iansã e Iemanjá e os outros orixás.

"Inan ina mojuba ayê ima mojuba
Inan inan mojuba ayê..."

Mãe Celeste trinca os dentes e não chora, dói, dói muito, Obàlúaiyé, mas Mãe Celeste não chora, se pudesse, Mãe Celeste cantava, para alegrar a menina Olga, que fala: Mãe Celeste, não morre não, Mãe Celeste, e tudo pisca diante de Mãe Celeste: pisca o soldado com seu fuzil na porta do pronto-socorro, pisca a rua de Salvador, pisca uma estrelinha longe, no céu, piscava a menina Olga, e depois tudo ia acendendo e apagando. Mãe Celeste escuta foguetes como numa festa e sente que era a morte chegando e o rosto da menina Olga apaga e depois acende e Mãe Celeste faz um esforço muito grande e fala: fala assim assim com a menina Olga, com uma voz humana:
— Fica com Obàlúaiyé, Olguinha...

"Inan ina mojuba ayê ima mojuba
Inan inan mojuba ayê
Ajô lêlê agôlo nanko
Wa saworó ajo lêlê..."

Cantando agora, Olga de Alaketo não sabe, Obàlúaiyé, que daqui a pouco um espírito do mal vai baixar no Deus Biônico e mudar a sorte do Brasil.

16

Bem te vejo agora, ajoelhado diante da imagem da Santa Coca-Cola, essa Santa Coca-Cola que, nesse teu delírio, enxergas do tamanho de uma garrafa família e usa as vestes e a coroa de uma Miss Brasil, sendo que o rosto, em vez de negro como o de Nossa Senhora Aparecida ou cor da própria Coca-Cola, tu o enxergas louro como o de Candice Bergen, a tua paixão dos momentos de delírio, esse teu delírio que é fulvo como o cabelo de Candice Bergen, para quem, ainda agora, escrevias uma carta tirada do livro *Cartas de Amor*, de J. Aldonema:

> "Prezada Senhorita:
> O tempo que emprega a Terra em dar a sua volta ao redor do Sol não seria suficiente para relatar os sonhos, ansiedades, os projetos que a tua lembrança em mim provoca, desde o instante em que te vi pela primeira vez — lembras-te? — em casa do nosso amigo Harry Stone..."

Agora, a teu lado, junto da imagem da Santa Coca-Cola, está o Cavalo Albany, ali, só quando o teu rádio anunciar a tua desgraça, saberás o quanto Albany é traidor. Por enquanto, tu o consideras teu melhor amigo, conselheiro e confidente, com o Cavalo Albany dividiste, cinco minutos atrás, a tua irritação com a inconfidência de Candice Bergen, porque, falando à UPI em Nova Iorque, Candice Bergen contou um teu segredo: contou que um fascismo portátil marca passo no teu coração e aprisiona teus sonhos e é inútil teus sonhos fazerem greve de fome, porque reprimes teus sonhos com bombas de gás lacrimogênio e colocas os soldados nas ruas do teu coração para reprimires a rebeldia dos teus sonhos condenados à morte.

Mas aí estás, ajoelhado: fantasiado de Pierrot e ajoelhado diante da Santa Coca-Cola, a quem vendeste tua alma, segundo denúncias feitas pelo senador Teotônio Vilela, prometendo fazeres dela a Padroeira do Brasil, com a cassação de Nossa Senhora Aparecida, para que ela faça de ti o Presidente Perpétuo do Brasil, uma espécie de proprietário do Brasil-Fazenda, esse Brasil-Fazenda que gostaria de cercar com arame farpado, e onde sonhas criar cavalos e onde o povo, para te obedecer como um rebanho, terá sangue de Coca-Cola nas veias, como denunciou o senador Paulo Brossard, num célebre discurso no Senado do Brasil. Santo do pau oco, tu rezas:

"Deus vos salve, Virgem
Doce senhora do mundo
Rainha do céu da boca
E das Virgens, Virgem..."

Tu rezas agora, neste anoitecer de 1º de abril em que a brisa do Brasil sopra lança-perfume que te recorda velhos carnavais. E neste anoitecer de 1º de abril já não pedes que a Santa Coca-Cola te dê o Brasil, já não pedes, ai ajoelhado, que ela te ajude a fazer o Milagre Brasileiro, 2ª parte, já que nada impede, no teu delírio, que os milagres, assim como o filme *O Poderoso Chefão,* tenham uma 2ª parte: pedes simplesmente que a Santa Coca-Cola faça baixar essa tua febre e que possas ir ao Brazilian Follies, porque nesse teu delírio, em que daqui a pouco irás te confessar com Dom Vicente Scherer, contando todos os teus pecados, nesse teu delírio, Candice Bergen entra agora no teu quarto e tu te imaginas dançando com ela logo à noite no Brazilian Follies e cantando a música de carnaval de que mais gostas:

"Quero dançar com você
até de madrugada
quero dançar com você
sem você, meu amor
eu não sou mais nada..."

Seguido pelo fogo do olhar de Candice Bergen, tu te ajoelhas aos pés do cardeal Dom Vicente Scherer, que acaba de entrar no teu aposento (ou já é o fantasma antecipado dele?), e dizes:

— Pai, dá-me a vossa bênção, porque pequei...

— Foi a Virgem Santíssima que me mandou aqui, meu filho, conta teus pecados, meu filho, conta...

— Padre, eu estou tramando um golpe, padre...

— Conta, meu filho, conta...

— Tenho medo, pai, muito medo...

— Os exércitos do Senhor te apóiam, meu filho, não precisas ter medo...

— É um pecado horrível, pai...

Escutas gritos debaixo da tua janela: te levantas, chegas à janela e lá estão as mulheres da greve de fome te pedindo que devolvas as crianças desaparecidas, e tu gritas:

— Isso não é comigo, minhas filhas: é com o Pinochet e com o Videla, eu não tenho nada com essa história, está aqui Dom Vicente Scherer que não me deixa mentir...

Mandas servir o café da manhã às grevistas de fome, sabes que elas recusarão, mas mandas servir, e, então, quando te ajoelhas diante de Dom Vicente Scherer para contares teu horrível pecado, tu escutas passos: tu escutas os passos da guerrilheira, logo seguidos pelos passos do sem cabeça e do de óculos escuros e algas nos cabelos. O pedaço de Frei Tito que ficou em ti, desde que entraste na pele dele no delírio em Paris, quer abraçar os três, mas o teu fascismo portátil, esse fascismo portátil que policia também a ti e te proíbe até dos pequenos prazeres, como comer melancia, ou deixar teu pensamento livre para que te recordes de tudo: te recordes, por exemplo, de quando eras cadete em Porto Alegre e olhavas a filha da dona da pensão trocando de roupa pelo buraco da fechadura, o teu fascismo portátil te faz arrogante, enquanto outra vez o Cavalo Albany finge que dorme e o cardeal Vicente Scherer se asila dentro do guarda-roupa:

— Como vocês entram no meu aposento mais privado, sem bater na porta? — tu perguntas, olhando para a guerrilheira loura.

— General — diz a guerrilheira. — não se é Frei Tito em vão, general...

Tu calas e a guerrilheira aponta a Máuser para o teu coração e o sem cabeça e o de óculos escuros e algas nos cabelos olham para ti: não têm olhos e olham.

— Não querem beber alguma coisa? — perguntas. — Uma Coca-Cola?

— Não, general — responde a guerrilheira que foi enterrada viva. — Está vendo aqui o chapéu que foi do seu pai, general?

— Sim, estou...

— Então, general, vamos fazer o segundo e último sorteio. O senhor já entrou na pele de Frei Tito. Já viu como o delegado Fleury ocupou a mente de Frei Tito. Vamos ver agora, general, a nova tarefa que o senhor vai ter que cumprir. Fecha os olhos, general, tira um papelzinho aqui no chapéu e me dá...

— Depois desse sorteio, acabou, não é? Vocês vão me deixar em paz, não vão?

— Claro, general. Fecha os olhos e tira o papel...

A mão trêmula, um sorriso nervoso, tu pegas um papel e entregas à guerrilheira, que lê e diz:

— Bem, general, aqui está escrito: "Viver os últimos minutos do capitão Carlos Lamarca, no sertão da Bahia, escrevendo uma carta para a guerrilheira Iara Iavelberg, sua amante".

17

*(Carta do capitão Carlos Lamarca
a Iara Iavelberg, nos seus últimos minutos
de vida, como foi escrita no delírio
do General Presidente do Brasil)*

"Pintada, Sertão da Bahia, 17 de novembro de 1971.

Minha Neguinha:

Agora posso pronunciar teu nome: Iara.

Posso agora gritar teu nome: Iara!

Agora, nem todo o exército do Brasil impede que eu grite teu nome: Iara!

Eu estou cercado, Neguinha, e daqui a pouco estarei morto, fiel a nosso pacto, e poderei te abraçar. Até lá, eu espero que a morte venha rápido, espero com a mesma ansiedade, Neguinha, com que te esperava: tu, doce amante.

Fiel a nosso pacto, estou indo me juntar a ti, então, nada há de nos separar.

Estou debaixo de um pé de baraúna esperando. Só eu e Fio, Neguinha. Eles são muitos, mas sentem medo de minha pontaria. Não sabem que, em homenagem a ti, eu não vou disparar um só tiro, não sabem que eu não tentarei viver, porque viver seria trair você, Neguinha, você, Neguinha, que era a minha revolução, a minha guerra de guerrilha: o território livre que eu queria, Neguinha.

Soube detalhes da tua morte. Tentei estar contigo, na imaginação, no coração, mesmo depois de tudo. E te imaginei, Neguinha, trancada no banheiro, cercada pelos cães da repressão, respirando o gás lacrimogênio e optando pela morte. Consola-me imaginar que teu último pensamento foi para mim, mas não pude deixar de pensar em ti, tão nova, tão bela, sendo obrigada a se matar para não cair nas mãos dos que aprisionam o Brasil.

Mas tu vives, Neguinha.

Nada evitará que continues viva e um dia falarão de ti com o amor e o respeito que mereces e repetirão teu nome: Iara, Iara, Iara. Há muito tempo que eles fizeram o cerco. Eles são dez, vinte, trinta ou mais, mas têm medo, acreditam que estou armado até os dentes e cada um deles morre um pouco, antes de atacar.

Mas não vai demorar muito, Neguinha.

Não vai demorar muito e estarei a teu lado.

Agora, Neguinha, quando eles completam o cerco e sinto que não demora e vão atacar, fico pensando que eu nunca te amei como devia. Minha boca nunca teve paz para beijar a tua como as bocas dos amantes beijam e minha mão nunca teve paz para percorrer teu corpo, Neguinha. Recordo que na última vez que estive em São Paulo parei diante de uma banca de frutas e vi um pêssego lindo. A pele do pêssego me lembrou a tua pele e eu comprei o pêssego, Neguinha, e meus dedos acariciavam o pêssego como se acariciassem teus seios.

Imagino que tu me dirias:

A vida dos clandestinos é assim mesmo, cheia de sobressaltos...

Mas quantas vezes, Neguinha, interrompemos um amor, e pegamos em arma, achando que era a repressão chegando, quando era apenas um casal de gatos se amando no telhado?

Hoje ainda nos amaremos em paz, Neguinha.

E vamos fazer tudo que não pudemos fazer antes.

Vamos assistir o filme *Queimada*, eu abraçado em ti, sentindo teu calor em mim, sem medo da luz do cinema se acender de repente e nos cercarem com metralhadoras como uma vez fizeram no Rio de Janeiro com Carlos Marighela.

Quero tomar chope com você em Copacabana, e mais tarde sairemos andando de mãos dadas, tu e eu, pela Avenida Atlântica, e entraremos nos teatros, e nos bares, e em todos os lugares que nunca pudemos ir, e o governo brasileiro nada poderá fazer contra nós, porque seremos de nuvem e não se prende uma nuvem, nem se mata uma nuvem, Neguinha.

E toda vez que houver alguém pobre, estaremos com ele.

Toda vez que tiver alguém explorado, alguém preso, alguém ameaçado, estaremos lá.

Estaremos nas greves e nas passeatas e estaremos nos comícios e estaremos na boca das urnas, se houver umas, e estaremos nas guerrilhas, em todas as guerrilhas, se houver guerrilhas.

Estaremos na paz, se houver paz.

E então eu poderei beijar a tua boca, Neguinha, como minha boca quer.

Eles estão vindo, Neguinha. Eles acham que eu estou dormindo e atacam. Eu não darei um tiro, Neguinha. Em homenagem a ti, aceito a morte. Eles começam a atirar com fuzis e metralhadoras e eu grito teu nome:

Iara!

E sinto que estou livre, Neguinha: já posso te chamar de Iara e tu podes me chamar de Carlos e a ditadura militar fascista brasileira já não pode evitar que eu te chame de Iara e tu me chames de Carlos.

Agora eles me matam, Neguinha. Mas eles acham que eu não estou bem morto e me matam outra vez. E a cada morte, Neguinha, eu estou mais vivo, a teu lado.

Te beijo, Neguinha, já estou indo.

O teu, para todo o sempre,

Carlos."

18

— Te peguei em flagrante, Terê...

A língua molha os lábios, os dedos finos e morenos querem acariciar cabelos, os braços querem abraçar, a boca arde para ser beijada, a pele sonha com outra pele, assim vai Terê na frente da multidão que canta:

"Pelos campos, a fome
em grandes plantações
pelas ruas marchando
indecisos cordões
ainda acreditam nas flores
vencendo os canhões..."

Terê escuta a voz da tia solteirona, uma tia que só aparecia em sua casa para dizer como era bonito o apartamento que o marido da outra irmã comprou, como eram belas e desejadas pelos homens as outras sobrinhas, como estavam ricos os outros sobrinhos, isso quando Cacá, o irmão de Terê, o Bendito é o Fruto entre as Mulheres, dava cheques sem fundos, depois de seu bar falir, aquela tia solteirona, temente a Deus, ao Demônio, e a 417 tipos diferentes de doenças, aquela tia solteirona que diz agora, quando Terê pensa no Libertador que veio fantasiado libertar seu coração e o coração do Brasil:

— Aí, Terê, querendo cair na gandaia com Nosso Senhor Jesus Cristo, hein?

O coração de Terê está embriagado e alegre, como o Brasil está embriagado e alegre, mas a tia solteirona, que amou um homem mas nunca casou com ele e que tem o enxoval de noiva guardado em casa, cheirando a naftalina, a tia solteirona diz: pois é, Terê, com essa desculpa de Salvador, o que você quer é transformar o Brasil numa Sodoma e Gomorra, pensa que me engana, Terê, você nunca me enganou, agora você está tirando a máscara, pondo a manguinha de fora, Terê. E a tia solteirona, que sempre ia à casa de Terê para elogiar os vestidos das outras sobrinhas filhas das outras irmãs e dos outros irmãos e deixar olho gordo nas coisas, a tia solteirona dizia:

— Logo com Jesus Cristo, hein, Terê?

Pior é que a vidente M. Jan não preveniu Terê sobre a febre na boca, sobre o corpo querendo abraçar o corpo do Libertador, M. Jan falou de tudo, da tentação da fome, dos calafrios como se já fosse inverno no Brasil, mas da vontade de abraçar, de beijar, de amar, o Salvador, e aquela vontade de cantar "Carinhoso", disso M. Jan não falou — Terê se perturba, já não canta alegre, mas também não pode prender o que sente, não pode, e a tia solteirona que aparecia em casa da mãe de Terê para elogiar os namorados novos das outras sobrinhas e, mesmo, os olhos verdes das outras sobrinhas, a tia solteirona fala mais alto que as vozes cantando e que as bombas explodindo e sem ter uma explicação para o que sente e condena pela tia solteirona, Terê pensa:

— Melhor que venha a morte...

19

Alô, alô, Conceição, onde você estiver: seu pai Francisco está morrendo e seu último desejo é abraçar você, alô, alô, Conceição, seu pai Francisco pede pra contar que numa 6ª feira de junho de 1971 ele estava fazendo um sermão na capela da "Ordem dos Adoradores da Vaca Sagrada", quando os soldados chegaram atirando e jogando bomba de gás lacrimogênio e várias crentes morreram e dezenas ficaram feridas, mas nenhum jornal publicou a verdade, Conceição, e seu pai Francisco, sua mãe Suzana e sua irmã

Silvinha foram presos, junto de mais 14 crentes, e foram obrigados a desfilar em fila indiana pelas ruas da cidade de Santana e quando eles passavam nas ruas, as mãos algemadas, as pessoas cuspiam neles, gritavam: Comunistas! comunistas! e os bêbados que não tinham onde cair mortos de tão pobres que eram e os pobres que não comiam carne há 3 meses e que eram como bichos para seus patrões e que tinham menos direitos do que os cães das casas, todos cuspiam na cara do seu pai Francisco e gritavam: Comunista! e os primos e irmãos e tios e parentes do seu pai Francisco fechavam as janelas e as portas das casas quando seu pai passava comandando a fila indiana, a barba grande como um profeta e sem abaixar a cabeça, Conceição, nem quando no adro da igreja matriz começaram a gritar: "Lincha! Lincha!", seu pai Francisco abaixou a cabeça, ele que não abaixava a cabeça nem para cortar o cabelo, só abaixava a cabeça diante de Deus e da vaca Copacabana, nem quando gritaram "Afogar! Afogar! Afogar!" e ameaçavam afogar seu pai Francisco, sua mãe Suzana, sua irmã Silvinha e os 14 crentes nas águas do Rio Santo Antônio, nem então seu pai abaixou a cabeça, nem quando o trancaram nas grades da cadeia e a multidão gritava: "Lincha! Lincha!", nem aí seu pai Francisco abaixou a cabeça, alô, alô, Conceição, seu pai está só esperando você chegar para morrer: venha com urgência, Conceição.

20

— Central de Comando chamando urgente helicóptero n.º 3. *Caramba! Um porrilhão de tempo sem pensar nela e agora, caramba? No dia que chegou a miserável da carta anônima, eu tinha dado o sapato pra ela. N.º 36 o pé dela. Santo Deus, era um pé bonito! Eu gostava de ficar olhando o pé dela, caramba!* Alô, helicóptero n.º 3, Central de Comando chama urgente. Alô. *Ela riu alegre quando eu dei o sapato pra ela. Mas mesmo rindo, caramba, ela parecia triste: parecia que ia chorar, santo Deus! E ela falou quando eu entreguei o embrulho com o sapato: Pra mim? E eu disse: Abre! E ela abriu, caramba, e riu. E me deu aquela coisa, porque, mesmo rindo, caramba!, ela parecia triste. Mesmo cantando ela parecia triste, caramba! Parecia que ia chorar.* Central de Comando chama urgente helicóptero nº 3. *Onde essa zebra se meteu agora, santo Deus? E ela sentou na cama e experimentou o sapato, santo Deus! E depois, caramba, ela ficou de pé com o sapato, caramba, e ficou alta, quase da minha altura por causa daquele salto altão que tava usando. Santo Deus!* Alô, helicóptero nº 3. *Ela andou pro meu lado. Rindo e como se fosse chorar, caramba, mesmo rindo. Santo Deus, me deu um troço, eu juro que deu. Uma vontade de chorar, caramba, e de rezar, porque ela alegre, mas parecendo que ia chorar, me dava uma vontade fodida de chorar e de rezar!* Alô, helicóptero nº 3, Central de Comando chamando urgente. *Ela veio andando no quarto, pisando o assoalho como uma mula dessas marchadeiras, de ferradura nova! E eu olhando ela eu não sabia se chorava ou se eu rezava, caramba, ou se eu gritava, vendo ela como uma mula marchadeira. Ê, mula cara!*

— Helicóptero nº 3 na escuta...

— Central de Comando querendo saber se helicóptero nº 3 se reabasteceu.

— Já tou reabastecido, sargento...

— E se alimentou também, caramba?

— Um lanche leve, sargento...

— Sanduíche?

— Sanduíche com chocolate, sargento...

— Tudo O.K. com helicóptero nº 3?

— Tudo O.K., sargento...

— Fica na escuta, então. Ciao, menininho...

— Ciao, sargento...

— *E então ela veio andando como uma mula marchadeira de ferradura nova. Santo Deus, ela me beijou na boca! E eu senti aquele gosto da boca dela, um gosto, caramba, que boca de mulher nenhuma*

250

tem. Eu só queria saber uma coisa. Juro que queria. Queria saber como ela fazia pra ficar com aquele gosto na boca. Será que era algum preparado? Santo Deus. E antes de dormir eu fui olhar se tinha correspondência na caixa do correio, caramba! Ver se tinha algum envelope do curso de inglês por correspondência que eu tava fazendo. E ela ainda me falou: Fica aqui, não vai não. Mas eu fui e achei a carta anônima, caramba! Escrita a máquina. Máquina Remington, caramba! E tava lá escrito: Seu corno, você fica bancando o Caxias, com o rei na barriga só porque usa uma farda verde-oliva, e sua mulher está te chifrando, te pondo um par de chifres de todo tamanho...

21

— Vamos, Iara, vamos...

Acordas escutando a tua própria voz: olhas em volta, esses teus olhos procuram Iara Iavelberg, porque agora, além de estares possuído por Frei Tito, és também o capitão Carlos Lamarca. Mas não enxergas Iara Iavelberg: enxergas o Cavalo Albany, que tu não sabes que tem em poder dele um gravador camuflado e, tu, ingênuo, tu dizes ao Cavalo Albany:

— Minha maior vontade agora é assistir o filme *Queimada* junto de Iara Iavelberg...

Ao que o Cavalo Albany pergunta:

— O Presidente se refere à terrorista morta?

— Terrorista, não, guerrilheira, terrorista é uma expressão de linguagem fascista que não faz parte do meu vocabulário.

E tu começas a dizer que o fascismo brasileiro, da mesma forma que a Santa Inquisição e que o nazismo de Hitler e o macartismo nos Estados Unidos, da mesma forma que Franco na Espanha e Salazar em Portugal, o fascismo brasileiro transfigurou o verdadeiro significado das palavras.

— Por que falavam na terrorista Iara Iavelberg e não na guerrilheira Iara Iavelberg? — tu dizes. — Porque a palavra guerrilheira é
romântica, inspira simpatia, já a palavra terrorista, não, faz pensar
em alguém que vai colocar uma bomba para matar inocentes
criancinhas...

O coração do Cavalo Albany se alegra: ele parece te ouvir com
um prazer jamais sentido, mas isso faz parte da traição, só tu, ingênuo, não sabes. Inocente, tu segues falando: segues falando que o
fascismo brasileiro, sempre camuflando a linguagem, mudando o
significado das palavras, chamava de inimigos da pátria os adversá-
rios do regime militar.

— Ah, e se atacavam o governo militar do Brasil no exterior, o
que diziam? — tu falas, tu: capitão Carlos Lamarca. — Diziam que
estavam denegrindo a boa imagem do Brasil no exterior. Como se
o Brasil fosse um bando de generais fascistas. Todo fascista, meu
caro Albany, tenta se confundir com a Pátria, todo fascista é um
gigolô da Pátria...

Voltas a sentir na tua boca o gosto da boca de Iara Iavelberg e,
inocente, continuas a falar:

— Ali, para você ver, Albany, o fascismo brasileiro sempre falou e ainda fala em forças de segurança. Segurança do povo? Não.
Segurança da democracia? Não. Segurança de opinião? Não. Simplesmente segurança do fascismo militar. A linguagem verdadeira
pra definir forças de segurança seria falar em forças policiais ou
força de repressão...

Então, no teu rádio, esse teu rádio que hoje à noite, quando a
lua surgir, anunciará a tua desgraça, começa uma entrevista que o
Homem do Sapato Amarelo faz com teu confessor, o cardeal de
Porto Alegre, Dom Vicente Scherer:

— Dom Vicente Scherer: responda a 80 milhões de brasileiros
que, neste exato momento, estão ligados com a Cadeia da Felicidade, formada por 294 emissoras brasileiras: o senhor acha que o
urso é uma criatura de Deus?

— Depende, existem ursos e ursos...

— Refiro-me, Dom Vicente Scherer, ao urso que está aparecendo no Brasil hoje, neste 1º de abril: ele é uma criatura de Deus?

— Não, meu filho, não...

— Mas, Dom Vicente Scherer: não foi Deus o criador do céu e da terra e de tudo que existe no céu e na terra?

— Esse urso que está conturbando o Brasil, espalhando o caos e o medo entre os lares brasileiros, não é uma criatura de Deus, é uma criatura do Demônio...

— Então o senhor acha, Dom Vicente Scherer, que os direitos do urso não devem ser respeitados?

— Meu filho, os direitos do urso terminam onde começam os direitos ao sossego e à tranqüilidade da família brasileira...

— O senhor é de opinião, então, que a caça ao urso se faz em nome de Deus, Dom Vicente Scherer?

— Indubitavelmente, meu filho...

— Ouça, Dom Vicente Scherer: como o senhor receberá o urso, se ele aparecer aí em seu palácio em Porto Alegre?

— A bala...

— Outra pergunta, Dom Vicente Scherer: estão dizendo que o urso é Jesus Cristo disfarçado e que ele veio para libertar a felicidade no Brasil...

— Essa é a tese dos adeptos da "Teologia da Libertação", que Sua Santidade, o Papa João Paulo II, colocou no banco dos réus, merecidamente...

— E quanto aos milagres atribuídos ao urso, Dom Vicente Scherer: o que o senhor pensa?

— Isso é intriga do comunismo internacional, para criar o caos e o desassossego no Brasil ...

Nesta hora, o Frei Tito e o capitão Lamarca que se apoderaram da tua alma te fazem falar:

— Esse Dom Vicente Scherer é um velho gagá...

Pobre inocente: não sabes cormo esse teu desabafo ajudará na tua desgraça. Agora esse teu fatídico rádio diz que o Departamento de Estado Americano te acusa de ser um novo Kerensky. Tu, na tua ignorância, simplesmente não sabes quem foi Kerensky, dito assim te parece um desses bailarinos russos que excursionam com o balé Bolshói e, na primeira chance, pedem asilo num país qualquer e, depois, vão para os Estados Unidos. Então, os fragmentos do capitão Lamarca, que continuam dentro de ti, como Frei Tito continua no teu coração, esclarecem o mistério:

— General, Kerensky foi o governante russo cuja indecisão e pusilanimidade dizem que causaram a vitória de Lênin e seus camaradas na Rússia...

E é isso que, agora, o Presidente dos EUA diz no teu rádio: que és um pusilânime e que, enquanto um simples urso revira o Brasil de pernas pro ar, tu te entregas a devaneios esquerdistas, pondo em risco a segurança de todo o hemisfério ocidental. Irritado, tu chamas o Cavalo Albany, que transformaste hoje em teu porta-voz, sem saberes que em breve ele vai tirar a máscara, neste carnaval de 1º de abril, e mostrar quem realmente é: tu chamas o Cavalo Albany e dizes:

— Gostaria de receber o urso para jantar comigo hoje à noite...

Sem discutir tua ordem, o Cavalo Albany divulga tua decisão: pega um telefone, consegue que um porta-voz, longe, muito longe de onde estás, chegue ao Homem do Sapato Amarelo, para que ele dê a notícia para todo o Brasil saber.

— É em tua homenagem, Iara, que vou receber o Libertador da Felicidade...

Já não és mais o General Presidente: és o capitão Carlos Lamarca e, a teu lado, na cama, está sentada Iara Iavelberg e ela te diz: diz tão perto de ti que sentes que ela hoje bebeu refresco de maracujá:

— Chegou a hora de fazer a reforma agrária no Brasil, é agora ou nunca...

Tu concordas: tu não tens terra, tu não és fazendeiro, tu não tens compromisso nenhum com o latifúndio no Brasil. E, então, te sentindo o capitão Carlos Lamarca, tu, General Presidente, tu caminhas até uma mesa nesse teu quarto, pegas uma caneta que teu pai usou no exílio e dizes a Iara Iavelberg:

— Vou assinar a reforma agrária no Brasil com esta caneta que foi do meu pai...

22

Anoitece no Brasil, vai ser uma noite muito bonita aquela, 303 rádios formam a Cadeia da Felicidade, com o Homem do Sapato Amarelo narrando, às vezes 10 minutos seguidos, a caça ao urso, que agora engana 100 mil soldados que o perseguiam. A batalha mais empolgante ficou conhecida como a "Nova Batalha do Riachuelo", porque aconteceu na Praça Riachuelo: cercado por 10 mil soldados, o urso conseguiu fazer os soldados atirarem uns contra os outros, então aumentou a debandada dos soldados, que deixavam seus fuzis e metralhadoras no chão e aderiam à passeata comandada por Terê. Na boate transformada em terreiro, todos cantam:

"Abaluaê talabô
Abô e mourô..."

Sobe a temperatura na boate-terreiro, os atabaques soam fortes, tocam os agogôs, Olga de Alaketo sopra a fumaça do charuto no Deus e as vozes estão roucas.

"No arê olodó
Coa-nan ou lodó..."

Como um negro, o Deus do Brasil dança e Ele se sente um negro e entra em transe: cai no chão e Olga de Alaketo dá um passe para fixar o espírito, aquieta o espírito no Deus e o Deus se levanta, soam os atabaques, tocam os agogôs, e o Deus anda com a cabeça afundada no pescoço como o marechal Castelo Branco, primeiro ditador militar do Brasil depois do Golpe Militar que derrubou João Goulart. E andando pela boate como se andasse por um palco, começa a recitar trechos de Shakespeare misturados com pedaços de Atos Institucionais: a boate agora já não é um terreiro, é um teatro, o Deus fala com sotaque nordestino, a mesma voz de Castelo Branco:

— Meu coração pressente que alguma fatalidade, suspensa entretanto nas estrelas, começará amargamente seu temível curso com esta festa noturna...

Esquece a fala de Romeu, ganha uma postura militar, diz:

— Pelo presente Ato Institucional, suspendem-se, até o Ano 2020, os direitos políticos da alegria no Brasil, pois até lá, e mais do que lá, há de durar a Redentora Revolução de 31 de março de 1964, que salvou o Brasil de cair nas mãos dos ursos comunistas...

Tocam os atabaques, Olga de Alaketo bebe cachaça e respira uma onda de lança-perfume que entra na boate, o Deus do Brasil fala como Iago, já não é mais Romeu:

— Falta-me, às vezes, a maldade que seria de grande utilidade. Nove ou dez vezes tive vontade de apunhalá-lo, aqui debaixo das costelas... — e ele avança num negro, tenta esfaqueá-lo, todos cantam na boate-terreiro-palco de teatro.

"No arê olodó
Coa-nan ou lodó..."

Dramático, o Deus tenta desesperadamente imitar Sir Laurence Olivier, caminha pelo palco, cala os atabaques e as vozes que cantam e diz:

— Cortem-se os punhos e os direitos das mãos pecadoras brasileiras que soltaram foguete no dia da minha trágica morte queimado num desastre de avião. Prendam-se todas as bocas que riram. As bocas que cantaram. Suspendam-se os sorrisos até o ano 2010 e que as bocas nunca mais consigam rir e cantar e beijar e amar, que só consigam chorar e rezar para pedir perdão. E fica pelo presente Ato Institucional nº 4.587 decretado, como castigo para o povo brasileiro, a cassação do carnaval, assim como cassei os feriados, para que todos se recordem de que, quando as rádios divulgaram minha trágica morte, eles fizeram um carnaval insólito no Brasil...

Caminha até o meio da boate, fala como Iago:

— Minha causa está dentro do meu coração...

A ayalorixá Olga de Alaketo reza uma oração de espantar espírito, ouve-se a voz do marechal Castelo Branco:

— Oh, infames! Oh, míseros traidores! Não venham falar em Revolução da Alegria, quando no Brasil ainda ecoa o carnaval do dia da minha trágica morte. Mas meu castigo ao povo brasileiro virá: hoje jogarei a minha praga no Brasil para todos sentirem como é que dói uma saudade e não falarem mais em passar uma borracha na vida brasileira...

23

(Sangue de Coca-Cola)

Cães latem ao longe dentro do Camaleão Amarelo, um bolero começa a tocar dentro dele, abafa os latidos dos cães:

"Hipócrita
sensillamente hipócrita
perversa
te burlaste de mi..."

Sapatos se arrastam dançando no cimento, na lembrança do Camaleão Amarelo e era um sábado, de noite, no Colégio do Bosque, e o vento mudava de rumo e trazia o cheiro de remédio da Colônia de Leprosos, o refeitório maior era esvaziado, arrastavam as mesas, empilhavam as cadeiras, e começava o "Quebra-Homem", alunos homens dançavam com alunos homens, cantava o conjunto "Brazilian Seranaders", formado por cinco alunos:

"Yo sé
que inutilmente
me enamoré de ti..."

Os pares têm cintura dura e as mãos se apertam nervosas, suadas, as mãos tocam nas costas querendo falar, suaves, aquelas mãos vigiadas pelo frei Tanajura. Quando o "Quebra-Homem" começava, o frei Tanajura ficava em pé perto do conjunto "Brazilian Seranaders", na boca o apito com que apitava os treinos e os jogos de futebol, e, se via alunos dançando de rosto colado, o frei Tanajura trilava o apito, como se tivesse havido um pênalti clamoroso, os "Brazilian Seranaders" paravam de tocar, o frei Tanajura apontava os dois infratores, colocava-os na frente de todos, em pé, e eles ficavam cinco músicas sem dançar, escutando o maior sucesso daquela temporada, o bolero "Hipócrita":

"Perversa
te burlaste de mi..."

No "Quebra-Homem", os sapatos se arrastando no chão de cimento, alunos homens dançando com alunos homens, as mãos suadas, o frei Tanajura vigiava, ali começavam namoros, amores, amores infelizes como os de Paulo e de Lino, que se suicidaram, ah como esquecer o dia em que Paulo e Lino foram encontrados mortos?

Aqueles alunos sem mulher sonhavam com atrizes de cinema, cujas fotografias apareciam em revistas, como *A Cena Muda,* que circulavam clandestinamente no Colégio do Bosque, ainda amavam Esther Williams e Ava Gardner, na Cidade do Bosque, os filmes chegavam atrasados, tudo lá chegava atrasado.

— Queríamos parecer artistas de Hollywood...

Sim, andavam como Gary Cooper, queriam ser Humphrey Bogart, Cary Grant, Burt Lancaster, irritavam-se porque todos tinham que usar Príncipe Danilo, como se tivessem num Colégio Militar, e se chamavam de artistas, os namorados do Colégio do Bosque formavam pares, como Humphrey Bogart e Lauren Bacall, Frank Sinatra e Ava Gardner, reviviam casais antigos do cinema, com Clark Gable e Carole Lombard, o jornalzinho escrito a mão registrava aqueles casos de amor numa linguagem que fazia grande sucesso, ia passando de mão em mão e circulava aos sábados, dia em que o Colégio do Bosque ficava mais tenso, esperando a hora do "Quebra-Homem".

Não, agora nesta fila, para falar com a Hiena, os boleros não cantam dentro dele, os boleros latem, são como cães latindo, e os sapatos se arrastam no chão de cimento:

"Solamente una vez
amé en la vida..."

Os boleros são como cães e latem e têm olhos e vigiam, como o frei Tanajura vigia e, no "Quebra-Homem", o Camaleão Amarelo se sentia culpado como agora se sente, agora em que é ele acusado de um crime que não sabe qual é, agora que ele aceita a culpa desse crime, para ele mesmo, o Camaleão Amarelo é sempre suspeito de alguma coisa: de um assalto, de uma morte, porque ele sempre teve sangue de Coca-Cola e sempre teve cães latindo dentro dele e boleros latindo e vigiando.

Os olhos do frei Tanajura o vigiavam e acusavam, como a Hiena o acusou hoje, e ele aceitava a culpa. De que mesmo que o frei Tanajura o acusava? Ah, devia acusá-lo porque o padre Buta que era velho e de cabeça branca e tinha a batina respingada de bosta de assanhaço e ficava rezando missa em latim no pátio pegou no pau dele debaixo de um pé de amora e ele deixou, devia acusá-lo porque ele se masturbava pensando em Ava Gardner, e porque ele tinha descoberto que pegar um mosquito e arrancar a asa dele e colocar o mosquito na cabeça do pau era gostoso, devia acusá-lo porque agora, quando os "Brazilians Seranaders" estão tocando outra vez "Hipócrita", ele dança com Iole, que tinha negros, molhados olhos, a pele branca, e ele estava apaixonado por Iole e chamava Iole de Ava Gardner, devia acusá-lo porque o frei Tanajura não tirava os olhos míopes de Iole e passou a acusá-lo de todos os crimes, porque o frei Tanajura também se apaixonou por Iole e olhava para Iole quando os "Seranaders" cantavam:

"Perversa
te burlaste de mi..."

24
(Em busca do tempo fodido)

Ninguém nunca soube explicar por que aquelas tanajuras apareceram voando no Colégio do Bosque num mês de maio.

Nem mesmo o professor Heitorzinho, que estudava os fenômenos paranormais e as estranhezas da natureza, soube explicar o mistério daquelas tanajuras, quando todos sabiam que era maio e o céu continuava azul, sem nenhum sinal de chuva, apenas raras nuvens, pequenas e brancas como garças, voavam no céu, mas logo desapareciam.

Também nunca ninguém soube explicar a chegada do frei Daniel, coincidindo com a chegada das tanajuras, ao Colégio do Bosque — ele, um frade franciscano, num colégio de padres seculares.

As tanajuras voaram pelo Colégio do Bosque, morreram de morte natural ou foram caçadas pelos alunos e durante alguns dias suas carcaças foram vistas nos pátios, carregadas por um batalhão de formigas que lembravam um exército batendo em retirada, carregando seus mortos.

Em poucos dias, não se falou mais das tanajuras de maio.

Mas do frei Daniel todos iriam falar, porque ele continuou no Colégio do Bosque. Só que não o chamavam de frei Daniel, mas de frei Tanajura, porque ele chegou quando as tanajuras de maio chegaram.

Magro, alto, mulato, óculos tartaruga de grossas lentes contra miopia, a barbicha e a batina de franciscano, o frei Tanajura lembrava mais um formigão, ainda que seu rosto recordasse a bunda de uma tanajura. Puxava muito o *s*, para lembrar sua condição de carioca da gema, e tinha um desdenhoso desprezo por todos os que, ao contrário dele, não tiveram a ventura de nascer no Rio de Janeiro, mas em algum ponto que ele considerava o cu do Brasil, como Minas.

O frei Tanajura era encarregado de descobrir, entre os alunos do Colégio do Bosque, as vocações sacerdotais. Fazia sermões imitando a oratória de Carlos Lacerda, era membro do Clube da Lanterna e fã do Corvo do Lavradio. Nos sermões investia, sempre, contra Luz del Fuego, a nudista brasileira que vivia nua numa ilha existencialista, com uma cobra enrolada no pescoço. E atacou tanto Luz del Fuego, chamando-a de Enviada do Demônio, que, logo, os alunos externos surgiram com reproduções da revista *O Cruzeiro*, com fotos de Luz del Fuego, vendidas no câmbio negro.

O frei Tanajura apitava os treinos e os jogos de futebol e era pó-de-arroz, isto é, torcia pelo Fluminense, clube dos ricos do Rio de Janeiro e, apesar de mulato e pobre (escondia que era filho de uma lavadeira), odiava o Flamengo, que chamava de time de urubus.

O frei Tanajura cultuava os filhos dos ricos, dava-lhes um tratamento que não dava aos outros: nos treinos de futebol, o vento soprando cheiro de eucalipto, o frei Tanajura era impiedoso com os pobres filhos de Deus, anulava gols legítimos deles e marcava pênaltis que não tinham cometido a favor dos ricos.

Quando chegou a Quaresma do ano de 1954, o frei Tanajura redobrou seus ataques a Luz del Fuego.

Ninguém nunca soube como, mas o frei Tanajura descobriu a existência de fotografias de Luz del Fuego entre os alunos e iniciou a caça às bruxas.

Naqueles dias em que o medo do lobisomem e da mula-sem-cabeça aumentava no Colégio do Bosque, o frei Tanajura fez uma proposta: ele sairia da sala de aula e todos colocariam as fotografias de Luz del Fuego em sua mesa, não haveria castigo, seria apenas feita a vontade de Deus.

Em nenhuma sala onde o frei Tanajura fez a proposta os alunos concordaram: ele saía, voltava, não aparecia fotografia de Luz del Fuego em cima da mesa.

Só numa sala o frei Tanajura conseguiu que 7 alunos, exatamente os mais ingênuos, aceitassem a proposta.

Nunca ninguém soube explicar como os 7 que devolveram as fotos de Luz del Fuego foram descobertos e punidos pelo padre Coqueirão, a pedido do frei Tanajura.

Durante 30 dias e 30 noites, os 7 foram proibidos de conversar ou falar: nem para responder presente nas salas de aula eles podiam falar, não podiam cantar o *Cisne Branco* nas marchas de educação física do sargento Marcelino, não podiam gritar pedindo a bola nos treinos e jogos de futebol do Colégio do Bosque, não podiam cantar na aula de canto, não podiam rezar alto e, naqueles 30 dias e 30 noites, nem mesmo contar seus pecados no confessionário eles podiam, suas confissões eram feitas por escrito e entregues ao padre Coqueirão.

Eles ficaram conhecidos como os 7 Mudos.

Um deles, o que era chamado de Esther Williams, fazia o frei Tanajura pensar num Camaleão Amarelo, sempre que o via.

O frei Tanajura nunca soube explicar por que aquele aluno o fazia pensar num Camaleão Amarelo.

Os 7 Mudos ganharam um costume que fazia seus olhos brilharem: durante as aulas, tamborilavam as carteiras com o lápis, no recreio, batiam nas garrafas de Coca-Cola com a tampinha, batiam nos postes de ferro com moedas.

Nunca o frei Tanajura, nem o padre Coqueirão, nem o professor Ítalo, chefe de disciplina, nem os alunos conhecidos no Colégio do Bosque como Silvério dos Reis e que, mais tarde, muito·mais tarde, seriam chamados de Dedos-Duros, souberam explicar aquele estranho costume dos 7 Mudos do Colégio do Bosque.

Nunca ninguém soube que eles conversavam pelo Método Morse.

Nunca ninguém soube disso naquele ano de 1954 em que Getúlio Vargas deu um tiro no peito.

25

— Central de Comando chamando helicóptero nº 3. Alô helicóptero nº 3, alô. *Caramba, eu ia matar ela. Por Deus que eu ia! Dobrei a carta anônima depois que eu li, santo Deus, e peguei minha Máuser. Mas, caramba, ela tinha uma cara de anjo. E quando eu entrei no quarto pra matar ela, ela tava lá, com a cara de anjo, santo Deus! Tava agachada, com o par de sapato que eu tinha dado pra ela em cima da cama, caramba!* Alô helicóptero nº 3. *E ela passava a mão de leve no sapato, santo Deus! Passava de leve e olhava pro par de sapato com a cara de anjo, caramba, como se fosse um automóvel que eu tivesse dado pra ela, santo Deus! Eu cheguei a segurar a Máuser, mas me deu aquela coisa. Uma vontade de chorar, santo Deus! E eu fingi, caramba, que tava com dor de barriga e me tranquei no banheiro.* Central de Comando chama helicóptero nº 3. *Me tranquei lá e tive uma crise de choro. Depois eu desandei a rezar, caramba! Aí ela bateu na porta e perguntou se eu não queria um sal de fruta, caramba! E eu saí de lá do banheiro e ela continuou a me olhar com a cara de anjo, santo Deus! E ela notou que eu tinha chorado, caramba, e perguntou: O que você tem, moreno? Porque ela sempre me chamava de moreno.* Central de Comando chamando helicóptero nº 3. *E eu respondi que não era nada, caramba, e ela disse: Ocê não me engana, moreno! E ela ficou me olhando com a cara de anjo! Olhando com aqueles olhos tristes, santo Deus!* Alô helicóptero nº 3...

— Helicóptero nº 3 na escuta...

— Onde você se meteu, caramba? Toda atenção agora é pouca, caramba!

— O.K., sargento...

— Nada de brincadeira em serviço, caramba!

— O.K., sargento. Alguma ordem?

— Espera a lua surgir, caramba.

— Tá bem, sargento...

— Localizou o tipo de sapato amarelo?

— Tá difícil no escuro, sargento...

— Caramba! Você se vira, caramba! Se você não localizar ele, eu não vou querer tá na sua pele, caramba!

— Mas, sargento...

— Não tem mas. Eu, hein? Você ainda não descobriu que estamos em guerra, caramba?

— O.K, sargento. Vou fazer uma operação pente-fino pra achar ele...

— Fica na escuta, caramba!

— Alô, sargento...

— Fala, caramba!

— Localizei ele, sargento!

— Então não perde ele de vista mais...

— Localizei por causa do chapéu, sargento...

— Olho nele, então, caramba. Fica na escuta...

— O.K., sargento...

— *Eu vi que eu não conseguia matar ela, caramba! E me veio aquela idéia de espiantar ela pra longe. Pra Manaus? Pra Ponta Grossa? Pra Bolívia? Ela me olhava com a cara de anjo, santo Deus! Olhava inocente, santo Deus! E no outro dia, bem cedo, caramba, eu procurei o cabo Afonso, que era especialista em espiantar bandido. Procurei o cabo Afonso, santo Deus!*

26

Em 1991 ou 92, o que tinha a mão esquerda enfaixada e era o mais novo dos três parou diante de Tyrone Power, olhou-o com os olhos verdes e disse:

— O que eu não entendo é uma coisa: você matou dez pessoas, todas de olhos verdes. Por quê?

Em 1991 ou 92, quando o da mão enfaixada perguntou, Tyrone Power se lembrou do momento que vive agora, neste 1º de abril, muitos anos antes de 1991 ou 92: se lembrou de quando ele escutava estes rumores que entram agora pela janela, rumores de povo cantando, de mistura de procissão, passeata e carnaval, e da vontade de ir embora que dá nele.

— Hein? — insistiu em 1991 ou 92 o da mão esquerda enfaixada. — Por que todos de olho verde?

Sente vontade de descer do 8º andar e não matar ninguém, ir para casa e falar com a infeliz Júlia aquilo que em 1991 ou 92, na hora em que começou a faltar o ar no caixão, Tyrone Power soube que nunca tinha falado e que ele morreu falando, achando que vivia:

— Caralho, a gente nasce e já vai morrendo, caralho, a gente cresce e pensa que tá vivendo, caralho, mas a gente tá é morrendo numa porção de coisa, Júlia. Eu fui morrendo nuns prazeres, numas alegrias, fui morrendo pras mulheres, pra tudo, caralho, só fiquei vivo prum troço, Júlia: pra gostar de você pra caralho, Júlia, mesmo com essas veias azuis arrebentando na sua perna...

Em 1991 ou 92, o que tinha a mão enfaixada e estava parado diante dele falou:

— Diz aqui, nestas anotações, que o tal de Fleury falava que você era um bosta pra tudo, menos pra torturar e matar quem tivesse olhos verdes: Carlos Marighela, M. Jan. Por que só os de olhos verdes? Por quê?

Agora, neste 1º de abril, Tyrone Power chega na janela do apartamento no 8º andar e se pergunta alto:

— Caralho! Como os "Três Mosqueteiros" sabiam que essa confusão toda ia acontecer hoje no Brasil? Como?

Os "Três Mosqueteiros" o procuraram três dias antes, falaram que tinham um serviço para o dia 1º de abril, ia haver muita confusão no dia 1º de abril, e eles disseram:

— Está aqui o endereço e a chave do apartamento. Você vai pra lá, na noite de domingo, véspera de 1º de abril, leva uma fantasia de Arlequim...

— Fantasia? — espantou-se Tyrone Power.

— É — eles disseram —, depois que você fizer o serviço, você veste a fantasia e foge...

— Mas por quê, caralho, que eu é que tenho que fazer o serviço? Picharam a minha casa, caralho. Escreveram lá: aqui mora um torturador assassino. Pedi socorro, vocês pouco cagaram pra mim e agora...

— Nem se você souber, Tyrone, que é gente de olho verde, nem assim você não faz?

— Isso é chantagem, caralho! Desta vez, foda-se. Meu filho, caralho, ficou 15 dias sem abrir o bico comigo, desde que aquele jornaleco imundo publicou a lista dos torturadores. Não, caralho, desta vez, não...

— É coisa importante, Tyrone. Mais importante que Marighela, do que a M. Jan...

— Mandem um milico. Milico tem as costas quentes...

— Quanto você ganhou pra matar Marighela, Tyrone?

— Bosta nenhuma.

— E pra enterrar a M. Jan viva?

— Bosta nenhuma. Mas eu não durmo pensando nela, acordo gritando de noite, a vizinhança escuta, caralho...

— Sabe qual a recompensa? Uma fazenda no Paraguai...

Ele ficou sem acreditar: ele, a infeliz Júlia e os filhos no Paraguai, longe do medo, aquele medo que crescia dentro dele? Um dos "Três Mosqueteiros" disse:

— Já está aqui a escritura, passada em seu nome, uma fazenda de 60 alqueires no Paraguai. Olha...

Ele olhou: era inacreditável e ele perguntou:

— Como é que eu vou saber quem eu vou acertar?

— Mandaremos um sinal pelo walkie-talkie que você vai levar...

Agora, neste 1º de abril, levanta-se, vai desistir da fazenda no Paraguai, de tudo. Mas um arrepio como boca beijando sobe por seu peito.

27
(Sangue de Coca-Cola)

Anoitece no Brasil, aumenta o cheiro de cavalo, mesmo quando a brisa sopra lança-perfume, e em Washington, um porta-voz da Casa Branca denuncia o urso como um perigoso Fideltolah, no Brasil, o Camaleão Amarelo exausto, faminto, aceitando a culpa de um crime que ele não sabe qual é, entra pela segunda vez na sala da Hiena.

— A Casa Branca — dizia naquela hora o Homem do Sapato Amarelo no rádio da Hiena — acaba de admitir que os brasileiros sentem especial fascínio pelos bichos, como foi o caso do Rinoceronte Cacareco, que não tinha o carisma e o charme do urso que agora aparece como mistura de guerrilheiro, galã de cinema e Jesus Cristo...

A Hiena olha assustada para o Camaleão Amarelo, apaga o transistor, abre a gaveta onde fica o revólver preto, acusa o Camaleão Amarelo com o olhar e diz:

— O senhor outra vez?

— É — fala o Camaleão Amarelo, a voz alta, encorajado pelo urso. — Tive com o Ouriço Caixeiro, ela me disse que viesse aqui que você resolveria meu caso...

— O senhor disse "você"? — assusta-se a Hiena.

— Disse — responde o Camaleão Amarelo, em pé na frente da Hiena.

— Pois trate-me de senhor, como o estou tratando...

— Está bem... O senhor então podia me dizer por que cortaram 12 dias no meu salário...

— Se o senhor insistir, eu chamo a polícia — grita a Hiena.

— A polícia? Mas...

— Sim, a polícia e o senhor sabe por quê...

— Não, eu não sei por quê — disse o Camaleão Amarelo.

— Não sabe? Então não é você que toda noite, antes de dormir, xingava mentalmente o marechal Humberto de Alencar Castelo Branco, quando ele era o Digníssimo Presidente da República do Brasil?

— Sim, era eu.

— Teve igual procedimento com relação ao Presidente Arthur da Costa e Silva, aos dignos membros da Junta Militar que governaram o Brasil durante um interregno, e com relação ao ínclito general Emílio Garrastazu Médici, quando ele era o Presidente?

— Sim.

— Abandonou essa prática na metade do governo do general Ernesto Geisel?

— Sim.

— Tem um pôster de Che Guevara na sala da sua casa?

— Sim.

— Chorou no dia da morte de Che Guevara?

— Sim.

— Chorou quando Carlos Marighela foi assassinado?

— Sim.

— Chorou quando o Presidente Salvador Allende do Chile foi deposto e morto e escreveu na mesma noite o poema "Nos escombros da minha sala", cujos primeiros versos diziam: "O Chile fica nos escombros da minha sala / na esquina de um aparelho de televisão / com um coração. / Eu sou o palácio La Moneda e ardo / tenho a pele chamuscada / sofro de febre dos palácios em chama / as bombas quebram minha vidraça / me estilhaçam / e antes de cair /

ainda no ar / lançadas pelos aviões / são como ovos de páscoa embrulhados em celofane / numa manhã do Brasil". Assume a paternidade desses versos?

— Sim.

— Sente-se frustrado como publicitário?

— Sim.

— É autor de um romance inacabado, parado na página 183, que tem o título de *O Tecedor do Vento,* tendo como epígrafe a frase "O vazio espera todos que tecem o vento", de James Joyce?

— Sim.

— Pecou contra a santa castidade milhares de vezes?

— Sim.

— Já traiu milhares de vezes o 9º mandamento?

— Sim.

— Tem sangue de Coca-Cola correndo nas veias?

— Sim.

— Então — disse a Hiena, um ar vitorioso —, é o senhor mesmo. Reconhece que é o senhor?

— Sim, mas...

— Pois aqui nesta pasta — e a Hiena tira da gaveta a pasta laranja do dossiê e deu nela três tapinhas — estão aqui acusações gravíssimas contra a sua pessoa. Então, com que autoridade o senhor vem reclamar contra o corte de 12 dias no seu salário? Quer ouvir algumas das acusações?

— Sim — Camaleão Amarelo disse.

— Pois eu vou ler — a Hiena começou a folhear a pasta laranja.

— Hum, aqui está: na página 47 do dossiê: "Durante uma manifestação estudantil de caráter nitidamente subversivo, coordenada pelo extinto semanário *Binômio,* de Belo Horizonte, e por notórios agitadores, jogou ovo podre naquele que viria a se transformar no Deus do Brasil...." Está vendo? Confessa que jogou ovo podre no Deus?

— Confesso...

— Responda só mais algumas perguntas, perfeito?

— Perfeito — disse o Camaleão Amarelo ainda em pé.

— Seis meses após a Revolução de 31 de Março de 1964, o senhor ficou desempregado, não ficou?

— Fiquei.

— O senhor não saía de casa, não é?

— Não...

— O senhor não saía porque tinha medo de pular na frente de um carro e morrer, não era assim?

— Era.

— Então o senhor ficava em casa lendo livros de Jean Paul Sartre e de J. D. Salinger, não era?

— Era.

— Mais precisamente: o senhor leu *As Palavras* e *A Engrenagem*, de Sartre, e o *O Apanhador no Campo de Centeio*, de Salinger: nega ou confirma?

— Confirmo, mas...

— O senhor era acusado de subversivo, não era?

— Era, mas eu só quero saber por que cortaram 12 dias do meu salário...

— O senhor não me interrompa — disse a Hiena.

O Camaleão Amarelo olha o anoitecer pela parede de vidro da sala da Hiena.

— Se o senhor me interromper, eu chamo a polícia — grita a Hiena.

— Prossiga, por favor — disse o Camaleão Amarelo.

— Os que não chamavam o senhor de subversivo o chamavam de temperamental e lhe negavam emprego, não era assim?

— Era...

— Então, não há a menor dúvida de que foi mesmo o senhor que cometeu um crime horripilante, pelo qual inocentes estão pagando...

A Hiena liga o transistor: o Homem do Sapato Amarelo diz que o urso tinha se refugiado no edifício Palácio de Cristal, que está cercado pelos soldados. Então a Hiena olha com olhos assustados para o Camaleão Amarelo, apaga o transistor, lambe a boca, como faz quando está nervoso, e diz:

— Quem cometeu um crime tão bárbaro como o senhor devia se calar, jamais devia falar em míseros 12 dias de salário cortados... Depois o Computador Eletrônico sempre tem razão, eu já disse...

O Camaleão Amarelo se sente encorajado pelo urso, grita:

— Exijo uma explicação!

A Hiena aponta a Máuser para o Camaleão Amarelo e o Camaleão Amarelo vê quando a Hiena fica pálida e sai correndo com a Máuser na mão, gritando:

— Socorro! O urso! Socorro!

28

À espera de que a lua surja, Tyrone Power escuta a música vindo de longe, sirenes latem, o arrepio na pele dele é como no dia em que enterrou Sissi viva.

— Por que você matou Sissi com tanto requinte? — perguntou em 1991 ou 92 o que tinha olhos verdes e estava com a mão enfaixada.

Tyrone Power calou, nada respondeu, mas agora, enquanto espera que a lua surja, ele se lembra por que resolveu enterrar Sissi viva. Era um pouco de vingança, Tyrone Power se apaixonou por Sissi, ele a torturava, sim, mesmo depois que a seqüestrou e a levou para casa, no maior escândalo da repressão no Brasil, mesmo depois, ele a torturava.

Agora, o urso divino acaba de liquidar as tropas que combateram a guerrilha no Araguaia: os batalhões se guerreavam, e os soldados entregavam as armas, davam viva ao Libertador da Felicidade no Brasil. Tyrone Power se lembra de que tentava beijar Sissi, Sissi pendurada no pau-de-arara e ele tentava beijá-la. A tortura que os outros faziam nela, a tortura feita pelo compadre Fleury, essa tortura doía nele.

— Por que você enterrou Sissi viva? É o que eu gostaria de saber. Devia ter havido uma razão muito forte, porque seria mais fácil matar...

Mas ele não respondeu ao de olho verde, em 1991 ou 92. Quando torturava Sissi, querendo fazê-la sangrar e, ao mesmo tempo, tentando beijá-la, Tyrone Power não sabia o que sentia. Mas quando foi enterrado vivo e o rádio a pilha começou a falar fraco e ele sentiu que estava morrendo, esteve diante do único sentimento verdadeiro da sua vida: sentiu que amava Sissi.

29

— A tarde está morrendo, Terê, e você está morrendo com a tarde e não sabe...

Explodem as bombas, Recife caiu em poder dos rebeldes da F. L. F., Porto Alegre está capitulando, em São Paulo a luta é violenta. Na frente da multidão, Terê respira o cheiro de lança-perfume, quer abraçar o Salvador, amá-lo como nunca amou nenhum homem, fugiu dos homens esperando o Libertador, fazia promessas, dar banho em velhas sem ninguém por elas, Terê dava o banho cantando, à espera do Salvador.

— Mas você não cantava música sacra, Terê, você cantava música profana, música de Roberto Carlos e de Luiz Gonzaga Júnior...

A tia solteirona fala com Terê, aquela tia que ia visitar e depois a mãe de Terê mandava benzer, dar banho de descarrego na casa, para tirar os maus fluidos, a tia chegava queixando-se de alguma doença, fazia cada um sentir-se culpado da doença e, quando se tornava o centro das atenções, começava a elogiar as outras irmãs que se casaram com médicos de sucesso, com fazendeiros, e não, com um bancário comunista. Elogiava os cunhados: como eram bons médicos, e ricos, tinham milhares de cabeças de gado, e todos iam ficando pequenos na casa, Terê nunca conseguiu reagir contra a tia, agora tenta reagir e fala no megafone:

— Se continuar como está, no Brasil, com tanta fome, vai chegar o dia em que o povo brasileiro vai fritar as estrelas do céu e comer como se fossem peixes...

A tia solteirona de Terê continua a falar: você vai ter que explicar, Terê, por que dava banho nas pobres velhinhas pensando no Salvador e cantando músicas profanas, você não está aí por idealismo, Terê, seu pai nunca passou de um reles bancário comunista, mas seu pai é absolvido pelo idealismo, e você, não, você está nessa passeata com segundas intenções, Terê.

Terê busca se socorrer na vidente M. Jan, M. Jan disse que o Salvador ia libertar o coração de Terê e o coração do Brasil, não falou sobre esta vontade de beijar, de abraçar, de se entregar ao Libertador. Olhando a tarde que morre, Terê pensa:

— Melhor que venha a morte!

30

Uma frente fria está vindo da Argentina para o Brasil e é ela que refresca a brisa que agora sopra e arrepia a pele do velho que está morrendo no hall do edifício Palácio de Cristal. No meio das festas, do povo cantando, dos fogos, dos uivos das sirenes e do metralhar dos fuzis, corre o boato de que o General Presidente decidiu mandar ao Congresso Nacional a Lei da Reforma Agrária e os primeiros arrulhos da Guerra Civil são ouvidos no Brasil.

No hall do edifício Palácio de Cristal a confusão é grande, chegam fantasiados e os soldados passam correndo por ali com as metralhadoras na mão.

— Silvinha — disse o velho.

— Eu, pai...

— Liga o rádio, Silvinha...

— Quer ouvir música, pai?

— Não, Silvinha...

— O que então, pai?

— Tá no horário da "Hora do Brasil", Silvinha.

— É, pai. Quer ouvir mesmo assim, pai?

— Quero, Silvinha...

— Por conta de quê, pai?

— Por conta de saber como estão dividindo o Brasil com a reforma agrária...

— Ligo sim, pai...

— Tão cantando, Silvinha?

— Tão, pai...

— Boniteza...

— É, pai...

— Tá baixo o rádio, Silvinha...

— A pilha tá fraca, pai. Tá acabando as pilhas.

— Ouve pra mim, Silvinha, e me conta...

— Tão começando a falar, pai. Tão dizendo que a partir da presente data de hoje, 1º de abril, fica decretada a reforma agrária em todo o território da República Federativa do Brasil, com a expropriação dos latifúndios e a nacionalização de todas as áreas em poder de estrangeiros, que terão indenização justa, sendo que todo brasileiro maior de 16 anos que desejar terá direito a um quinhão de terra e diz o parágrafo primeiro que basta o interessado requerer junto ao Instituto Nacional da Reforma Agrária, estabelecendo o presente decreto que todas as regiões brasileiras, inclusive a Amazônia e o Projeto Jari, serão distribuídas a brasileiros que terão não apenas a terra para cultivar, mas financiamento do Banco do Brasil, ficando estabelecido que o projeto de reforma agrária entra em vigor a partir de hoje, 1º de abril, revogadas as disposições em contrário...

— Foi milagre, Silvinha! Milagre da Santa Vaca Copacabana, ela é que mandou a alma dela iluminar o Brasil, Silvinha...

— É, pai...

— Silvinha...

— Eu, pai...

— Vamo rezar uma Ave-Maria pra alma da vaca Copacabana pra agradecer ela a reforma agrária no Brasil. Puxa a Ave-Maria, Silvinha...

— Puxo, pai. Ave Maria, cheia de graças, o Senhor está ...

31

Alô, alô, Conceição, onde você estiver: seu pai Francisco está à sua espera para morrer, venha com a máxima urgência, Conceição, seu pai Francisco manda contar que passou 9 anos internado no Manicômio Judiciário de São Paulo, sem responder a processo, sem ir a julgamento, acusado de estar organizando o "Exército Divino", destinado a defender pelas armas os ditames da Vaca Sagrada, todo dia, Conceição, quem passava diante do Manicômio Judiciário via seu Francisco em pé na janela de grade, olhando pra longe, na direção de onde ele acreditava que ficava a Fazenda do Morro Escuro, não falava com ninguém, Conceição, só rezava em voz baixa, e nunca abaixou a cabeça, Conceição, foram passando os minutos e os dias e os anos e seu pai Francisco gastou as contas de um terço de tanto rezar, nos 9 anos em que esteve preso, Conceição, mas nunca abaixou a cabeça, ficou no Manicômio Judiciário até que sua irmã Silvinha ouviu pelo rádio que iam libertá-lo e foi na manhã seguinte buscá-lo, e hoje, Conceição, seu pai está morrendo, venha urgente, Conceição, que o último desejo de seu pai Francisco é ver-te, Conceição.

32

— Central de Comando chamando helicóptero nº 3. Alô, alô, alô helicóptero nº 3. *Caramba, o que será de mim quando a lua surgir, caramba? Já tá anoitecendo, caramba. Daqui a pouco a lua vai surgir. E eu vou me lembrar de tudo, santo Deus. Vou ficar vendo o cabo Afonso na minha frente, santo Deus. Ele me olhando com o olho de vidro dele, caramba! O cabo Afonso era cego do olho esquerdo e tinha um olho de vidro. Parecia uma bola de vidro, caramba! Uma bola de vidro azul. E o outro olho dele, santo Deus, era verde. Um verde sujo, santo Deus. E eu falei com ele:* — Cabo Afonso estou *carecendo dos seus préstimos. E ele ficou me olhando com o olho de vidro que parecia uma bola de vidro azul. Ele sentado e me olhando. E eu falei tudo pra ele e ele sempre me olhando com o olho de vidro, caramba! Aquela bola de vidro azul me olhando. E ele perguntou o que Bebel era minha. Eu respondi:* — É minha mulher. *E ele ficou me olhando com o olho que parecia uma bola de vidro azul...*

— Helicóptero nº 3 na escuta, alô, alô Central de Comando...

— *E aí o cabo Afonso perguntou se não era melhor fazer um presunto com Bebel. E eu fiquei calado olhando praquele olho de vidro azul como uma bola de vidro, santo Deus! Aí eu falei...*

— Alô, alô Central de Comando, alô, alô, Central de Comando...

— *Aí eu falei pra ele. Só quero espiantar ela, pra longe. E ele perguntou: Manaus tá bom? Eu respondi: não, mais longe. E ele me olhava com o olho de vidro azul, caramba!*

— Alô, alô, alô Central de Comando, aqui helicóptero nº 3 chamando...

— Central de Comando na escuta...

— Alguma ordem, sargento?

— Não, caramba, só queria saber se tava tudo em ordem com você.

— Como é mesmo, sargento?

— Queria saber se tá tudo O.K. com você, caramba!

— Tudo O.K., sargento...

— Então fica na escuta, caramba! E olha, caramba: juízo, caramba, muito juízo, caramba!

— Tá bem, sargento...

— Muito juízo de agora em diante, caramba! Qualquer coisa eu chamo...

— Tá bem, sargento...

— *Então eu falei pro cabo Afonso: mais longe, cabo Afonso, mais longe! E aí, caramba, ele desgramou a contar vantagem, santo Deus! Começou a contar como ele matou 63 ladrões no Rio São Francisco, santo Deus. Me olhava com o olho de vidro, santo Deus! E contava. Disse que carregou um navio-vapor no porto de Pirapora com os 63 ladrões, santo Deus. Era o navio-vapor "Arthur Bernardes" que ia levando cavalos e ladrões. E o São Francisco tava cheio e ele contava e me olhava com o olho azul como uma bola de vidro, santo Deus! E ele falava: O velho Chico tava que nem um mar! E ele falou que apareceu uma belezura de lua e aí ele começou a fazer os 63 ladrões pular no velho Chico, com as mãos algemadas, santo Deus. E todos antes de pular, santo Deus, gritavam: Mãe, vem me valer, mãe! E uns ladrões ajoelhavam nos pés dele e começavam a chorar, santo Deus! E o cabo Afonso contava que ficou aquela choradeira misturada com cavalo relinchando e aqueles gritos: Mãe, vem me salvar, mãe! E o cabo Afonso dava um tiro na nuca deles e empurrava com o pé e eles caíam no velho Chico. E os cavalos relinchavam e aí o cabo Afonso começou a matar também os cavalos, santo Deus!*

33

Num canto na sala do cofre-forte no 48º andar do Palácio de Cristal, a Hiena toma água com açúcar, protegida pelos soldados armados com metralhadoras: a Hiena está pálida e, a voz trêmula, conta como tudo aconteceu ao Homem do Sapato Amarelo:

— Era o urso: eu vi, nunca vou esquecer...

— Massss digaaaaa como tudo aconteceuuuuuu — fala o Homern do Sapato Amarelo.

— Primeiro ele parecia um Camaleão Amarelo, depois se transformou no urso...

— Um Camaleão Amarelo?

— Primeiro era — explica a Hiena, parando para beber água com açúcar e beijar uma medalha pendurada no pescoço por uma corrente —, ele teve aqui duas vezes, veio reclamar um corte de 12 dias no seu salário, dizendo que trabalhava na W.C. Advertising, uma empresa das "Organizações de Deus". Da primeira vez, eu o encaminhei, pronta e cordialmente, como é do meu feitio, à repartição competente, mas mais tarde ele voltou...

— Mais tarrrrrde quando?

— Ainda agora. Eu ia encerrar o expediente, só não encerrei porque tinha escutado no rádio, no seu programa, que o Brasil está todo convulsionado e parado. Então eu resolvi ficar e pôr uns papéis em ordem. Só por isso que ele me encontrou aqui...

— E ele chegou e...

— Ele chegou e eu não o vi...

— Mas o senhorrrrrrrrr não viu um urso entrar na sua sala?

— Como eu contei, ele não entrou como urso: ele chegou como Camaleão Amarelo, e já chegou gritando: — Vim buscar meu dinheiro! E eu disse: Que dinheiro? Ele então me agarrou pelo colarinho e começou a me enforcar e foi se transformando no urso, assim como o David Benett se transforma no Incrível Hulk. Foi daquele jeito mesmo. E eu digo às autoridades que zelam pela segurança do Brasil: o urso é um homem que se transforma em urso, como o Incrível Hulk...

— Éééééé in-críííí-veeeeeel, ouviiiintes...

— Ele se transformou no urso e eu senti o hálito dele, um hálito de urso, de quem tinha comido carne crua...

— Digaaaa aos milhõessssssss de ouvintes do Homem do Sapaaaaaaaato Amarelo: o que se passou em seguida...

— Eu sempre fico com um revólver na gaveta da minha mesa. E o revólver estava lá. Eu peguei o revólver e atirei nele...

— Deu quantos tiros?

— Cinco.

— E feriu o urso?

— Não, as balas ricocheteavam nele, como se ele fosse o Incrível Hulk, e uma delas me feriu o braço esquerdo...

— E depois, o que aconteceu? Digaaaa a 100 milhõessssss de brasileeeeirosss...

— Ele se assustou com os tiros e saiu correndo. Atropelou uma mulher grávida que estava na fila e que presenciou tudo...

— E aí?

— Aí ele saiu correndo...

Soldados chegam, o corre-corre aumenta, jogam bombas de lança-perfume. Então as luzes se apagam e fica um silêncio apreensivo.

34

Eu, Julie Joy, nesta hora da dor do parto vos invoco, Santa Coca-Cola.

Afastai de mim, Doce Rainha do Mundo, Virgem Santíssima e Puríssima, que a nenhum homem sedento entregastes vosso refrescante coração, afastai de mim a tentação que chega fantasiada de urso.

Eu, Julie Joy, nesta hora do parto vos invoco, oh Senhora do Mundo, com o imenso poder que tendes, afastai de mim a tentação desse urso que veio espantar o cordeiro do Senhor que habitava meu coração e ele fica agora me tentando, me levando à loucura, querendo que eu grite agora, nesta hora que eu escuto as bombas da guerra e um canto de festa, querendo que eu grite como a cantora Gal Costa gritando:

"Meu nome é Vera!
Meu nome é Vera!
Meu nome é Vera!"

Oh, Doce Virgem Puríssima, que gelastes vosso coração, que fizestes dele um iceberg para assim evitardes as tentações: oh, vós que não vos entregastes a nenhum homem, nesta hora em que sinto as contrações do parto, bani para longe de mim este urso que me olha com os olhos verdes de Chico Buarque de Holanda e me tenta com uma canção, Senhora do Mundo.

Afastai esse urso pra longe, Senhora do Mundo.

Decretai o banimento desse urso, Senhora do Mundo.

Se for preciso, Senhora do Mundo, lançai mão das salvaguardas políticas.

Decretai, Senhora do Mundo, um novo Ato Institucional n° 5 ou número 4.955, se preciso, mas afastai esse urso do meu coração, Senhora do Mundo.

Meu coração está urrando, Senhora do Mundo.

Está cantando, Senhora do Mundo!

Ai de mim, que tenho um urso selvagem no coração, um urso divino, à prova de bala e de obus e napalm, um urso que não respeita exército, nem DOI-CODI, nem torturas, um urso que nenhum AI-5 prende, Senhora do Mundo, não vai adiantar pendurar ele no pau-de-arara, o urso divino está no meu coração e canta.

Antes que seja tarde, Senhora do Mundo, vinde em ajuda desta pecadora, que meu coração está me dizendo que meu nome é Vera Cruz Brasil e está me dizendo para eu libertar a cor da minha pele: pra eu ser uma negra, pra eu não fugir do sol dos trópicos e não passar mais água oxigenada na pele, pra parecer branca ao Tio Sam, o urso que está no meu coração está me dizendo pra eu libertar meu cabelo, não mais alourar ele não, Senhora do Mundo, e pra eu deixar ele ser o que ele é: um cabelo de Bom Bril, Senhora do Mundo!

Oh, vinde em meu socorro, Senhora do Mundo, o urso do diabo está sussurrando palavras subversivas no meu ouvido, Virgem Puríssima.

Oh, Santa Gloriosa, que abdicastes da suprema ventura de ser mãe, ajudai-me neste transe, o urso que está no meu coração está me dizendo, Santa Gloriosa, que meu parto vai doer, sim, que eu vou urrar de dor, sim, que eu vou berrar, sim, mas está me dizendo que é assim mesmo, que não há anestesia que possa evitar a dor desse parto da História, que fará nascer de dentro de mim, mais do que um filho, a esperança.

Ave Senhora do Mundo.

Cheia de graça sede vós.

Perdoai meus erros de português.

E o fato d'eu não me comunicar em inglês.

Mas, antes que seja tarde, Senhora do Mundo, vinde em meu socorro.

Vinde com os veteranos da Guerra do Vietnã, Doce Rainha do Mundo.

Vinde com os marines, Doce Virgem.

Vinde com a sífilis de guerra.

Vinde com gonorréia de guerra.

Fazei de mim, se preciso, uma puta de guerra, sifilítica e sentindo vontade de cantar quando a coceira da sífilis de guerra me fizer lembrar de algum carinho na hora de um amor cuja canção foi um obus cantando.

Vinde, Doce Virgem: contaminai esta vossa filha com uma gonorréia de guerra, crônica e incurável, que fique pingando a lembrança de um cão de guerra ou de um filho da mãe de um marine.

Mas vinde urgente, em meu socorro, Doce Virgem.

Vinde urgente que o urso divino me tenta nesta escuridão e a cada hora me dá mais vontade de cantar como a Gal cantando:

"Meu nome é Vera!

Meu nome é Vera!
Meu nome é Vera!"

Vinde urgente: nesta escuridão, sentindo a contração do parto, o urso divino está ao meu lado e eu sinto o hálito dele, hálito de quem bebeu caipírissima, e ele me fala, Doce Senhora do Mundo, com a voz meio gaga do Chico Buarque de Holanda e ele tem olhos verdes e um violão, Doce Senhora do Mundo, como Chico Buarque, lá fora está havendo uma guerra e uma festa no Brasil, mas o urso divino expulsa o Cordeiro do Senhor do meu coração e eu começo a achar que esse urso é Jesus Cristo que veio me salvar e ele fica me chamando, Doce Virgem, como num delírio, com a voz do poeta Vinicius de Moraes, fica me sussurrando:

"Pátria minha
tão pobrinha... "

E eu fico achando, Doce Virgem Santíssima e Puríssima, Doce Senhora do Mundo, eu fico achando que meu nome é Pátria Brasileira, tão indecisiva:, tão vacilante, querendo ser a loura América, e eu vou me sentindo índia negra portuguesa branca morena mulata loura holandesa italiana nissei: multibrasileira, e eu começo a repetir pro meu filho que está nascendo tendo um urso de olho verde como parteiro:

— Tá doendo, meu filho, tá doendo pra caralho, mas não se assuste não, meu filho, não se assuste com essas bombas, nem com esse cheiro de cavalo no ar, abafando a loucura do lança-perfume, faça de conta, meu filho, que o barulho da guerra é foguete pra te saudar, faça de conta que está havendo uma festa no Brasil pra te receber, meu filho...

35

"Abaluaê talabô
Abô e mourô
Ogum Ogum
No arê olodó
Coa-nan ou lodó..."

Sobe a febre na boate-terreiro da Cidade de Deus, soam os atabaques e tocam os agogôs, em louvor a ti, Obàlúaiyé, e só tu podes salvar o povo brasileiro, tu, Obàlúaiyé, que és irmão dele, porque tu és dois como o povo brasileiro é dois, urso e cordeiro guerreiam no coração do povo brasileiro, Obàlúaiyé, e, como tu, o povo brasileiro tem que esconder a verdadeira face, então só a ti cabe evitar a tragédia, a tragédia que se anuncia agora, Omulu-Obàlúaiyé: o Deus Biônico continua tomado pelo espírito do marechal Castelo Branco, o ditador frio como uma lâmina de um punhal, e ele recita Shakespeare e Atos Institucionais, e a voz com sotaque nordestino dele diz:

— Saibam os pecadores: anuncio agora que vou jogar a minha praga no povo brasileiro, que fez um carnaval no dia da minha trágica e dolorosa morte...

Olga de Alaketo pede a tua ajuda, Obàlúaiyé, mas agora é tarde, a voz do marechal Castelo Branco está falando:

— Para que as bocas brasileiras jamais se esqueçamque riram, que cantaram, para que as mãos jamais se esqueçam que soltaram foguetes e se agitaram como peixes, para que os corações que pulsaram alegres quando souberam da minha morte, para que os brasileiros jamais se esqueçam, eu jogo minha praga: um cavalo vai assumir a Presidência da República do Brasil...

"Abaluaê talabô
Abô e mourô
Ogum Ogum
No arê olodó
Coan-nan ou lodó... "

Tocam os atabaques, febris tocam os atabaques, soam os agogôs, febris soam os agogôs, e as vozes cantam, febris as vozes cantam, Obàlúaiyé-Omulu.

36

— Helicóptero nº 3 chamando Central de Comando com urgência. Alô, Central de Comando, chamando urgente, alô...

— O que foi, caramba?

— O tipo do sapato amarelo, sargento...

— Que que tem ele, caramba?

— Escafedeu, sargento...

— Esca o quê?

— Escafedeu, sargento...

— Você tá brincando, não tá?

— Não, sargento...

— Sabe que você pode ser levado à Corte Marcial? Sabe, caramba?

— Aqui tá escuro, sargento, já é noite...

— Olha, caramba, você não tem dois faróis no helicóptero, não tem, caramba?

— Tenho, sargento, mas...

— Santo Deus. Vai ver que você foi paquerar mulher trocando de roupa, vai ver que foi isso, caramba...

— Eu juro, sargento. Juro pela alma do meu pai...

— Você avacalha tudo, caramba! Envolve pai, mãe, irmã, tudo, em negócios da Pátria, da segurança da Pátria, caramba!

— Sargento, eu ainda acho ele, sargento. Ele desapareceu pros lados do edifício Palácio de Cristal. Tá muita confusão nas ruas, sargento. E tá um cheiro fodido de cavalo, sargento...

— Dobra a língua, olha como se refere aos cavalos...

— Mas é um cheiro fodido mesmo, sargento...

— Mas eu não gosto nada, caramba, da sua maneira de se referir aos cavalos...

— Está bem, sargento...

— Agora, caramba, escuta bem o que eu vou falar: você tem o prazo pra encontrar o tipo do sapato amarelo até uma hora depois da lua surgir. Diz o serviço secreto que a lua vai surgir hoje, impreterivelmente, daqui a 15 minutos. Então, caramba, você tem uma hora e 15 minutos pra localizar o tipo do sapato amarelo. Ouviu, caramba?

— O.K., sargento...

— E tem mais, caramba! Se você não localizar o tipo do sapato amarelo nesse prazo, caramba, você vai ser submetido à Corte Marcial. Ou você não entendeu, caramba, que estamos em guerra no Brasil? Não entendeu, caramba?

— Está bem, sargento...

— *Caramba! Eu não devia falar assim com ele, caramba! Mas ele é uma zebra quadrada, eu juro que é. Daqui a 14 minutos e 35 segundos vai surgir a lua, santo Deus! E eu não sei o que vai ser de mim, santo Deus, quando a lua surgir! Eu juro que não sei...*

A pausa
que refresca

O que a lua viu

Teu corpo
cuidarei e amarei
como o soldado
mutilado de guerra,
inútil
e sem dono,
cuida da única perna.

MAIAKOVSKY

Já é noite no Brasil: no quarto do apartamento, a lâmpada apagada, Elisa está nua e deitada na cama e ele também está nu e deitado na cama, e a lua de abril entra pela janela aberta, ilumina os dois.

— Escuta — disse Elisa, sentando-se na cama.

— Fala — ele disse e também se sentou na cama, os pés no chão.

Assim sentada na cama, batida pela lua, Elisa lembra novamente uma aparição: Iemanjá nua, os olhos verdes de gata.

— Posso te fazer uma pergunta? — disse Elisa.

— Pode — ele responde.

— Você jura que fala a verdade?

— Juro — ele disse.

— Foi a primeira vez que aconteceu? — ela pergunta. Ele fica calado, olha para o chão.

— Responde: foi a primeira vez que aconteceu?

— Foi — ele disse.

— Nunca aconteceu antes? — ela perguntou.

— Não — ele disse.

— Com outra mulher, nunca aconteceu? — ela perguntou.

— Nunca — ele disse.

— Antes da prisão não aconteceu? — ela perguntou.

— Não — ele disse.

— E durante a prisão? — ela perguntou.

— Como ia acontecer? Eu passei nove anos em cela individual e em solitária...

— Desculpa — ela disse. — E depois da anistia, não aconteceu?

— Não, eu não tive com mulher nenhuma...

Elisa deita de bruços na cama, estende o braço e pega o maço de cigarro no criado: ele a viu de costas, nua, e outra vez achou que ela não existia. Quando conheceu Elisa e ela o olhou com os olhos verdes, levemente oblíquos (o suficiente para excitá-lo, porque as mulheres assim o excitavam muito), ele sentiu que, com ela, podia tentar vencer aquele medo que esteve com ele, preso também, durante os anos da prisão.

— Quem sabe você? — disse Elisa, acendendo o cigarro e sentada na cama.

— Quem sabe o quê? — ele disse.

— Quem sabe você pensou em outra na hora, por isso que... Não foi isso?

— Não — ele disse.

— Jura?

— Juro — ele disse.

— Então eu não te atraio, você não sente atração por mim...

— Você me atrai loucamente, Elisa. Eu sinto febre, pensando em você. Eu dormia e acordava de noite, com febre, a boca seca. Bebia água, mas não passava...

— Então eu te atraio?

— Loucamente...

— Mas então como aconteceu? Quem sabe é porque hoje é 1º de abril e isso pode ter te...

— Não — ele disse.

Nos anos em que esteve preso, em Linhares e no Hipódromo, ele sabia que na prisão não podia ter mulheres e isso o tranqüilizava e ele adiava, para quando fosse libertado, aquela sua hora da verdade.

Elisa fica em pé, nua e em pé, desafiante como quando jogava vôlei: parecia crescer e o apelido de Magrinha, com que era conhecida, não combinava com ela.

— Meu Deus! — disse Elisa nua e em pé. — Eu sou uma mulher que qualquer homem ia...

Elisa senta-se na cama, e entra uma lufada de lança-perfume no quarto e um estranho cheiro de cavalo.

— Você não pensou mesmo em outra? — ela perguntou.

— Não — ele disse.

— Jura? — ela perguntou.

— Juro — ele disse.

— Quem sabe, pô, você me acha sem...

— Sem o quê?

— Sem jeito pra fazer amor. Quem sabe foi isso? Quem sabe você criou uma expectativa, esperava uma coisa e eu...

— Não...

Pela janela do quarto entram gritos e explosões, e vozes cantam ao longe e sirenes latem também ao longe.

— Quem sabe eu não sei fazer? Quem sabe eu sou muito tradicional e sem experiência? Quem sabe eu sou muito boba?

— Você é o quê? — ele perguntou.

— Muito boba — ela disse.

— Não é isso — ele disse.

— Pode ser que eu...

— Você o quê? — ele perguntou.

— Quer saber?

— Fala — ele disse.

— Tem hora que eu penso que eu sou muito tradicional, pô. Eu tou aqui com você e o tempo todo eu tou achando que minha mãe tá vendo e tá me censurando. Meu Deus, eu fico imaginando que minha mãe tá falando: Elisa, que escândalo, minha filha! Você nua, com um homem que não é seu marido. Que você nem sabe se um dia vai casar com você. Elisa, seu pai nunca me viu nua, Elisa. Quem sabe isso tudo afetou o nosso relacionamento e...

— Não, Elisa — ele disse.

— Depois, eu é que forcei a barra. Pô, eu é que te convidei, que insisti. Você não queria vir. E esse tempo todo eu fiquei ouvindo minha mãe falar: Elisa, você é a vergonha da família, você está cantando um homem, Elisa, não se envergonha, tão bonita, em vez de esperar, você fica cantando um homem!

— Mas eu queria vir, Elisa — ele disse. — Eu queria...

— Não, você não queria vir, pô. Eu tive que arranjar essa desculpa esfarrapada e pedir pra você tomar conta do meu apartamento, enquanto eu ia aos Jogos de Lima. E eu cheguei hoje e agora eu forcei a barra com você. E esse tempo todo eu fiquei ouvindo minha mãe me falando, minha mãe lá em Minas e me falando, que eu não era digna da confiança dela e do meu pai, que me deram um apartamento no Rio e eu...

— Eu te amo, Elisa — ele disse.

Elisa o abraça, os dois ficam abraçados e deitados na cama: nus e deitados na cama. Depois Elisa senta-se na cama e diz:

— Queria te falar uma coisa...

Ele também senta-se na cama e olha para Elisa.

— O que eu vou te falar não é fácil de falar. Eu nunca pensei que o que eu vou falar um dia eu falasse com homem algum no mundo, o que eu vou te falar...

Ele acende um cigarro: passa um jato trovejando no céu, logo seguido de outro jato.

— Eu cresci com minha mãe falando: Elisa, nunca diga a um homem que você o ama. Nunca, Elisa, nem quando for verdade, você faça uma coisa dessas. Porque, Elisa, no dia que um homem souber que você o ama, você está perdida, Elisa...

Nua na cama, Elisa encolhe uma perna: a outra fica espichada, Iemanjá nua, de perna encolhida.

— Então, aqui, agora, com você, eu tenho a impressão de que a minha mãe está escondida atrás da porta, me vigiando. Mas mesmo assim, mesmo que minha mãe saia de trás da porta e me avance com uma vassoura na mão, eu queria te dizer que eu te amo...

Ele tosse: sempre que está emocionado, ele tosse.

— Eu queria te dizer isso, pô. E queria te dizer mais: que eu te amo e vou ser tudo pra você. Se minha mãe tivesse ouvindo, ela ia gritar: Cala essa boca, Elisa! Mas se minha mãe aparecer aqui agora e me encontrar nua com você na cama, eu vou gritar que te amo. Que te amo e que, se preciso, eu vou ser o que você quiser. Vou ser uma enfermeira pra você. Vou cuidar de você como se você fosse um mutilado de guerra. Como se você tivesse perdido um pedaço de você na guerra...

Ele tosse outra vez.

— Aí eu ia ser o pedaço de você que você perdeu na guerra. E se for preciso, eu vou ser a sua Amélia. Vou carregar água no balaio pra você. Cozinhar pra você. Fazer pastel de carne pra você, eu sou muito boa cozinheira. Minha mãe sempre falava: Elisa, não é pelo coração que uma mulher conquista um homem, é pela boca. E eu aprendi a cozinhar aos 9 anos...

Ele tosse outra vez: tem um nó na garganta.

— Você já viu aquele desenho da família Barbapapa na televisão?

— Não — a voz dele demora a sair.

— Nunca viu? A família Barbapapa toma diferentes formas. Um Barbapapa se transforma numa pá de coisa. Pois meu amor por você é assim. Eu posso ser a sua enfermeira, posso ser a sua Amélia. Posso ser a sua psicóloga, fiz um curso meio fajuto, mas posso ser. E se você precisar de uma irmã, eu vou ser a sua irmã. E se você precisar de uma mulher, eu vou ser a sua mulher, a sua esposa, a sua companheira, a sua amante. Porque o meu amor por você é assim. Mas eu queria que você não me esquecesse, que, se preciso, eu vou ser a sua égua, a sua puta, porque eu te amo...

Ele se abraça com Elisa: os dois quase se queimando nos cigarros.

— Eu sou uma boba — disse Elisa —, eu choro até vendo novela na televisão...

— Eu também choro à toa, Elisa. Choro à toa e te amo...

— E pra escandalizar a minha mãe pelo resto da vida, eu queria te dizer mais uma coisa — disse Elisa, agora passando o dedo nos cabelos dele. — Queria dizer que a minha ideologia política é você e eu vou onde você quiser. Pra China. Pra Conchinchina. Vou com você pra Havana. Pra Argel. Vou com você passar fome em Paris. Lavar prato em restaurante de Nova Iorque. Vou com você pra Moscou ou pra qualquer das duas Berlim. Vou pra Londres.

Pra Madri. Pra Roma, ah, Roma! Vou com você morar debaixo do viaduto ou vou pra uma guerrilha com você, se pintar guerrilha...

Ele duvida do que vê: duvida que vê aquela Iemanjá guerrilheira.

— Eu te disse isso tudo, mas agora tem uma coisa...

— O quê? — ele pergunta.

— É o seguinte — ela faz uma pausa e o olha, calada, Iemanjá nua, de olhos de gata —, se você não me ama, você vai me dizer agora. Se você não me ama eu vou pôr uma roupa, você junta seus trecos e sai, porque amiga sua eu nunca vou ser. Então, se você não me ama, se você quer é só se divertir comigo, até se acostumar com a liberdade, você fala agora...

— Elisa...

— Fala agora! — ela disse.

— Eu te amo, Elisa!

— Jura?

— Juro.

— Não pensava em outra, então?

— Não, Elisa. Eu te amo...

— Então fica sabendo de uma coisa. Se você sumir de mim de novo, agora que você falou que me ama, eu vou te achar até na China, pô. Eu ponho o exército atrás de você, não se esqueça de que eu tenho um tio general...

Ela fala e ri e se entristece: Iemanjá nua, querendo chorar.

— Quer uma cerveja? Em Lima eu estava doida pra tomar uma cerveja com você. Tem cerveja aí?

— Tem. Deixa, eu vou buscar a cerveja...

Ele volta com duas latas de Skol na mão.

— Deixa eu abrir? — disse Elisa. — Eu adoro abrir lata de cerveja...

Ele se senta na cama e Elisa o olha.

— O que foi? — ela pergunta.

— Nada — ele disse —, bebe a cerveja...

— Mas nada como? — ela disse. — Você ficou diferente...

— Não é nada...

Mais uma vez ele sente o que, até agora, desde que está livre, só a presença de Elisa evitava que ele sentisse: a mesma sensação que ele sentiu quando voltou a Juiz de Fora e esteve parado diante do presídio de Linhares, um buquê de rosas vermelhas na mão.

— Fala o que é, amor, fala — disse Elisa, agachando-se diante dele segurando a lata de cerveja.

— Você está se lembrando da prisão? — ela disse. — Já passou, amor. Tudo passou...

— Não, Elisa, não passou, a gente sai e continua preso...

— Está lembrando do que te fizeram?

Elisa se senta ao lado dele na cama, Iemanjá enfermeira.

— Sabe o que é, Elisa?

— Conta — ela disse.

— É uma coisa que me dá e dói...

— Dor? — ela se assusta.

— Não, dor física, não...

— Então fala...

— Não dá, Elisa...

— Dá. Se você quiser, dá. Você já mostrou que é muito mais forte do que...

— Eles me liquidaram, Elisa. Eles me...

— Não, amor, não...

— Eu sou um pedaço de homem...

— Eles não vão poder com você, amor — ela disse. — Agora me fala tudo, tudo...

Ele se anima respirando a nova lufada de lança-perfume que o vento de abril trouxe.

— É uma coisa que dói, Elisa. Mas não é físico. Doeu quando eu tava saindo da prisão do Hipódromo. Quando eu olhei pra trás. Doeu quando eu fui a Juiz de Fora, na prisão de Linhares, pagar uma promessa...

— Uma promessa? — ela pergunta.

— É, uma promessa — ele se apruma um pouco, muda de posição na cama, os dois sentados, um de frente para o outro. — Lá em Linhares tinha uma gata. Era uma gata preta, gata comum, vira-lata, e ela tinha a boca branca. Então a gente chamava ela de Bigode...

— Fala, fala...

— Lá em Linhares nós ficávamos em celas individuais. E as visitas eram proibidas. A gente só podia receber jornal e livro. E a Bigode foi ficando nossa amiga. No almoço e no jantar, a gente sempre guardava uma coisa pra ela. E a Bigode começou a viver conosco lá. Como se fosse presa também. Só que tarde da noite, a gente escutava os miados da Bigode, ela se amando no muro de Linhares...

Elisa escuta, põe a lata de cerveja no chão.

— A Bigode chegava, se alisava toda na gente e os guardas de Linhares sacaram que a Bigode era nossa amiga, começaram a chamar a Bigode de gata terrorista, gata subversiva, gata comunista, essas coisas. Os guardas sempre faziam provocação. E por qualquer coisa a gente ia pra solitária. Na solitária, Elisa, é de enlouquecer. Lembro que uma noite de Natal não permitiram visita e nós resolvemos comemorar o Natal, mesmo a gente estando trancado em celas individuais. Lembro da Bigode lá conosco. E quando deu meia-noite, nós começamos a cantar "Caminhando", do Vandré. Os guardas gritavam: — Pára! Pára de cantar ou vamos atirar! E nós cantando "Caminhando". Eu peguei uma semana de solitária, Elisa, uma semana...

— Nó!!! — fez Elisa.

— E houve uma fase que eles queriam nos provocar, mas o coletivo da prisão decidiu que nós não íamos aceitar as provocações. Eles passavam pelas celas falando: Vamos fuzilar todos! Nenhum terrorista vai ficar pra contar a história... E nós calados. E aí, sabe o que eles fizeram, Elisa? Eles começaram a provocar a Bigode. Porque sabiam que nós gostávamos da Bigode, nós amávamos a Bigode. E, então uma manhã pra nos provocar, eles cercaram a

Bigode no pátio e mataram a Bigode a chutes e coronhada de fuzil. E nós assistindo das grades das janelas, calados. Chorando por dentro e calados. Então eu prometi: — Seja quando for eu sair daqui, eu volto, Bigode, volto com umas flores pra você...

— Meu Deus! — disse Elisa. — Meu Deus!

— Então eu fui em Linhares pagar a promessa, eu não ia entrar, lá já não é mais prisão. Eu em frente do prédio e, com as rosas na mão, fui atirando as rosas ali perto, falando baixinho: Bigode, essas rosas são pra você, companheira... E aí, Elisa, quando eu acabei de atirar as flores, e eu olhei na direção de Linhares, eu senti a tal coisa. E eu senti saudade de Linhares, eu estava lá preso e eu senti saudade, uma saudade fodida, Elisa. E eu pensei: Puta merda, eu era feliz lá dentro...

— Mas você era feliz, amor, porque você estava preso, mas você estava alegre com você, estava preso pelo que você acreditava...

— Não, Elisa, não é só isso não, tem mais, amor...

— Você me chamou de amor? — ela perguntou.

— Chamei...

— Oh! Foi a primeira vez — ela disse.

— Eu acho que eles me...

— Fala, eles o quê? — ela fica de pé.

— Eles me castraram, Elisa...

— Oh, não, isso não. Eles te feriram?

— Eu vou contar, Elisa...

— Conta, conta tudo, amor...

— Foi depois do fuzilamento simulado, Elisa...

Elisa se ajoelha: ele continua sentado na cama e ela segura as mãos dele, Iemanjá ajoelhada, os cabelos incandescentes.

— Quando chegamos no DOI-CODI do Rio, Elisa, depois do fuzilamento simulado, o capitão Portela disse que eu não ia ficar lá. Eu pensei: quem sabe eles vão me mandar pra Belo Horizonte? Porque eu era procurado também em Minas, tinha um processo contra mim correndo em Juiz de Fora. Mas não, Elisa, não...

— O que eles fizeram? Fala...

— Eles me levaram pro DOI-CODI em São Paulo mesmo e me deixaram sob os cuidados do capitão Maurício e do capitão Albernaz. E já no dia seguinte de manhã, no DOI-CODI, o capitão Albernaz e o capitão Maurício me levaram pra uma cela sem janela, com uma luz fortíssima. Eu estava algemado e eles tiraram a algema e o capitão Albernaz disse: — Tira a roupa! Eu tirei, mas fiquei de cueca. O capitão Albernaz gritou: — Tira a cueca também! E quando eu estava nu, Elisa, entrou um encapuzado com um cão pastor alemão imenso, preso por uma corrente...

— Meu Deus! Não! — diz Elisa e senta-se na cama ao lado dele.

— Então, Elisa, o capitão Albernaz disse: Vou te apresentar o cão Satã. E o encapuzado chegava o cão Satã perto de mim, Elisa, perto do meu saco e eu sentia o bafo do cão Satã no meu saco, um bafo quente e úmido. Sentia aquele bafo quente e úmido e o capitão Albernaz ia me interrogando, Elisa. E se eu demorava a responder, o encapuzado soltava um pouco a corrente do cão Satã e o cão Satã chegava a boca perto do meu saco e eu sentia o bafo quente do cão Satã e eu confessava tudo, Elisa, tudo, entreguei pontos, companheiros, aparelhos, tudo...

— Meu Deus! Meu Deus! — ela disse.

— Aquele pesadelo com o cão Satã durou mais de uma hora, não sei direito, porque eu perdi a noção do tempo...

— E aí? — ela pergunta.

— Aí o encapuzado saiu com o cão Satã e o capitão Maurício começou a me dar choque no saco com a Pianola Boilensen, e o capitão Albernaz ia me interrogando e aí eu não tinha mais o que contar, eu inventava. E o capitão Albernaz me disse, fico vendo ele agora, Elisa, ele na minha frente falando: Você não vai morrer como seu irmão, não! Mas tem uma coisa: nunca mais conseguirá ir pra cama com uma mulher, nunca mais...

— Meu Deus! — disse Elisa.

— E eu fico ouvindo o capitão Albernaz me falando: Nunca mais você vai trepar numa mulher, nunca mais...

— Meu Deus! — disse Elisa. — Meu Deus!

— Mas depois é que foi terrível, Elisa. O capitão Albernaz mandou buscar o cão Satã outra vez, Elisa, e eu fico sentindo o bafo do cão Satã e...

— Oh, não! — grita Elisa. — Pára, pára...

— Eu fico vendo o cão Satã, Elisa, e...

— Pára, pára! — ela disse. — Eu queria te falar uma coisa...

— O quê? — ele olha para ela, Iemanjá morena.

— Pô, eu não tenho nenhuma consciência política, mas eu te amo. Eu nunca li Lenin. Nem Mao Tsé-Tung. Nunca li nada de Fidel Castro. Meu Deus, nem Marx eu li. Tentei ler *O Capital* uma noite, mas eu dormi. Eu só li *Nossa Luta em Sierra Maestra*, de Che Guevara. Foi só o que li, pô. Mas eu queria te dizer que eu te amo e que a minha consciência política é você e você pode contar comigo como você conta com alguma coisa que é sua: como conta com a sua mão direita ou a sua mão esquerda, por exemplo...

Ela está sentada na cama, nua e gesticulando, Iemanjá nua, de olhos de gata, fazendo um comício, e ela o puxa com as duas mãos magras e morenas, aquelas mãos de jogadora de vôlei de que os jornais brasileiros tanto falavam, e ele enfia os dedos nos cabelos dela e beija aquela boca onde sempre havia o rastro úmido deixado pela língua e eles ficam abraçados e deitados na cama.

— Me beija muito — ela pediu.

Ele a beija como se beijasse Iemanjá.

— Assim, assim — ela disse —, assim, assim...

1
(Sangue de Coca-Cola)

Como um imenso, fantasmagórico transatlântico bêbado, debaixo da lua de 1º de abril, o Brasil está à deriva no Oceano Atlântico, navega nas águas do boato, sem um rumo, vai para uma festa ou para a guerra? A noite é linda, dizem os mais velhos que nunca houve uma tão bonita assim no Brasil e, no meio do carnaval, da procissão, da passeata nas ruas, o cheiro de cavalo aumenta, abafa o perfume do lança-perfume, e circulam rumores de que vai entrar em combate uma tropa de elite cujos soldados são conhecidos como "Os Cavalos" e são mais adestrados que os 25 mil soldados que combateram a guerrilha do Araguaia. Em Washington, a Casa Branca lança a candidatura do Cavalo Albany Andrews de Oliveira e Silva à Presidência da República do Brasil, diz que ele é o único capaz de tirar o Brasil do abismo, evitando a subida do Fideltolah ao poder, o governo dos EUA anuncia um novo Plano Marshall para transformar o Brasil no Paraíso dos Trópicos. Naquela hora, o General Presidente do Brasil chega na janela e olha a lua. Respira seu perfume preferido, o cheiro de cavalo, e acha que está sonhando: vê cavalos de nuvem que mudam de cor como uma fonte luminosa.

— Vendo esses cavalos — murmura, como se rezasse, o General Presidente do Brasil —, eu creio em Deus...

No jardim suspenso no 4º andar do edifício Palácio de Cristal, caçado como se fosse o urso, o Camaleão Amarelo escuta os cães latindo. Ali, onde ele está deitado, sentindo o perfume de amor-perfeito, misturado com lança-perfume e aquele cheiro de cavalo, ele se sente seguro. Os cães não serão capazes de alcançá-lo ali e existe uma caixa d'água de cimento, ele pode se esconder dentro dela. Ouvindo os cães latindo ele se lembra dos cães latindo no Colégio do Bosque.

— Mas eles estão latindo, Tati, é dentro de mim...

Se ele ficar ali, até o amanhecer, poderá escapar. Com o cheiro de lança-perfume e o cheiro de cavalo, os cães não conseguirão localizá-lo pelo olfato. Ele podia ter escapado depois que foi o parteiro da mulher que o confundia com o urso. Ela estava delirando, falava em inglês e em português, e rezava em portinglês para a Santa Coca-Cola. Depois, falando em inglês, dizia:

— I am América, I am América!

Logo, acrescentava em português:

— Eu sou o Brasil, você sabia que o Brasil é mulher? Ela o chamava de Marlon Brando, de Jesus Cristo, de Fidel Cristo e disse a ele, depois que o filho nasceu, que ela precisava se esconder.

— Ela me disse, Tati: vão querer matar meu filho, porque ele é o Jesus Cristo II e nasceu para salvar o Brasil...

Os cães se aproximam latindo: ele prende a respiração e se lembra de quando fugiu do Colégio do Bosque e os cães o cercaram e depois latiram flauteado.

— Se eles latirem flauteado, Tati, é sinal que me localizaram...

2

— Central de Comando chama urgente helicóptero nº 3. Alô helicóptero nº 3, alô, alô, alô. *Santo Deus! O que vai ser de mim com essa lua, santo Deus?* Alô helicóptero nº 3. *Caramba, parece que aconteceu foi hoje, caramba! Eu fico vendo o desgramado do cabo Afonso me olhando com o olho de vidro azul como uma bola de vidro, caramba! Me olhando e falando: Vam'espiantar ela pra Bolívia! E eu disse em inglês pro cabo Afonso: All right. E ele me olhou com o olho como uma bola de vidro azul e perguntou: Ol o quê? E eu falei: Tudo bem! E numa noite de lua, santo Deus, o cabo Afonso espiantou Bebel na Bolívia, santo Deus!* Central de Comando chamando urgente helicóptero nº 3, alô, alô, alô, helicóptero nº 3. *E eu fechei a lembrança dela, caramba, como se fosse uma torneira que pinga de noite. Fechei bem a torneira. Com toda força. Amarrei a torneira com pano, com arame, caramba! E quando pingava uma gota da lembrança de Bebel, santo Deus, eu rezava pra São Domingos Sávio. Comungava toda primeira sexta-feira do mês. E aprendi a falar francês, a falar inglês, aprendi alemão e italiano pra não lembrar de Bebel, caramba!* Alô, helicóptero nº 3, Central de Comando chamando urgente, alô, alô, helicóptero nº 3. *Caramba! Onde essa zebra se meteu agora? Puta merda, onde foi essa zebra? E hoje volta a lembrança de Bebel, caramba! Primeiro a torneira começou a pingar. A pingar umas gotinhas. Agora a torneira tá aberta, santo Deus! O que vai ser de mim, santo Deus?* Alô, alô, helicóptero nº 3, Central de Comando chamando urgente. *Eu risquei a Bolívia do mapa-múndi, santo Deus! Pra mim a Bolívia não existia, santo Deus! Agora eu fico pensando na Bolívia, caramba!*

— Helicóptero nº 3 na escuta...

— *Matei a Bolívia, santo Deus. E agora eu...*

— Alô, alô, Central de Comando, aqui helicóptero nº 3...

— *Eu fico vendo o filho da mãe do cabo Afonso olhando pro dinheiro que eu paguei pra ele espiantar Bebel, caramba! Ele olhando com o olho azul como uma bola de vidro, caramba! E na noite que ele levou Bebel tava uma lua assim e eu...*

— Aqui helicóptero nº 3 chamando Central de Comando, alô, alô...

— Alô, helicóptero nº 3...

— Fala, Central de Comando...

— Escuta, helicóptero nº 3: Central de Comando precisa saber com urgência qual a diferença de horário entre o Brasil e a Bolívia...

— Como é mesmo, Central de Comando?

— A diferença de horário entre o Brasil e a Bolívia, helicóptero nº 3...

— A Central de Comando quer saber quantas horas são na Bolívia agora?

— Isso mesmo, helicóptero nº 3...

— Um momento, Central de Comando, eu tenho aqui o "Guia da Secretária" New Webster's, vou consultar...

— Obrigado, helicóptero nº 3...

— Achei, Central de Comando. Aqui está: a diferença de horário entre o Brasil e a Bolívia é de uma hora a favor do Brasil, Central de Comando...

— Uma hora, helicóptero nº 3?

— É, Central de Comando...

— Agora me informa uma coisa, helicóptero nº 3...

— Fala, Central de Comando...

— Será quê? Será quê?

— Alô, Central de Comando, fala...

— Será que essa lua já surgiu na Bolívia, helicóptero nº 3? Será?

— Alô, Central de Comando, alô. Pelos meus cálculos a lua está surgindo agora na Bolívia...

— Agora?

— É, Central de Comando...

— Está bem, helicóptero nº3...

— Alguma ordem, Central de Comando?

— Não, caramba, não...

3

Estás agora possuído pela figura do Incrível Médici, o Milagreiro: olhas a lua com esse teu olhar verde-claro, sinal de que te sentes feliz, e chegas na janela. Ao veres os cavalos que mudam de cor como uma fonte luminosa, tu, que tens a teu lado o Cavalo Albany, cuja verdadeira face breve se revelará, tu abençoas os cavalos e, com a tua voz de galã de radionovela, essa tua voz com que te dirigias ao Brasil nos tempos do teu "Milagre Brasileiro", tu dizes:

— Ajoelhai-vos, oh vós que vindes ajudando a criar o Milagre Brasileiro. Ajoelhai-vos, porque eu sou o único representante legítimo de Deus no Brasil...

— Uuuuuuuuuuuuuuuhhhhhhhhh — vaiam os cavalos — uuuuuhhhhhhhhhhh!

Tu te assustas com as vaias. Mas, logo, recuperas a calma e, com o Cavalo Albany à tua direita, tu gritas, violentando a língua portuguesa, já que não tens a tiracolo um membro da Academia Brasileira de Letras para escrever teus desabafos, tuas vozes de prisão:

— Estejes presos! Estejes presos, cavalos hereges e subversivos!

— Uuuuuuuhhhhhhhhh — vaiam os cavalos, mudando de cor —, uuuuuuuuuuuuuhhhhhhhhhhhh!

Olhas os cavalos com teu olhar cinza, esse teu olhar cinza que tanto medo provocava nos idos de 1971 e tua voz grita, mais uma vez violentando a língua-mãe:

— Considere-vos cassados em todos os seus direitos de cavalos, daqui para a frente, peronea secolo, secolorum, sereis considerados burros de carga!

— Uuuuuuuuhhhhhhhh — vaiam os cavalos —, uuuuhhh!

E, então, os cavalos começam a gritar:

— Al-ba-ny! Al-ba-ny! Al-ba-ny!

— Eu farei o Fleury dar um jeito em vocês, cambada! — Tu gritas e voltas à tua condição de General Presidente, que amas o cavalo acima do povo.— Mas o que houve com vocês, meus chapas?

— Al-ba-ny no poder! Queremos Al-ba-ny!

Tu sentes alguma coisa fria que te encosta no peito febril: olhas à tua direita e o Cavalo Albany te aponta um revólver 38 e te diz:

— Isto é um golpe, Presidente! Passa todo poder pra cá!

Desconsolado, com fragmentos de Frei Tito e do capitão Carlos Lamarca gritando dentro de ti, tu caminhas até tua cama, vestindo essa fantasia de Pierrot, e tu olhas a branca lua de abril que entra pela tua janela e o rádio na cabeceira da tua cama começa a dizer que não és mais o Presidente da República do Brasil: acabas de ser derrubado, acusado de alta traição à Pátria. Uma a uma, o rádio vai mostrando as acusações que pesam contra ti:

— Recebestes terroristas em teus aposentos mais privados, mantendo com eles longas conversas, sem jamais comunicares o fato aos órgãos de segurança do Brasil.

— Foste visto em Paris, segundo relatório do SNI, andando pelo Boul'Mich: dizias a todos que eras Frei Tito de Alencar

Lima e sofrias tentações do demônio que se disfarçava de delegado Sérgio Fleury.

— Disfarçado de Marlon Brando, dançavas o último tango em Paris, com Maria Schneider, que estava nua e tu também estavas nu.

— Voltaste de Paris fazendo elogios a Frei Tito, anunciaste que mandarias fazer uma estátua de Frei Tito diante do Convento dos Dominicanos em São Paulo, onde ele foi preso.

— Tu te dizias Frei Tito e trocavas correspondência com Dom Hélder Câmara, todas atentatórias à segurança nacional.

— Gastavas uma verdadeira fortuna com interurbanos para o Bispo de Nova Iguaçu, Dom Adriano Hipólito, solidarizando-se com ele nos atentados que sofria pela ligação dele com forças estranhas à índole cristã do povo brasileiro.

— Chegaste a assinar um decreto reincorporando, post mortem, o ex-capitão Carlos Lamarca ao exército brasileiro, na condição de general de cinco estrelas, por merecimento.

— Guiado por Frei Tito, pelo capitão Carlos Lamarca e pela terrorista Iara Iavelberg, tu decidiste convidar o urso para jantar, tendo com ele um encontro, durante o qual poderias mandar prendê-lo, mas, ao contrário, tu o condecoraste com a Ordem do Cruzeiro do Sul, fazendo lembrar os loucos tempos de Jânio Quadros, quando Ernesto Che Guevara recebeu a mesma comenda.

— Assinaste um projeto de reforma agrária mais radical do que o que Fidel Castro fez em Cuba e que, se executado, provocaria o caos no Brasil.

— Decidiste enviar ao Congresso Nacional um novo projeto de Remessa de Lucros para o Exterior, mais severo e imprudente do que o do ex-Presidente João Goulart.

— Tinhas pronto um projeto, redigido por Iara Iavelberg, para a nacionalização dos bancos no Brasil.

Ficas, agora, sabendo, pelo teu rádio, que estás preso: homens encapuzados te dão voz de prisão e ordenam que tu pegues tuas coisas: uma avião espera pra te levar ao exílio no Uruguai. E tu te perguntas:

— E se meu nome for João Belchior Marques Goulart?

4

Liga o walkie-talkie, fica olhando a lua pela janela do apartamento no 8º andar: daqui a pouco ele vai matar e, pelo calafrio que sente no pescoço, ele sabe que é mesmo uma mulher de olhos verdes que ele vai matar.

Uma voz fala no walkie-talkie dele:

— Operação Rita Hayworth falando: atenção para as características da estrela principal...

— Então é uma mulher? — Tyrone Power pergunta no walkie-talkie.

— É. Está ouvindo bem?

— Som perfeito — responde Tyrone Power.

— Ela tem olhos verdes. É bonita como uma Miss Brasil e vem comandando a multidão, parece uma beata. É morena, magra, alta. A mulher mais bonita que você enxergar. Ela está com uma margarida na mão...

— Está bem...

— Deixe o walkie-talkie ligado, fique sempre na escuta...

— Está bem...

De quem era aquela voz no walkie-talkie? Tyrone Power já ouviu aquela voz, mas não sabe de quem. Em 1991 ou 92, quando sentiu que ia ser enterrado vivo, o magro, da mão esquerda enfaixada, e de olhos verdes, perguntou:

— De quem era a voz no walkie-talkie?

Tyrone Power não soube responder: só quando estava enterrado, escutando a terra caindo no caixão, é que descobriu de quem era aquela voz. E dentro do caixão, ele gritou:

— Aquele filho da puta do capitão. Só podia mesmo ser aquele filho da puta...

Mas agora, quando aquela voz dá a ordem, o que Tyrone Power sente é excitação, prazer sexual. Não, Tyrone Power nunca leu livro, nunca discutiu política, antes de entrar para a Oban, tinha amigos comunistas, como o cunhado, casado com sua irmã, um advogado trabalhista. Não era como o Francês, um neto de alemão, não: o Francês, que era médico e reanimava os presos para serem torturados, tinha ódio, xingava em alemão. Ele, não: ele, Tyrone Power só sente excitação.

Quando enterrou Sissi viva sentiu a mais louca excitação, mas sentiu também ódio, porque ele amava Sissi. Agora olha pela janela: a lua é redonda, bonita, ele respira o cheiro de lança-perfume, sente um forte cheiro de cavalo e, pela primeira vez, sente medo:

E se ele errar o tiro?

5

Alô, alô, Conceição, cujo sorriso, apesar de tudo, continuou clareando o mundo, alô, alô, Conceição, em cujos pés os homens sempre se ajoelharam, implorando o perdão, porque eles nunca souberam entender a sua alegria, Conceição, e mesmo te amando louca e perdidamente, eles duvidavam de você, porque você ria e clareava o mundo, e você sempre olhava nos olhos de todos, Conceição, seus olhos nunca se abaixaram ou tiveram medo de encarar os outros olhos, Conceição, e os homens duvidaram de você e queriam que você abaixasse a cabeça, mas como o seu pai Francisco, você nunca abaixou a cabeça, Conceição, alô, alô, Conceição, onde você estiver no Brasil: venha urgente que seu pai Francisco está morrendo, quem souber de Conceição, que fugiu de casa no ano de 1950, diga a ela que seu pai Francisco está morrendo.

6

Havia luta em todo o Brasil, o samba na rua se confundia com a guerra, e quando o cheiro de cavalo se tornou insuportável, 105 milhões de brasileiros que escutavam a Cadeia da Felicidade, ansiosos pela posse do Jesus Cristo na Presidência da República, escutaram a protofonia do "Guarani" e, logo, a voz do locutor Alberto Cury, que sempre entrava no ar nos momentos fatais do Brasil, como a decretação do AI-5, em 1968, anunciou em edição extraordinária da "Voz do Brasil" a posse do novo Presidente da República, o Cavalo Albany Andrews de Oliveira e Silva.

A guerra civil no Brasil parecia uma festa de reveillon, foguetes estouravam no céu, e Sua Excelência, o Cavalo Albany Andrews de Oliveira e Silva, se dirigiu ao Brasil, usava a voz do ator que dublava a voz de Kojak, na série da televisão, e lia um discurso feito por um membro da Academia Brasileira de Letras, cujas obras-primas eram as falas preparadas para os ditadores fantasiados de democratas:

"Brasileiros!

Nesta hora grave da nacionalidade, em que os ventos da discórdia, da luta fratricida entre irmãos, foram soprados pelos eternos pregoeiros do caos, que empurravam o Brasil no abismo, quis a Providência Divina que fosse eu o escolhido para salvar a Pátria Brasileira da sanha assassina e subversiva do comunismo internacional, em conluio com aventureiros de toda espécie.

Eu venho vos dizer a todos, brasileiros, a vós que tendes o sagrado dever de restaurar a imagem de povo pacífico e ordeiro, que está criando nestes trópicos uma nova civilização, a civilização da cordialidade, do fraterno entendimento entre irmãos, eu venho vos dizer que, em nome da Gloriosa Revolução de 31 de Março de 1964, que é imperecível, que desafiará os séculos dos séculos, amém, eu venho vos dizer que não descansarei enquanto não transformar o Brasil no berço da democracia e da liberdade, como sonharam os nossos antepassados que deram o seu sangue e o seu sonho para que a Pátria não perecesse.

Neste momento convulso, em que o amor do Brasil deve nos unir a todos como irmãos, estendo a minha mão para a concórdia. E trago nas mãos, brasileiros, uma borracha para apagar o que ainda agora nos dividia, e todos aqueles que entregarem suas armas e se devotarem aos interesses da Pátria Comum poderão trabalhar em paz.

Fiel ao destino ocidental e cristão do Brasil, ao amor perene pela liberdade e a obediência a Deus, venho anunciar, como a meta única do meu governo, além do restabelecimento da ordem, da paz e da segurança e o meu compromisso com a democracia, venho anunciar que transformarei o Brasil no Paraíso dos Trópicos, onde o ato de viver será uma bênção de Deus..."

Num canto da boate transformada em terreiro na Cidade de Deus, o Deus Biônico do Brasil está deitado, respira oxigênio e é atendido por uma junta médica. Ali perto, a ayalorixá Olga de Alaketo escuta o transistor ao lado do carnavalesco Joãozinho Trinta, ideólogo da Revolução da Alegria:

— Agora é tarde — diz Joãozinho Trinta. — Com perdão da má palavra, Mãe Olga de Alaketo, a Revolução da Alegria se fodeu...

Lá no canto da boate, o Deus Biônico levanta a cabeça, tira a máscara de oxigênio da boca, pergunta a Joãozinho Trinta:

— O que você disse mesmo, Joãozinho Trinta?

— Disse que a Revolução da Alegria se fodeu...

— Não, Joãozinho Trinta, não se fodeu não — fala o Deus, assumindo um tom profético. — Agora é que a Revolução da Alegria está começando...

A ayalorixá Olga de Alaketo está cansada, bebe Coca-Cola e, como Joãozinho Trinta se anima e lhe propõe, em voz baixa, tentar de novo fazer o espírito de Juscelino Kubitschek baixar no Deus Biônico, ela suspira e diz:

— Acho melhor não tentar não...

7

Aí estás nesse avião que, mais rápido do que gostaria teu coração, descreverá uma curva e te deixará no aeroporto de Carrasco em Montevidéu. Então, tu te sentirás um ex-Presidente do Brasil deposto por um golpe apelidado de revolução: caminharás pelo aeroporto de Montevidéu de peito erguido, ombros altos, para que os filmes, os tapes, as radiofotos, não te mostrem como estás por dentro. E para que te vejam e digam:

— Não, ele não parece derrotado, não...

Na poltrona do avião, tu mascas Mentex: mascas tanto que tua boca já está ferida e, à medida que o avião voa e que o Brasil fica para trás, tu duvidas de tudo. E nessa tua dúvida, tu te transformas num novo ex-Presidente João Goulart, que, de uma maneira ou de outra, tu ajudaste a depor também num dia 1º de abril. E, como Jango, enquanto mascas Mentex, tu te recusas a acreditar, não, não é verdade, daqui a pouco abrirás os olhos e ainda serás o General Presidente do Brasil, foi só um pesadelo, ou, quem sabe?, a febre que veio te consumindo nos últimos dias.

— É só um pesadelo...

Como nos tempos de menino em que te recusavas a acreditar nas grandes alegrias, como naquele cavalo que teu pai te deu, tu fazes o teste do beliscão, enquanto o avião te leva para o exílio. Tu mesmo te beliscas, com força, muita força, quase até sangrar: sentes a dor, e, depois, na tua mão direita que beliscaste com a tua mão esquerda, pois é canhoto, fica uma marca da tua unha, daqui a pouco estará roxa. Então tu concluís que é tudo verdade. A marca da tua unha na tua mão te convence mais do que esse oficial do exército brasileiro que está a teu lado, como teu carcereiro nesse avião, e que prefere ler uma revista do Pato Donald do que conversar contigo, que és um ex-Presidente em desgraça.

— Entrarei na História, pouco importa...

A ti te consola saber que tentaste reformar o Brasil: teu nome ficará ligado à Reforma Agrária. E, agora, para não caíres em pranto, quando pegas teu isqueiro para acender o cigarro e o isqueiro nega fogo e o oficial que outrora batia continência para ti continua a ler o Pato Donald, impassível, sem oferecer fogo a ti, para não caíres em pranto, imaginas que ficarás no coração do povo brasileiro como Getúlio Vargas ficou.

— Que pena, eu te devia ter deixado uma carta...

Tu olhas a lua pela janela do avião, sabes que não falta muito para esse avião descer no aeroporto de Carrasco e ficares cara a cara com a tua realidade de Presidente derrubado, de exilado por traição do teu maior amigo e confidente, o Cavalo Albany. Daqui a pouco comerás o amargo pão do exílio, o pão que o Diabo fabricou, como teu pai comeu. Como um delírio e já que o avião voa em céu uruguaio, começas a pensar que o Brasil tinha um cheiro próprio, que é diferente do cheiro do Uruguai, ou do Japão, ou dos EUA, ou da Inglaterra, ou do Paraguai, ou da Argentina, assim como as mulheres têm um cheiro na pele que é também próprio, o Brasil tem um cheiro diferente de tudo. E vai crescendo em ti uma ternura pelo Brasil, vai crescendo em ti, junto de um nó na garganta, uma saudade do Brasil que não sentiste nunca, não sentiste quando serviste no Paraguai, por exemplo, nem quando estiveste, ainda criança, exilado com teu pai na Argentina.

Começas a lembrar das acusações que te fizeram: uma a uma te lembras delas, as verdadeiras e as falsas, as terríveis e as que eram de provocar risos, não mais que risos. E para sustentares tua esperança em pé, tu tens o mesmo pensamento que, num 1º de abril como o de hoje, o Presidente deposto João Goulart também teve, seguindo o mesmo caminho do exílio que tu:

— Essa cambada não vai se agüentar quatro meses...

Apagas o cigarro, mascas mais um Mentex e vai crescendo a sensação, muito próxima de um delírio, de que o Brasil é uma mulher, não é um país, nem é uma pátria: é uma mulher. Essa sensação te acompanhará até que tu, da janela do teu apartamento de exilado no Hotel Plaza, em Montevidéu, olharás em direção ao Brasil, e, julgando que te chamas João Goulart e que estás vivendo no dia 1º de abril de 1964, tu gritarás da janela do Hotel Plaza, quando mais louca for a tua vontade de abraçar o Brasil, de beijar a boca do Brasil:

— Caralho, Brasil, você devia ser mulher!

8
(Sangue de Coca-Cola)

Eu estou aqui deitado, Tati. Está escuro e os cães latem, latem como sempre latiram dentro de mim, me caçando. A Hiena me acusa de ser o urso que apareceu no Brasil, Tati, e eu aceito a acusação, porque eu sempre aceitei todas as acusações feitas contra mim, desde os tempos do Colégio do Bosque, porque eu tenho sangue de Coca-Cola correndo na veia.

A minha esperança é que o cheiro de cavalo aumente. Se o cheiro de cavalo aumentar, Tati, os cães não me acharão aqui. Eu estou deitado no jardim suspenso, de encontro a uma moita de amor-perfeito. Lembra, Tati, quando você punha um amor-perfeito no cabelo? Os cães estão latindo no andar de cima, se descerem, mesmo com o cheiro de cavalo, poderão subir no jardim suspenso, e se me localizarem, Tati, eles vão latir tocando flauteado, como uma vez no Colégio do Bosque.

Tati: eu tentei dizer que eu não era o urso, logo que a Hiena me acusou. Mas todos que me viam se ajoelhavam e falavam: Louvado Seja Nosso Senhor Jesus Cristo! E eu respondia: Para Sempre Seja Louvado! E os cegos que estavam no edifício Palácio de Cristal enxergavam, os mudos falavam, os paralíticos andavam. E, quando me viam, os soldados atiravam e eu escutava as balas assoviando como nos enlatados da televisão. E eu gritava:

— Eu não sou o urso! Eu sou um homem!

Mas ninguém acreditava, Tati, talvez porque nem eu mesmo acreditasse no que falava. Ou, pensando melhor, Tati, deve ser porque, a vida toda, eu sempre tenha sido tratado como um bicho, um urso de circo ou do zoo. E eu mesmo aceitava esse tratamento, aceitava porque eu tenho sangue de Coca-Cola, Tati, e porque, na verdade, sempre que eu sonhei, os cães latiam dentro de mim e caçavam meus sonhos, Tati. Acho que agora os cães estão vindo. Eles estiveram por aqui, mas o cheiro de cavalo os despistou. Se eles vierem, os soldados vão atirar e eu estarei morto, Tati.

Os cães estão se aproximando. Eu podia gritar:

— Eu sou um trabalhador do Brasil, de quem cortaram injustamente 12 dias no salário...

Mas não vai adiantar gritar, Tati. Eu aceitei a acusação de que cometi um crime tão terrível que a minha pena deve ser mesmo a morte: morrer caçado como se fosse um urso. Mas, na verdade, Tati, eu vou morrer como um trabalhador do Brasil, que sempre foi tratado como um bicho, um urso de zoo qualquer, Tati.

Os latidos se aproximam, Tati, e eu afundo a cabeça na moita de amor-perfeito e fico pensando em você, Tati, com um amor-perfeito no cabelo...

9

Agora que ele sabe que é uma mulher que ele vai matar, a excitação aumenta: vai apontar pro coração dela e a lua vai ajudar, não, caralho, ele não errará o tiro. É uma mulher que ele nunca viu, tem o retrato falado dela, e se ele, Tyrone Power, já não tivesse morrido numa porção de coisas, podia se encontrar com ela, convidar pra tomar um chope, rir com ela, ou então ir numa gafieira e dançar, porque o que Tyrone Power mais ama é dançar em gafieira.

— Mas eu vou ter que matar ela!

O rumor cresce, ele olha pela janela do 8º andar, a multidão vem vindo, com uma lua assim não era pra matar ninguém, caralho, eu vou te matar, moça, eu nunca te vi e vou te matar, eu nem sei o seu nome, sei que você tem olho verde, como Sissi tinha, mas eu não vou apontar pro seu olho verde, não, vou apontar pro seu coração, e minha boca vai ficar seca e eu vou sentir um calafrio no pescoço.

Acende um cigarro, não devia fumar, não deixar pista alguma ali, e se depois eles o cercarem, antes dele fugir pro Paraguai? E se o matarem como mataram Fleury? Podiam simular um desastre na estrada, um caminhão fechando a Belina na qual vai fugir, depois de tudo pronto. Aumenta o arrepio no pescoço, ele se excita, ele amava Sissi e enterrou Sissi viva. Volta aquela sensação esquisita, que nunca sentiu — só começou a sentir depois que Fleury morreu, com Fleury vivo, não: Fleury era seu pai, seu irmão, seu amigo, seu compadre, seu padre.

— É uma sensação fodida pra caralho!

Uma sensação de que ele era um daqueles urinóis antigos de cuspir, como é mesmo que chamavam?, todos cuspiam nele, escarravam, uma sensação de que era um cachorro ensinado na mão dos ricos e poderosos, o que seu Mestre mandar farei, assim sempre, sempre, como um cachorrinho. E cresce aquela vontade de não matar, de sair dali, se misturar na festa, sambar, se misturar na passeata.

— Caralho, eu hoje não devia matar!

Fica pensando que não devia matar, quando o enterraram vivo em 1991 ou 92, se lembrou disso: na hora em que o prenderam e disseram "Lembra-se de Sissi?", nessa hora, ele se lembrou de que hoje teve vontade de não matar, de ir para casa.

— Essa moça nunca me fez mal...

Marighela também nunca fez mal a ele e Sissi também não. Aumenta a cantoria, lá, longe, a multidão vem vindo, na praça ali embaixo já se concentram pessoas. Dali de onde está não errará o tiro, nunca errou um tiro na vida, eu vou te matar, moça, nem sei o seu nome, não vou ter raiva de você, matar com raiva deve ser bom. Mas eu vou matar você e depois eu vou pro Paraguai e vou criar cavalo numa fazenda, moça.

10

No meio da explosão das bombas, dos tiros e do uivar das sirenes, Terê sente fome e olha a lua redonda como um queijo de Minas, sente vontade de comer a lua com café, o café que só a mãe sabe fazer: imagina a faca cortando o queijo de Minas e, na frente da multidão, ela canta:

"Vem, vamos embora
que esperar não é saber
quem sabe faz a hora
não espera acontecer..."

Na mão direita, Terê tem uma margarida, o vestido está rasgado, a lua é um queijo de Minas e agora cantam o Hino Nacional e gritam "Ianques go home! Ianques go home!". Os que estão sitiados nos edifícios jogam papel picado e a brisa sopra carregada de lança-perfume, mas o cheiro de cavalo aumenta, corre o rumor de uma rebelião dos cavalos no Brasil e que eles vão atacar o povo, solidários com o Cavalo Albany, o líder do golpe ultradireitista no Brasil e que assumiu a Presidência da República. Terê escuta o relinchar de cavalos e o tropel, será que estão vindo?

Agora alguém diz que os cavalos brasileiros, liderados pelos cavalos do Exército e da Polícia Militar, formaram um exército de 300 mil cavalos. O relinchar abafa o uivar das sirenes, o tropel se aproxima e Terê vê os primeiros cavalos se aproximarem: são uns cavalos lindos como cavalos de parada, parecem cavalos de brinquedo, logo surgem os cavalos dos soldados da cavalaria, e eles começam o ataque à multidão. Terê se entrincheira na carroceria de uma camioneta, a ordem é receber os cavalos a bala, Terê olha os cavalos, aqueles cavalos cujos bisavós foram veteranos da repressão na época do Estado Novo, montados neles os soldados da Cavalaria dissolveram comícios de estudantes e, montados nos avós daqueles cavalos, soldados reprimiram os estudantes brasileiros nas passeatas de 1968, e ali, agora, estavam eles, relinchando e avançando e dando coices e patadas. A multidão grita:

"Cavalo não é ovo
Viva o cheiro do povo!"

A multidão grita e joga bolas de vidro e rolhas no asfalto e aqueles cavalos caem e beijam o asfalto como seus bisavós caíam e beijavam os paralelepípedos no tempo do Estado Novo, montados pelos soldados da cavalaria. E aqueles cavalos inocentes, às vezes amados pelo povo brasileiro, por terem vencido o Grande Prêmio Brasil, vão caindo e quebrando patas e dentes e começam a sangrar e a relinchar, o asfalto está quente, eles respiram o ar carregado de lança-perfume, deliram com paradas de 7 de setembro, deliram com o Grande Prêmio Brasil, deliram com éguas argentinas e francesas, e começam a sentir saudade das éguas das campinas e os cavalos que vieram do interior relincham caídos no asfalto e, como o povo atirava com as metralhadoras, os primeiros cavalos começaram a morrer, e olhando-os, Terê dizia:

— Pobres diabos!

Caídos no asfalto, relinchando, gemendo, os cavalos vencidos foram deixados para trás, cavalos dispersos corriam pelas ruas, atacavam mulheres e crianças. Com Terê na frente, a multidão, feliz com o primeiro combate, foi andando, seguida pelo uivar das sirenes e o relinchar dos cavalos. Todos gritam:

"Cavalo não é ovo
Viva o cheiro do povo!"

11
(Sangue de Coca-Cola)

As quarenta orquestras contratadas para tocar no Brazilian Follies soltam grunhidos, os músicos esquentam os instrumentos, e os instrumentos lembram onças miando, leões urrando, berram como bois, e os bichos da Cidade de Deus os imitam e uivam e berram e latem. Os 30 mil convidados do Brazilian Follies começam a chegar fantasiados, há dezenas de fantasias de ursos e corre o boato de que Sua Excelência, o Cavalo Albany Andrews de Oliveira e Silva, estará presente ao Brazilian Follies, a grande dúvida é saber se a primeira-dama, a égua francesa Thris Troikas, chegará ao Brasil a tempo de ir ao Brazilian Follies.

Eram 9 e 35 da noite e com uma audiência que batia o maior índice já alcançado, não só pelo rádio, também pela televisão no Brasil, o Homem do Sapato Amarelo falou pela Cadeia da Felicidade:

— Aaaaateeeeenção, Brasiiiilllll, muuuuuuuiiiita ateeeeeeenção: neste exaaaaato mo-men-to o urso está cercado, sem chance alguma de escaparrrrr, pelos temidos soldados conhecidos como "Os Cavalos"...

O Homem do Sapato Amarelo faz uma pausa, pensa em você, Erika Sommer, e continua:

— O urrrrso está cer-ca-do no 4º andar do edifício Palácio de Cristal, o general Antônio Bandeira ordenou um blecaute e reina uma con-fu-são ter-rí-vel, e fantasiados que se dirigiam ao Brazilian Follies e usavam fantasias de urso foram presos, num total de 316...

Os ouvintes escutam o tiroteio e o latido dos cães, o Homem do Sapato Amarelo diz que os tiros e os latidos falam melhor, sente um cheiro de pólvora no meio do cheiro de lança-perfume e de cavalo e uma vontade de cantar. Deitado de bruços no jardim suspenso, o Camaleão Amarelo recorda, no meio dos latidos dos cães e dos tiros, depois que Julie Joy teve o filho no 12º andar, ele desceu por um elevador de carga, poderia sair por uma saída secreta, por onde entravam reforços de bebidas para o Brazilian Follies. Mas, para escapar, ele tinha que matar um homem: matar um homem inocente, o ascensorista, que lhe deu carona no elevador, mas ao ver que ele era o urso, começou a gritar "Socorro! Socorro!".

— Se eu matasse ele, Tati, eu conseguia escapar, mas eu tenho sangue de Coca-Cola, e não matei, agora vão me matar...

Quando o ascensorista começou a gritar, ele conseguiu parar o elevador no 2º andar, mas havia um prêmio de 100 mil dólares para quem desse uma pista do urso, e o ascensorista o denunciou. Ele subiu dois andares a pé e, agora, no 4º andar, está cercado e sabe que vai morrer. Pensa no filho de 7 anos, vê o filho de 7 anos com as mãos postas, quando bateu nele hoje de manhã.

— Ali, meu filho, meu filho!

De repente, o edifício Palácio de Cristal estremece: lá no alto do 158º andar, na Cidade de Deus, começa o Brazilian Follies, o Deus dança com a Princesa Caroline de Mônaco e 30 mil pessoas pulam e cantam:

"É hoje
que eu vou me acabar
amanhã eu não sei
se eu chego até lá..."

O Camaleão Amarelo escuta a música, lembra de um carnaval em que pulou com Tati. Ela estava de havaiana e ele com um boné de marinheiro. Respira o ar com lança-perfume e o cheiro de cavalo, vultos armados se mexem perto do seu esconderijo no jardim suspenso. Se ele não tivesse sangue de Coca-Cola teria matado o ascensorista que o denunciou, era só usar o pé de cabra que havia dentro do elevador e, agora, ele estaria com você, Tati.

— Mas eu tenho sangue de Coca-Cola...

Os vultos mexem-se, o samba de carnaval continua, o edifício Palácio de Cristal treme, o Camaleão Amarelo escuta:

"É hoje
que eu vou me acabar
amanhã eu não sei
se eu chego até lá..."

O samba parece vir mais de perto do que vem. Ele está ali e vai morrer. Acusado de quê, mesmo? De ser o urso. E se ele gritasse que não era o urso? Sim, podia gritar. Mas é tarde, começam os tiros, as bombas de gás lacrimogênio, ele grita, mas não escutam. Quando cessa o tiroteio no 4º andar, escutam tosses e o Homem do Sapato Amarelo fala a 90 milhões de ouvintes:

— É incrível, babies, o urso tosse como um homem...

Os soldados disparam suas metralhadoras na direção de onde vinham as tosses, no jardim suspenso. O Camaleão Amarelo não sentiu dor: sentiu que estava sangrando, e pensou na mulher que se parecia com Claudia Cardinale e achou que falava com ela:

— Agora eu sei, Tati, que nunca eu vou poder assistir com você um comício do PCI em Roma: eu estou morrendo, Tati. Eles me mataram, eu estou sangrando e morrendo. E eu provo um pouco do meu sangue: tem gosto de Coca-Cola, Tati, e eu descubro que isso é a causa de tudo de ruim que aconteceu comigo e com o Brasil. Porque o Brasil também tem sangue de Coca-Cola...

Quando acenderam as luzes e o Homem do Sapato Amarelo chegou onde estava o urso morto, encontrou um homem, e falou no microfone sem fio:

— Ateeeenção, Brasil: houve um lamentável, um terrível engano: o urso morto não é um urso, é um homem e está aqui morto a meu lado...

12

Escuta os gritos, o uivar das sirenes e o relinchar de cavalos: está na janela, naquele 8º andar, esperando. Aquele é o roteiro da Grande Marcha, dali da janela, ele fará pontaria e matará uma mulher de olhos verdes. Olha a lua cheia, a lua vai ajudá-lo, não parece noite e ele não vai errar o alvo, escuta Sissi falando:

— Você é um leão-de-chácara dos ricos...

Levanta-se, veste a fantasia de Arlequim, pega outra vez o fuzil com mira telescópica.

— Já vem vindo a marcha — pensa, o coração galopando. — Vou fazer bem a pontaria e depois vou dar no pé...

Na frente da multidão, Terê chupa limão para não perder a voz, foge os olhos verdes da lua que é um queijo de Minas, se imagina tomando café e comendo queijo de Minas, grita para espantar a fome:

— Viva o cheiro do povo! Abaixo o cheiro de cavalo!

A fome aumenta, a passeata anda, a multidão canta "Pra não dizer que não falei das flores" e, em seu esconderijo no 8º andar, Tyrone Power escuta, e olha, lá vem a multidão, ele já distingue, olhando pela mira telescópica do fuzil, o vulto sensual de Terê, que caminha na frente da multidão batida pela lua, a voz de Sissi fala com ele: Ela é sua irmã, Tyrone, por que você vai fazer isso? Ela é sua irmã, você vai matá-la porque você é um leão de chácara dos ricos e poderosos, mas ela é sua irmã, tão pobre como você...

Na praça, Terê vê um palanque armado e pintado de verde, quem armou aquele palanque? Sobe no palanque verde, vai fazer um comício-relâmpago, a Grande Marcha pára, Tyrone Power faz pontaria da janela do 8º andar, a lua cheia ajuda, ele não vai errar, Terê começa a discursar e afasta-se da mira, no silêncio que a multidão faz, Tyrone Power escuta o discurso de Terê no megafone:

— Meus irmãos em Cristo e na Esperança e na Boca da Metralhadora: os detratores e caluniadores do Libertador da Felicidade no Brasil, liderados pelo Presidente dos Estados Unidos, estão dizendo que o Libertador é um urso. É bem verdade que, com os presidentes todos que o Brasil já teve, não faria grande diferença se agora entrasse um urso, porque...

Os aplausos calam Terê e ela olha a lua e pensa num queijo de Minas, a fome cresce e sua boca quer a boca do Libertador, então Terê escuta a voz da tia solteirona falando "Aí, Terê", e Terê acha que está cometendo um pecado terrível, pior do que filho desejar o pai ou a mãe, e pensa: "Se é assim, então, que venha a morte", pensa e anda dois passos para trás no palanque, então Tyrone Power faz a pontaria, a multidão ainda aplaude Terê e Tyrone Power puxa o gatilho e Terê cai e ele grita "Caralho!", Terê cai de costas, olha a lua e morre comendo um pedaço da lua com o café que a mãe fazia, sentindo um gosto de queijo de Minas na boca e escutando Emilinha Borba cantando em dueto com Gal Costa:

"O sono
fechou meus olhos
me adormecendo
senti tua boca linda

a murmurar:
abraça-me, por favor,
minha vida,
e o resto deste romance
só sabe Deus..."

13

"É hoje
que eu vou me acabar
amanhã eu não sei
se eu chego até lá..."

Na Cidade de Deus, transformada na Cidade do Demônio, os ricos do Brasil pulam e cantam no "Brazilian Follies", mergulham numa piscina cuja água é a champanhe francesa "Möet et Chandon": é o canto do cisne dos ricos do Brasil, pensa a ayalorixá Olga de Alaketo. Ela respira o lança-perfume no ar, não, ali, não chegou o cheiro de cavalo.

"É hoje
que eu vou me acabar
amanhã eu não sei
se eu chego até lá..."

O Deus Biônico do Brasil dança com Caroline de Mônaco: dança sério, como um fantasma do ex-Presidente Kubitschek, não sorri, não tem a animação de JK, mas o espírito do marechal Castelo Branco o deixou logo que a praga se cumpriu e o Cavalo Albany Andrews de Oliveira e Silva assumiu a Presidência da República.

Agora as mulheres vão ficando nuas, os homens também ficam nus, Olga de Alaketo respira o lança-perfume e lembra-se da cachorra Mãe Celeste e, vendo aquela multidão se despedindo, tão alegre, na noite em que a Guerra Civil começou no Brasil, Olga de Alaketo fala alto:

— Burgueses duma figa! O Cavalo Albany não conseguirá salvá-los, burgueses duma figa!

Olga de Alaketo observa o Deus Biônico pulando abraçado com a Princesa Caroline de Mônaco, ou uma mulher fantasiada de Caroline de Mônaco: o Deus costuma parar no parapeito daquela imensa Cidade de Deus suspensa no 158º andar do Palácio de Cristal, olha para longe e fala com o Brasil:

— Filho da mãe, mais uma vez me traíste, antes me traíste com um louco, depois com um latifundiário sindicalista, mais tarde me traíste com um bando de generais idiotas, agora só faltava mesmo me traíres com um cavalo...

Olga de Alaketo vê o Deus cuspir no Brasil, o Deus sabe que o cuspe se dissolverá no ar, não será nem um orvalho caindo na cabeça da Guerra Civil lá embaixo, mas aquilo o consola e ele canta, sentindo o suor, que cheira ao perfume francês de Caroline de Mônaco:

"É hoje
que eu vou me acabar
amanhã eu não sei
se eu chego até lá..."

Corre o boato de que o urso vai aparecer no Brazilian Follies: as mulheres já o disputam, dizem que ele virá fantasiado de Che Guevara interpretado por Omar Sharif, Olga de Alaketo bebe champanhe "Möet et Chandon", e, pensando na cachorra Mãe Celeste, vai andando no meio da festa, entre os que dançam como se fosse a última noite do mundo, vai andando, respirando o suor perfumado dos ricos, vai andando até chegar à cozinha onde há 35 cozinheiros e fica imaginando que aqueles cozinheiros chegam em casa com o cheiro de pratos deliciosos impregnado na pele e no cabelo, mas as mulheres e os filhos dos cozinheiros não comem daqueles pratos, só sentem o cheiro dos pratos que os maridos fazem. Olga de Alaketo chega na cozinha e grita:

— Me abracem, que eu quero sentir o perfume da fome brasileira!

14

— Alô, alô, alô, helicóptero nº 3. *Que São Domingos Sávio me ajude, santo Deus! Com essa lua, eu não sei o que será de mim, se São Domingos Sávio me abandonar.* Central de Comando chamando urgente helicóptero nº 3. Alô, helicóptero nº 3. *Quando o cabo Afonso espiantou ela pra Bolívia tava uma disgramada duma lua como esta lua de hoje, santo Deus! E ele voltou da Bolívia e foi receber a segunda metade do pagamento, caramba! E ficou me olhando com aquele olho de vidro azul como uma bola de vidro. Eu querendo perguntar por Bebel e o filho da mãe me olhando com o olho de vidro, oferecendo os préstimos: Se o sargento precisar, estou às ordens. Filho da mãe...*

— Alô, Central de Comando, helicóptero nº 3 na escuta...

— Onde você se meteu, caramba?

— Estou tendo dificuldades com os fios de alta tensão, Central de Comando...

— Chegou a grande hora, caramba!

— A grande o quê?

— A grande hora, caramba!

— Sabe quanto tempo tem que a lua surgiu, caramba?

— Quanto, Central de Comando?

— Tem uma hora, caramba! E você vai receber sua missão agora. Muito juízo, hein? Você deve se sentir honrado com a missão que vai receber...

— Estou ansioso, Central de Comando, e cônscio das minhas obrigações e deveres...

— É assim que se fala, caramba! Sabe qual é a sua missão? Você vai dar um sumiço no tipo do sapato amarelo. Sem sair do helicóptero, está me entendendo, caramba?

— Sumiço, sargento?

— Isso mesmo, caramba!

— Mas o sargento não disse que era uma missão que se eu executasse eu ia ganhar a Grã Cruz do Cruzeiro do Sul? Não disse?

— Disse e repito, alto e bom som: você ganhará a Grã Cruz do Cruzeiro do Sul, caramba!

— E qual é a missão, sargento?

— Já disse, caramba! Dar um sumiço no tipo do sapato amarelo!

— Matar ele, sargento?

— Você entenda como você quiser, caramba! Ele conflagrou o Brasil, caramba! Ele é o grande culpado do Brasil ter caído no abismo!

— Caído onde, sargento?

— No abismo, caramba! Então você não sabe que o Brasil caiu no abismo, depois de ficar quase 500 anos cai, não cai? Vai me dizer que você não sabe, caramba?

— Por isso é que tá essa confusão toda, sargento?

— É, Pedro Bó! O Brasil caiu no abismo e você não sabe, Pedro Bó? E o grande culpado foi esse tipo do sapato amarelo. O Serviço Secreto já sabia de tudo, tanto que você foi escolhido há 30 dias para a missão, caramba! O tipo de sapato amarelo deu o empurrão que faltava e o Brasil caiu no abismo, agora você vai justiçar o tipo do sapato amarelo, em nome da Pátria...

— E a Grã Cruz do Cruzeiro do Sul, sargento?

— Seu nome vai ser proposto, caramba! É só você ter muito juízo, Pedro Bó, muito amor à Pátria...

— Está bem, sargento...

— Então mãos à obra, caramba!

— Está bem, sargento...

— Quando tiver com a missão cumprida, avise a Central de Comando...

— Está bem, sargento...

— *Está aí, caramba, eu gosto dessa zebra. É uma zebra quadrada, mas eu gosto dessa zebra, santo Deus! Gosto porque eu fico achando, caramba, que se eu for bom com ele eu estou sendo bom com a Bebel, santo Deus! Voltou o cheiro de lança-perfume, ai de mim. Meu coração começa a ficar doido, santo Deus. Meu coração começa a me interrogar, santo Deus, meu coração abre um IPM contra mim, santo Deus! E eu disgramo a achar que a carta anônima tava mentindo, santo Deus. Devia ser algum puto com inveja. Aí o puto com inveja escreveu a carta anônima. Puta merda! Como Bebel ia arranjar outro, se Bebel não queria nada mais da vida, santo Deus? Bebel só queria olhar vitrine, caramba, porque Bebel tinha vindo do interior de Goiás e gostava de olhar vitrine. E ela falava comigo: Eu tenho bem-querer por você. E ela só queria olhar vitrine porque ela era uma moça que veio do interior de Goiás. E ela gostava de olhar vitrine, caramba! Mas é algum pecado olhar vitrine, caramba? É algum crime olhar vitrine? Que São Domingos Sávio me ajude, porque se a carta anônima era mentirosa, eu mereço o inferno. Porque eu espiantei Bebel pra Bolívia com um bando de contrabandistas e de assassinos, santo Deus! Que São Domingos Sávio me ajude. Porque Bebel não queria nada de mim, ela nem podia falar que era casada comigo, porque a gente casou escondido, santo Deus! Meu coração está louco, caramba! Tá louco, eu sei que meu coração enlouqueceu.* Alô, helicóptero nº 3, alô, alô, helicóptero nº 3, Central de Comando chama urgente...

— Helicóptero nº 3 na escuta, alguma contra-ordem, Central de Comando?

— Não, caramba!

— Então, o que foi, Central de Comando?

— Escuta, caramba, você sabe cantar aquela música que a Bethania canta?

— Qual delas, Central de Comando?

— Aquela, caramba, uma que fala assim: "Primeiro você me azucrina..."

— Ah, sei qual é...

— E você sabe cantar, caramba?

— Sei, Central de Comando...

— E você podia cantar agora?

— Posso, Central de Comando...

— Então canta, caramba!

15

A lua clareia o velho e sua filha no hall do edifício Palácio de Cristal e soldados passam correndo por eles, tiros assoviam e um soldado parou e, ajoelhado, beijou a mão do velho e disse:

— A bênção, São Francisco...

Depois o soldado se levantou, fazendo o pelo-sinal, e foi embora, deixando a metralhadora no chão.

A voz do velho agora está rouca e fraca como a voz de um rádio a pilha, quando a pilha está no fim. Quando ele fala, a filha debruça sobre ele e chega o ouvido bem perto da boca do velho, e escuta um murmúrio: o velho delirando com vacas e cantava:

— Êêêêh, boi
êêêêh, vaca cara!

Depois, o velho começou a achar que estava viajando de trem outra vez e a filha escutava um chiado, como um rádio com asma, e aproximava o ouvido da boca do velho.

— Silvinha...

— Eu, pai?

— Por conta de que a água do rio tá azul, Silvinha?

— Por conta da felicidade no Brasil, pai...

— E esses tiros, Silvinha?

— Num é tiro não, pai. É foguete...

— Foguete, Silvinha?

— É, pai...

— Num é tiro contra Deus não, Silvinha?

— Não, pai...

— Deus tá governando o Brasil ainda, Silvinha?

— Tá, pai...

— Num tão chamando Deus de comunista não?

— Tão, pai. Mas Deus nomeou São Jorge Guerreiro Ministro da Guerra, e São Jorge armou os anjos...

— Ah...

— O povo tá armado também, pai...

— Silvinha...

— Eu, pai...

— Num é a Conceição que tá aí em pé, Silvinha?

A voz do velho chiou um pouco mais e calou como um rádio cuja pilha acabou. A filha ainda sacudiu o velho como se ele fosse um rádio cuja pilha acabou e o cheiro de lança-perfume aumentou. Os tiros passavam assoviando e então a filha se levantou, batida pela lua que entrava no hall do edifício Palácio de Cristal, e, com muito cuidado, como se receasse machucar o velho, carregou o velho nos braços e o colocou atrás de uma pilastra, onde as balas não o atingiam. O edifício Palácio de Cristal tremia e a filha do velho escutava uma música e carnaval, como se tocasse longe, na lembrança. Então a filha do velho apanhou a metralhadora que estava no chão e se entrincheirou atrás da pilastra, junto do velho, e tomou posição de combate. Ela passava a mão na cabeça do pai, que estava calado como um rádio cuja pilha acabou. Quando se aproximou a sombra de um soldado, ela olhou bem para a sombra e puxou o gatilho da metralhadora. Os tiros abafaram a música de carnaval que tocava longe, como na lembrança, e a sombra do soldado caiu e veio outra sombra de soldado e outra vez a filha do velho puxou o gatilho da metralhadora e a outra sombra do soldado caiu e ficou gritando:

— Mãe! Oh, mãe! Tou morrendo, mãe!

Longe, como na lembrança, tocava uma música de carnaval.

16

Ele chegou a pensar que tinha escapado do helicóptero que o perseguia, no meio da multidão, como um gafanhoto que tinha dois faróis acesos em lugar dos olhos. Mas quando ele acabou de dar seu último flash, contando que a Guerra Civil se espalhava pelo Brasil, e voltou à praça onde estava o povo, o helicóptero reapareceu como um gafanhoto dando vôos rasantes, a multidão corria, abaixava-se, parecia uma alucinação, na noite de lua.

— Ele lembra um gafanhoto, Erika, é isso que ele lembra...

Agora ele tinha certeza de que o alvo era ele, não, não estava com mania de perseguição, Erika Sommer. Em cada vôo rasante do helicóptero, a multidão deitava-se na praça, gritava:

"Aço, aço, aço,
tem cachorro no espaço..."

Então ele entendeu que tinha que fugir, fugir para uma rua onde houvesse árvores e fios de alta tensão. Ele saiu correndo, mas o helicóptero o alcançou perto de uma árvore e ele ia se deitar no chão, quando o helicóptero bateu nele e o jogou longe, já no fim da praça, onde só havia uns gatos-pingados. Ele caiu e pegou o microfone sem fio e disse:

— Aaaaaanteeeenas e corações ligaaaaaados, babies, que eu vou entrevistaaarrrrrrr a morrrrrrrte, ateeeeeenção, Brasil...

O helicóptero voava perto dele, como um gafanhoto, e ele falava:

— Ateeeeeenção, Brasiiiiiil, para uma revelação sen-sa-ci-o-naa-aaallll: a morte é uma mulher, uma mulher loura e neste e-xa-to mo-men-to, Brasiiiilllll, a morte está cantando "El Día en que me quieras" em ritmo de bolero, ateeeenção, Brasiiiiiil, muita ateeeençãâãããão, vou colocar no ar a voz da morte cantando um bolero...

Então ele começou a sorrir e viu o helicóptero se aproximar como uma cegonha e a sensação que teve, no meio das explosões da Guerra Civil no Brasil, foi de paz: o helicóptero era uma cegonha e o levava para dentro da mãe outra vez, e ele disse:

— Ateeeeeenção, Brasiiiiiiiiil: passo a falar diiiiiiiireeeetaaaaamente do paraííííííso...

Ele continuava a sorrir, depois de morto.

17

— Alô, Central de Comando, alô...

— Fala, helicóptero nº 3...

— Ele está morto, Central de Comando. O tipo do sapato amarelo está morto e continua a sorrir...

— Missão cumprida, caramba!

— Eu tentei ouvir o coração dele, Central de Comando. Desci do helicóptero nº 3 e tentei ouvir o coração dele. E eu não escutei o coração dele bater, Central de Comando. Mas ele estava sorrindo...

— Missão cumprida, helicóptero nº 3...

— Eu tentei respiração boca a boca, Central de Comando. Eu juro que tentei. Mas ele estava sorrindo e morto. Mas eu juro que tentei respiração boca a boca...

— Você está chorando, caramba?

— Eu juro que tentei respiração boca a boca. E ele estava sorrindo e eu falei pra ele: Eu não queria te matar, irmãozinho...

— Pára de chorar, caramba!

— Eu juro que eu falei pra ele: Eu não queria te matar, irmãozinho!

— Você chamou ele de irmãozinho, helicóptero nº 3?

— Chamei. Eu juro que chamei...

— Mas ele é um inimigo da Pátria...

— Ele estava sorrindo e morto, e ele não me fez nada. Eu só queria assustar ele. Juro que eu só queria assustar ele...

— Caramba, ele é um traidor da Pátria. Merecia a morte, caramba!

— Ele nunca me fez nada. Ele estava sorrindo e eu pus o ouvido no peito dele e estava um silêncio danado no peito dele, sargento. E eu fiquei escutando aquele silêncio danado e aí eu vi que o coração dele não estava batendo. E eu tentei respiração boca a boca, eu juro que tentei e eu falei pra ele: Eu não queria te matar, irmãozinho!

— Sabe, caramba, o que pode te acontecer se você considerar irmãozinho um traidor da Pátria?

— Eu tou cagando e andando pelo que possa me acontecer, sargento!

— Ele é um inimigo da Pátria, caramba! A Pátria é a mãe de todos nós...

— Eu tou cagando e andando pra Pátria...

— Você está nervoso, menininho...

— Eu juro que eu tentei respiração boca a boca, eu juro...

— Você está sentindo alguma coisa, caramba?

— Minha cabeça está girando como uma roda-gigante e meu estômago está embrulhado, como se eu tivesse tomado cinqüenta Martinis...

— É assim mesmo, caramba!

— Assim mesmo o quê, sargento?

— Quando a gente mata, caramba!

— Mas eu não queria matar. Eu juro que não queria e eu disse pra ele: Eu não queria te matar, irmãozinho!

— Quando a gente mata é assim mesmo, caramba! Agora, sabe o que você faz, caramba?

— Me entrego preso, sargento?

— Não, você matou a serviço da Pátria, caramba! Ponha isso nos teus miolos, caramba! Você matou a serviço da Pátria, caramba!

— Então eu vou procurar um padre!

— Você enlouqueceu, Pedro Bó? Você não é mesmo bom dos miolos, caramba! Se você contar a um padre, você pode pôr tudo pra foder, está entendendo?

— Então o que que eu faço, sargento?

— Olha, caramba, você toma dois comprimidos de Engov, caramba! Você vai numa farmácia e compra um envelope com quatro comprimidos de Engov, caramba! Você toma dois Engov agora e daqui a quatro horas você toma mais dois, está ouvindo? E eu quero ser mico de circo se daqui a pouco você não estiver pronto pra outra...

— Engov é bom mesmo, sargento?

— É o mais santo remédio que eu conheço, caramba, quando a gente mata! Experimenta e depois você me fala... Caramba!

— Mas eu fico vendo ele na minha frente, sargento. Fico vendo ele sorrindo pra mim. Ele morto e sorrindo...

— Toma o Engov caramba, depois você me fala. Vai na primeira farmácia que você achar por aí. Fecha bem o helicóptero nº 3 e vai tomar o Engov...

— Está bem, sargento...

— Vou ficar na escuta, caramba! Você me chama, caramba!

— O.K., sargento...

— *E eu agora, santo Deus? Que remédio que eu vou tomar, santo Deus, pra não ficar lembrando? Pra não ficar querendo saber se a filha da mãe dessa lua já nasceu na Bolívia, caramba! Santo Deus! O que a Bebel está fazendo agora na Bolívia, com essa lua no céu, santo Deus? Eu só queria saber o que Bebel está fazendo agora na Bolívia, com uma lua dessas no céu. Caramba, era só isso que eu queria saber. Acho que vou rezar pra São Domingos Sávio: Ave Isabel, cheia de graça, que estás na Bolívia...*

Naquela hora, clareada pela lua, a Borboleta Verde da Felicidade voava no céu do Brasil: voava indiferente a tudo, indiferente ao canhoneio e ao samba, aos barulhos da Guerra Civil e ao rumor de uma festa no Brasil, voava indiferente aos boatos de que os primeiros marines estavam chegando, indiferente à ordem de prisão, viva ou morta, decretada contra ela pelo Excelentíssimo Senhor Presidente da República, o Cavalo Albany Andrews de Oliveira e Silva, voava transparente e sexy e lânguida como uma moça brasileira, magra como certas árvores, e, que, na verdade, era uma aeromoça da Lufthansa encantada e que só voltará a ser mulher no dia em que, pouco importa quando, a felicidade chegar ao Brasil: até lá, ela continuará voando, para impedir que transformem o sonho humano num urso domesticado, num pobre e desdentado urso de circo ou de Zoo.

FIM

Sobre Sangue de Coca-Cola

"SANGUE DE COCA-COLA é um dos livros mais felizes de Roberto Drummond e um dos melhores relatos da violência repressiva por que passou o país nos últimos tempos. Não se trata de mera prosa documental ou de simples reflexo da realidade. É transubstanciação temática, alta manipulação verbal. Neste romance de ritmo alucinante, os ditadores brasileiros e seu séquito grotesco de sádicos e oportunistas emergem de dentro de uma visão onírica do mundo, repassada de contrastes e deformações, ora dramática, ora risonha e satírica. O romancista tem a habilidade de montar um texto multinucleado, de várias nascentes de ações dramáticas, diante do qual o leitor se diverte, se informa e, principalmente, se engaja. O romancista está em pleno domínio da linguagem e, por isto, produz um texto enérgico, cheio de crispações, de entrelaçamento estreito da crua realidade com a mais sedutora fantasia." — (FÁBIO LUCAS)

"...definitivamente interessante." — (WLADYR DUPONT – VEJA)

"Pela primeira vez no Brasil alguém tem a coragem de escrever um romance onde os ditadores não se chamam Juan, Hernández ou Pérez, mas Castelo Branco, Costa e Silva e Garrastazu Médici. E, ao invés de se passar no Eldorado, SANGUE DE COCA-COLA, de Roberto Drummond, se passa no Brasil mesmo, no negro período marcado por um ininterrupto massacre de indefesos presos políticos. Os nomes estão todos lá." — (ANTONIO ZAGO – FOLHA DE S. PAULO)

Imagine-se a realidade destes últimos quinze anos filmada por uma TV Globo de porre, com a cabeça feita por Coca-Cola e LSD: é mais ou menos isso que encontramos neste romance delirante, vertiginoso, do mineiro Roberto Drummond." — (SEVERINO FRANCISCO – CORREIO BRAZILIENSE)

"... é magnífico do ponto de vista técnico e da exploração do tema. Lá estão retratadas várias gerações: de antes, pós-64 e dos próximos anos. É a história de um povo, sofredor de 20 anos, sob a forma de ficção..." — (EMÍLIO GRINBAUM – JORNAL DE MINAS)

"SANGUE DE COCA-COLA é um livro polêmico porque traz a renovação, sacode a poeira da literatura bem-comportada que anda por aí, e ousa. Impressiona o domínio do autor sobre seu texto." — (JOÃO CARLOS VIEGAS – LEIA LIVROS)

"SANGUE DE COCA-COLA é uma arte experimental, um texto inquieto à procura de um leitor reformista, um manifesto, um mapa, um código." — (DUÍLIO GOMES – ESTADO DE MINAS)

Quem gosta de literatura bem feita e amou HILDA FURACÃO no livro e na TV vai adorar SANGUE DE COCA-COLA, e com uma grande vantagem: ao mesmo tempo em que diverte, este livro faz o leitor se sentir inteligente. Ele não faz nenhuma concessão às facilidades da literatura barata, e apesar disso consegue ser agradável de ler, absolutamente adorável, emocionante! — (SUSANA KAKOWICZ)